London in English Literature

笔尖下的伦敦

[美]珀西·H·波恩顿/著

王京琼　戴婧　韩阳　杨楠　刘梦星/译

中国青年出版社

（京）新登字083号

图书在版编目（CIP）数据

笔尖下的伦敦／〔美〕波恩顿著；王京琼等译. —北京：中国青年出版社，2015.3
（作家与城）
ISBN978-7-5153-3138-6

Ⅰ.①笔⋯　Ⅱ.①波⋯②王⋯　Ⅲ.①中篇小说—美国—现代
Ⅳ.①I712.45

中国版本图书馆CIP数据核字（2015）第028280号

责任编辑：李　茹　liruice@163.com
特约编辑：王瑜玲　徐　心　郭　欣
装帧设计：瞿中华
封面插图：李清睿

出版发行：中国青年出版社
社址：北京东四十二条21号
邮政编码：100708
网址：www.cyp.com.cn
编辑部电话：（010）57350508
门市部电话：（010）57350370
印刷：北京科信印刷有限公司
经销：新华书店
开本：787×1092　1/32
印张：11.75
字数：170千字
版次：2015年4月北京第1版
印次：2015年4月北京第1次印刷
定价：34.00元

本图书如有印装质量问题，请凭购书发票与质检部联系调换
联系电话：（010）57350337

目录

缘起·代序

　　"作家与城"系列是一套奇妙的作品。

　　之所以说是"奇妙"，一是缘于成书的方式——图书的引进、实现者就是它的读者，这些古老的经典，借由互联网的思维方式在当下呈现。

　　书的选题全部来源于中国最大的译者社区——"译言网"用户自主地发现与推荐，是想把它们引进中文世界的读者们认定了选题，而这些书曾影响了那个时代，这些书的作者成就了作品，也成了大师。

　　每本书的译者，在图书协作翻译平台上，从世界各地聚拢在以书为单位的项目组中。这些天涯海角、素昧平生，拥有着各种专业背景和外语能力的合作伙伴在网络世界中因共同的兴趣、共有的语言能力和相互认同的语言风格而交集。

书中的插图是每本书的项目负责人和自己的组员们，依据对内容的理解、领悟寻找发掘而来。

每位参与者的感悟与思索除了在译文内容中展现，还写进了序言之中，将最本初的想法、愿望、心路历程直接分享给读者。因此，序也是图书不可分割的内容，是阅读的延伸……

所以，这套书是由你们——读者创造出来的。

二是缘于时间与空间的奇妙结合——古与今、传统与现代在这里形成了穿越时空的遇见。

百多年前的大师们，用自己的笔和语言，英语、法语、德语、日语……来描摹那时的城市，在贴近与游离中抒发着他们与一座城的情怀。而今天的译者们，他们或是行走在繁华的曼哈顿街头，在MET和MOMA的展馆里消磨掉大部分时间；或是驻足在桃花纷飞的爱丁堡，写下"生命厚重的根基不该因流动而弱化"这样的译者序言；又或者流连在东京的街头，找寻着作为插图的老东京明信片……他们与大师们可能走在同一座城的同一条路上，感觉着时空的变幻，文明的演化，用现代的语言演绎着过去，用当代的目光考量着曾经的过往。

然后，这些成果汇集在了"译言·古登堡项目"中，将被一个聚合了传统与现代的团队来呈现。这里有——电脑前运行着一个拥有着400多位图书项目负责人、1500多名稳定译者，平台上同时并行着300多个图书项目的译言图书社区小伙伴们；有对图书质量精益求精的中青社图书编辑；有一位坚持必须把整本的书稿看完才构思下笔的设计师……一张又一张的时间表，一个又一个的构思设想，一次又一次的讨论会……

就这样，那些蜚声文坛的大师们、那些他们笔下耳熟能详的城市带着历史的气息，借由互联网的方式进入了中文世界，得以与今天翻开这本书的你遇见……

好的书籍是对人类文化的礼赞，是对创作者的致敬。15世纪中叶，一个名叫约翰内斯·古登堡的德国银匠发明了一种金属活字印刷方法。从此，书籍走出了象牙塔，人类进入了一个信息迅速、廉价传播的时代，知识得以传播，民智得以开启，现代工业文明由此萌发。

今天，互联网的伟大在于它打破了之前封闭的传承模式，摒弃了不必要的中间环节。人的一生何其短暂，人类文明的积淀浩如烟海，穷其一生的寻寻觅觅都不可能窥探其一二。而互联网给人们、给各个领域以直面的机会，每个人都可以参与，每个人都有机会做到。人类文明的积淀得以被唤醒、被发现，得以用更快、更高效的方式在世界范围内传播。

"让经典在中文世界重生"——"译言·古登堡项目"的灵感是对打开文明传播之门的约翰内斯·古登堡的致敬。这个项目的创造力，来自于社区，来自于协作，来自于那些秉承参与和分享理念的用户，来自于新兴的互联网思维与历史源远流长的出版社结合在一起的优秀团队。

从策划到出版是"发现之旅"——发现中文世界之外的经典，发现我们自身；是"再现之旅"——让经典在中文世界重生。这套作品的出版是对所有为之付出智慧、才华、心血的人们的礼赞。

这是多么奇妙的事情，多么有意思的事业。

我的朋友，当你打开这本书的时候，也是开启了一段缘。我们遇见了最好的彼此。也许，你就是我们下一本书的发现者、组织者或是翻译者……

所以，这就让这段"缘起"代序吧。

作者小传

　　珀西·H. 波恩顿，1875年10月30日生于新泽西州纽瓦克，父母亲分别为乔治·米尔斯·波恩顿和茉莉亚·H. 波恩顿。珀西·H. 波恩顿1897年于阿莫斯特大学获得学士学位，1898年于哈佛大学获得文学硕士学位，并在1939年于阿姆斯特大学获得文学博士学位。

　　1889年至1902年，波恩顿在圣路易斯市史密斯文学院任教。1903年至1912年任纽约肖托夸学院教务长，之后直到1916年任肖托夸夏季学院校长。

　　1903年，波恩顿成为芝加哥大学的英语教授，直至1941年退休。1944年到1945年间，他任教于波多黎各大学。1941年，波恩顿因在文学方面的突出成就获得芝加哥文学基金会奖。

波恩顿的作品包括《一些当代美国人：文学上的个人误差》（1925）、《更多的当代美国人》（1927）、《前沿再发现》（1931）、《文学与美国生活》（1936）以及《当代小说中的美国》（1940）等。波恩顿是美国现代语言学会以及美国大学教授协会的会员。

波恩顿与路易斯·达蒙结婚。达蒙于1939年7月6日离世。两人育有两个孩子——福尔摩斯和达蒙。波恩顿的第二任妻子为福劳伦斯·莱斯。

珀西·H. 波恩顿于1946年7月8日在康涅狄格州的新伦敦市辞世。

作品年表

前言

　　英语文学的包罗万象，我比任何人都能体会。写作本书旨在为读者介绍与解读英语文学这座大厦中的只砖片瓦。本书预设的主要读者群不是学者，而是学生与普通读者，因为后者在了解了文学原本的创作背景之后，能更好地欣赏作品。本书所有内容在其他关于伦敦及文学的书籍中都很容易找到出处。但是，笔者发现，所有有关伦敦的研究书籍中，没有任何一本的写作主旨有如此书，即描写不同文学时期的伦敦印象，详述使历代作家都兴趣盎然的地点，并精选出大量有价值的新旧雕刻画和照片以飨读者。如果读者有兴趣做进一步研究，可借助于脚注、每章末所附的阅读目录、文中所引小说的附录以及索引——本书所有文字和数据都能从以上几项中找到出处和根据。而借助以上工具另辟蹊径的读者肯定会发现主路之外别有洞天。这样，也许某天，被歧路风光迷住的读者，会写出鸿篇巨著；而本书所建议的研究方法，也可谓起到了"抛砖引玉"之功效。

珀西·H.波恩顿

芝加哥

1913年2月

参考阅读

一般参考

瓦尔特·比桑特（Walter Besant）[※1]，《伦敦》（London）（温都斯书局[※2]出版），单卷，比桑特其他书籍和研究的一个总介。

哈金斯（W. W. Hutchings），《伦敦的过去与现在》（London Town, Past and Present），2卷，一本有趣的著作，最大的价值在于书里的上百张精美插图。

※1　瓦尔特·比桑特（Walter Besant, 1836—1901），英国小说家、历史学家。——译者注

※2　温都斯书局（Chatto & Windus），兰登书屋旗下出版社，英国老牌出版社。——译者注

劳伦斯·哈顿（Lawrence Hutton）[1]，《伦敦的文学地标》（哈珀柯林斯出版社），一本按字母排列顺序介绍作家的小册子，索引全面。

《伦敦地志年刊》（*Annual Publications of London Topographical Society*）

魏特琳（H. B. Wheatley）与坎宁安（Peter Cunningha）合著《古今伦敦》（*London Past and Present*）（约翰·莫瑞书屋[2]出版），3卷，一部不可或缺的百科全书。

文选

亚瑟·亚当斯（Arthur H. Adams）[3]，《伦敦街道》（*London Streets*）（弗里斯T.N. Foulis 出版社）。

阿尔弗雷德·海厄特（Alfred H. Hyatt），《魅力伦敦》（*The Charm of London*）（温都斯书局）。

海伦·梅尔维尔，路易斯·梅尔维尔（Helen and Lewis Melville）合著，《伦敦的诱惑》（*London's Lure*）（贝尔出版社）。

威尔弗雷德·惠顿（Wilfred Whitten）编辑，《诗歌中的伦敦》（*London in Song*）（格兰特·理查德出版社）。

---

[1] 劳伦斯·哈顿（Lawrence Hutton，1843—1904），美国散文家、评论家。——译者注

[2] 约翰·莫瑞书屋（John Murray），英国著名出版社，历史上出版过诸多著名作家作品。——译者注

[3] 亚瑟·亚当斯（Arthur H. Adams，1872—1936），生于新西兰，记者、作家。——译者注

乔叟的伦敦

像伦敦这样的城市，其历史与其孕育的文学自然密不可分。然而，由于创作诗歌、戏剧、散文、小说的历史背景不断变化，很多文学作品中对伦敦的描述和影射，仅怀兴味的一般读者可能看不出来。

本书由循年代次序的几个章节组成，包括如乔叟的14世纪，莎士比亚连接的16世纪和17世纪，弥尔顿和德莱顿笔下的英联邦时代和王政复辟时代，艾迪生和哥尔德史密斯见证的18世纪的两个时期，兰姆、狄更斯和乔治·艾略特眼中的19世纪，以及20世纪的现当代伦敦。

本书辑录了一系列年代，各自呈现了不同时期伦敦不同的精神风貌：中世纪到文艺复兴、社会对清教主义的激烈反应、18世纪的理性主义的开端、自由与民主精神的兴起以及过去一百年的历史剧变。本书由作家的个人经历组成，他们不仅从各自所处历史背景的角度，也从纯粹个人的角度来看待历史变幻。因此，可以说每一章的角度都带有个人色彩，每一章里的伦敦也是转瞬即逝的。

　　然而，这样的辑录并非一次漫无目的的旅程，各个章节都带领读者来到一系列具体的地点和建筑，犹如亲临历史片段。此外，虽然书中反复描述的都是同一片土地，但表现出了伦敦变成大都市的过程。乔叟时代的伦敦是城墙围绕的城镇，到了莎士比亚时代这个城镇依然，只是面积更大，也多了外围的剧院和通往威斯敏斯特教堂的主干道。而艾迪生时期的咖啡馆、兰姆时期的大规模商业设施以及狄更斯时代的法院和议会大厦也依然有迹可循，它们都成了这个持续成长的都市的一部分。伦敦经由这样的演变，比最初的那个小镇大了不止百倍，最终才成为今日广大而复杂的都市。我们接下来就从当初的小镇说起。

　　其地理位置可谓糟糕透顶：

　　"想象一艘三列划桨船[1]来到这世界的尽头——海水一片铅灰色，天空呈黑烟色，这里的船只笨重不堪，装着货物，带着订单或其他物品，溯河而上。到处可见的是沙丘、沼泽、森林和野蛮人，几乎没有可吃的食物，能喝的只有泰晤士河水。这里没有法勒纳斯酒[2]，也根本上不了岸。一个个军营散落在野地里，就像针掉在草丛里一样微不足道。这里充满寒冷、雾霾、风暴、疾病、流放和死亡——在空气中、水里以及丛林间若隐若现的死亡。这里死个人就和死只苍蝇一般……或者想象一位穿着托加袍[3]的年轻人——也许赌博输得太多——搭车而来，也可能是一位税务官，或者一位商人，来到这里碰运气。他踏入一片沼泽，在丛林里艰难前行，最终驻足某处感受这里的野性，环绕四周的绝对的野性——那森林中、莽丛中、野蛮人心中骚动着的野性所主宰的神秘生活。"[4]

※1　三列划桨船：古罗马和古希腊的战船，每侧三排桨。

※2　法勒纳斯酒：意大利南部出产的白葡萄酒。

※3　托加袍：古罗马人穿着的宽松长袍。

※4　节选自约瑟夫·康纳德（Joseph Conrad）《青春的描述》（*Youth: A Narrative*），第56、57页。

乔叟时代的伦敦已经是一座成熟的、历史悠久的城市。在乔叟出生之前的一千多年里，在伦敦城现在的所在地，曾经有过很多个旧"伦敦"：早期的不列颠群落，罗马时代的伦敦，一片残砖碎瓦中的伦敦，频繁被丹麦人侵占的撒克逊伦敦，还有被诺曼底化的伦敦。从罗马人征服不列颠后，虽然伦敦作为英格兰首都的地位一直没有变，但是从城市本身来说，我们可以说以1135年和1666年的大火为分界点，一共出现过三个伦敦。两场大火不仅烧掉了旧城的中心，也烧掉了我们所知道的现代"城市"的中心。大火之后都进行了大规模的重建，虽然保留了很多主要大道，但是整个城镇的面貌却彻底发生了改变。乔叟生活在1340年到1400年间，那时候的伦敦正经历着上述第二个阶段，也就是12世纪中叶到17世纪中叶。

当时的伦敦不大也不壮观，要找到当时伦敦的味道，与其在今日泰晤士河畔的大都会度周末，不如去坎特伯雷和牛津这样的地方。当时伦敦的人口不足4万。城市一边沿泰晤士河北岸延伸大约有一英里，另一边向乡村方向延伸约半英里，即使在这个范围之内城市的建设也不是完整的。整个城镇被城墙围绕，从前曾是又深又宽的壕沟。

城墙南端当然就毗邻河畔，东端则矗立着伦敦塔，这座充满皇家威严的城堡至今保存着建设之初的主要特色。从伦敦塔城墙往西北方向围绕，中间有一系列伦敦的入口，分别是阿尔德门（Aldgate）、大主教门（Bishopgate）、沼泽门（Moorgate）、克里普门（Cripplegate），以及埃尔德斯门（Aldersgate）。在史密斯菲尔德（Smithfield）（城外旧的牲畜市场所在地，离泰晤士河约半英里，离伦敦塔更远），城墙修到了纽盖特监狱（Newgate）和路德门（Ludgate）后往南拐，经过圣保罗大教堂（St. Paul's Cathedral）到著名的多明我会[1]黑衣修士（Blackfriars）修道院，最后再绕回到河边。

城墙由坚固的石头垒成，现在的游客们可按图索骥去切斯特（Chester）看看保存尚好的遗址，或者去欧洲大陆，那里有一些尚存的城墙，比如几乎完好无损的德国纽伦堡（Nuremberg）城墙。今天的伦敦，只能见到当时城墙的两段。当时这些巨大的城门和高塔，一部分住着居民，

---

[1] 多明我会（Dominican Order），天主教一分支，多明我会的僧侣因多穿黑色斗篷而被称为黑衣修士。

一部分则用来关押犯人。阿尔德城门楼上，很多年只住了一个人——乔叟。而最有名的纽盖特监狱则是当时伦敦最大的监狱，也是很多著名死刑犯被处决的地方。

伦敦的上层人士大多住在城西上风侧，免受灰尘和烟雾侵扰。这里的一些街道在那时候就延伸到了城墙外，比如舰队街（Fleet Street）和河岸街（Strand）一直延伸到开阔田野中间的查令十字街（Charing Cross）。接下来，沿着泰晤士河向南急转，就是当时约克大主教[1]们在伦敦的住所［后来由于主教沃尔西[2]的垮台，被亨利八世没收并改建为皇家住所白厅（White Hall）］；紧接着就是威斯敏斯特，这是一个独立的社区，包括威斯敏斯特教堂和国会建筑。行人可以在威斯敏斯特乘船前往郊区萨瑟克（Southwark），不然就只能过伦敦桥（London Bridge）再往东走一英里到达。

在乔叟时代，如果一名旅人从坎特伯雷方向，或者

※1 约克大主教（York Archibishop），英国教会中极高的职位，仅次于坎特伯雷大主教（Canterbury Archibishop）。

※2 托马斯·沃尔西（Thomas Wolsey，1473—1530），亨利八世在位时期任约克大主教，权倾一时，后垮台。

从泰晤士河南边任何地方来伦敦，这座唯一的桥是他的必经之路。乔叟去世大约三百年以后，即1760年，第二座桥才建好。旧桥的建设花了一代人的时间（1176—1209年），它的使用时间则达到整整五个世纪。如果当年的伦敦桥保留到今天，那么它将是伦敦最有价值的名胜。伦敦桥桥身架于长短不一的石拱门之上，在三分之一处被一座吊桥拦截，那也是米德赛克斯郡（Middlesex）和萨里郡（Surrey）的分界线。这座桥和所有中世纪建筑一样建设缓慢，第一块石头落下之前，并没有一个必须参照的"蓝图"，结果就是这座桥一直在变化。在乔叟的时代，也就是伦敦桥相对年轻，未满两百岁的时候，根据古物研究家斯都（Stow）的说法，"并未像现在一样，周围房屋成群"。不过，从最开始在桥的中部就建有一个纪念坎特伯雷的圣托马斯[1]的小教堂，而在其后半生，商铺和住所源源不断地在桥的两边建成，此外还有两端的两座高塔，当时叛国者的人头正是悬挂于此示众。仅仅从"伦敦桥"这

---

[1] 坎特伯雷的圣托马斯（St. Thomas of Canterbury，1118—1170），即托马斯·贝克特（Thomas Becket），1162—1170年任坎特伯雷大主教，直至被谋杀身亡，后被尊为圣托马斯。

个简单的名字很难看出这座桥背后的故事。它不仅仅是一座桥，也是一个堡垒，一条干道，一条商业街，同时也是旅行、商业、法律和教会的纪念碑。

所有存在于14世纪，后被毁掉的伦敦景观中，只有一处可以和伦敦桥媲美，那就是旧的圣保罗大教堂。就像伦敦城一样，教堂也经历了起起落落。这座在亨利五世时期俯瞰伦敦的伟大建筑始建于1087年，耗时约二百年，建成后约五十年乔叟才出生。这座教堂可谓是登峰造极的恢宏巨制。今天的圣保罗大教堂是伦敦城里最大的建筑，借位于路德门山（Ludgate Hill）上的略微优势，高耸其顶，轻松雄踞整个伦敦之上，而旧的圣保罗大教堂比现在的这个庞然大物还要再长约一百英尺，更高一百英尺，也更加美观。由于当时的伦敦面积小，建筑物也低矮，因此旧的圣保罗大教堂在当时更为显眼。鼎盛时期旧的圣保罗大教堂我们已经无法再见到，但从一些画作中可以看到，即使在1444年其尖顶被烧掉之后，这座伟大的建筑依然可以俯视整个伦敦城，就好像两海交汇处的直布罗陀海峡。

在圣保罗大教堂的荫蔽下，一条条狭窄的街道纵横交错，其中只有十来条在城墙内就到头了。齐普赛街

（Cheapside）位于圣保罗大教堂庭院的东面，长约四分之一英里，是举行盛大游行的场所。由于路面宽阔，可供"彩旗招摇、权贵显摆"，这条街自然而然地成了伦敦塔和威斯敏斯特之间过往的主要通道，也成了从河面回来的着陆点。街道两旁小型商店林立，和穿插其中的其他街道一样，还有很多小酒馆。除此之外，还有一些大型的贸易大楼。街道足够宽阔，可以容纳一个农贸市场，很多没有固定商店的商贩来到这里贩卖"面包、奶酪、禽类、水果、兽皮、洋葱和大蒜，以及其他小食品"。街道中心还有四座重要的设施：东西两端分别是大小沟渠，所有住在附近的居民都亲自，或者由工人帮忙来这里取水。靠近街道的西端是一座叫齐普标准（Standard of Cheap）的喷泉，前几个世纪都是进行公共刑罚的地点。而刑罚的种类之多让人不寒而栗，包括处死、截肢、戴上枷锁示众，以及焚烧不洁商品和煽动性书籍。街道东端则是齐普赛十字架（Cheapside Cross），是十二个十字架中的第十一个（查令十字架是最后一个）。1290年埃莉诺王后[1]（Queen

※1　埃莉诺王后（Queen Eleanor, 1246—1290），英王爱德华一世（Edward I）的王后。

Eleanor）去世后，遗体从哈德比（Hardeby）送往威斯敏斯特教堂安葬，一路上休息了十二次，后来就立了十二个十字架来纪念她遗体休息的地方。这条大道给人感觉很宽敞，一派光明，街道两边买卖的是日杂货，匠人们在这里居住工作，但是走过这些商店和住所，往南或者往北多是巷子一般的狭窄街道纵横交错，名称有星期五街、面包街、牛奶街、木街、排水沟街，诸如此类。

这些窄街道由大石块铺成。一条沟渠在街道的中间，鲜有干涸的时候。这条沟渠承担了排水沟的职能，走在街上的人们常有被两旁窗户里倒出来的水泼到的危险。而且，倒出来的也不一定总是液体，也有垃圾残余，匠人们不用的物品也会堆积在街上。当时也有法律禁止这种乱扔垃圾的行为，法律还规定为了清洁恶臭的空气，可以不时点火焚烧垃圾。每年六七月节日来临之前，人们会在特别的地点燃起篝火，而那些个叫臭街、滚烫街、希尔猪街之类的街道也确实很需要这样的篝火。

当时工业区并未分离到伦敦郊区去。市中心到处可见织布、打铁、做木工、磨玉米、酿啤酒、做香皂和胶水的人们。各行各业的学徒们都在门边扯着嗓子吹嘘自己的师傅技术巧夺天工；屋顶之上，"浓云密雾"之下，全城教堂尖顶上一百二十口钟的声音阵阵传来[1]。

　　商店和朴素的居民楼（一般合在一起）都是木头小房子。13世纪《防火法》出台，禁止使用芦苇、灯芯草、麦茬和稻草等材料建造屋顶。房子的上层使得狭窄的街道更为阴暗，而街道上也没有什么光能透进更为狭小的窗户里面去。到了风雨天，由于缺少玻璃，家家户户都需要关上木制百叶窗，这便更增添了一分晦暗。权贵们的城堡散落在伦敦城各处，一般在泰晤士河畔和主要的干道上。城里有二三十，甚至四十座城堡，都是美轮美奂的建筑，中间带庭院，内有不止一个房顶很高的宴会厅、会议室，甚至还有皇室专用会客室，足够招待几百位宾客。教会的财产比起贵族来可是有过之而无不及，大教堂、修道院、女修

---

[1] 关于教堂的钟声有一首著名的摇篮诗：
　　"橘子和柠檬"圣克莱曼教堂的钟声说；
　　"你欠我五先令"圣马丁教堂的钟声说；
　　"你什么时候还我？"老贝利街教堂的钟声说；
　　"等我有钱了"肖蒂区的教堂钟声说；
　　"那要到什么时候？"史蒂芬尼的教堂钟声说；
　　"我也不知道"博区的教堂钟声说；
　　这里有根蜡烛，点亮它你去睡觉吧
　　这里有一个斧头，用来砍你的头

道院、医院和各个区的教堂，都代表了教会所拥有的巨大财富，而这些建筑在面积上占了伦敦的四分之一。

　　此外，当时的伦敦也没有准备好接待外来人。除了一些小酒馆以外，只有几个比较受欢迎的小旅馆，其中以位于伦敦桥尾，萨瑟克的塔巴德（Tabard）旅馆为代表。其地理位置使得这家店偏南方风味。去圣托马斯的坎特伯雷朝圣者们上路前一晚，都会在这家旅馆下榻。塔巴德旅馆很舒适也很有代表性，是当时伦敦能找到的最好的旅馆。旅馆大门后有一条路通向一个很大的庭院，庭院上方是阳台，而阳台后面就是客房。食物的烹调和供应非常随意。旅客把晚餐时间看成"填饱肚子"的时刻，而非社交的时机。乔叟和他的朋友们喝汤，用自己的刀从餐盘里切肉，再把肉放进有蘸汁的碗里，只要够得着的食物就随意吃。乔叟有一段文字是描写一位女隐修院院长的餐桌吃相的，现代读者看了很容易以为乔叟是在反讽，其实并非如此。文字如下：

　　　　她从来不会有失礼仪，

　　　　食物从来不会从她嘴边跑出来，

她的手指放进酱料但很快就会拿出来；

她风度翩翩地用手指夹每一块食物，

从未洒过一滴酱汁在自己的面包上；

她的餐桌礼仪好得无以复加，

自己的上嘴唇擦得干干净净；

因而她吃喝完最后一口，

从不会在杯子上留下油渍；

她真可谓是一本活生生的礼仪教科书。[※1]

　　关于伦敦的著作可谓汗牛充栋。从古物研究家斯都的著作到贝德克尔（Baedeker）的旅行指南，有关伦敦的历史、地理知识都很容易找到。但对于文学爱好者来说，较之具体的街道和建筑，人类的本性和行为更能引起他们的兴趣。14世纪的英格兰经历了重大变化。一系列激进的社会变革使得当时作为一个国家的英格兰比以往任何时候都更加团结与完整。这是因为当时的普通农民与工人运动加

※1　见《坎特伯雷故事集》前言。

速了乔叟与兰格伦[※1]时期英格兰的民主进程。造成这一现象的因素很多，其中不容忽视的是英语作为通用语言所发挥的作用。自罗马人征服不列颠之后，英语就成了撒克逊人的通用语言，而到了14世纪，英语进一步上升为宫廷、议会、学校和文学创作的语言。较之英语，另一个重要性稍逊的因素是当时英格兰沉浸在打败外敌后全国性的喜悦之中：与法国的战争接连取得了两次重要性胜利，即克雷希（Crecy）战役与普瓦捷（Poitiers）战役，由此产生的激情直接导致了英格兰人爱国情绪的高涨。14世纪中叶产生的这种民族情绪相当深刻，即使后来爱德华三世和亨利四世在军事上逐渐破败，也没有完全消磨掉这种激情。有人可能会说，即使没有足够的证据证明，也应该还有一个因素促进了当时的民族团结，那就是当时英格兰人共有的灾难：世纪中的三十年间瘟疫一再暴发，没有人不为之动容。

　　这种历史转变在文学作品中也不难找到生动具体的证据。很多作品中都能看到当时的社会背景，即旧秩序的衰

※1　兰格伦（William Langland，1332—1386），英国诗人，传说是《农夫皮尔斯》（Piers the Plowman）的作者。

退和新秩序的建立，一方面表现为骑士精神的消亡和教会的腐败，另一方面则是商人、工匠和劳力阶层的兴起。历史是对这些变化与发展的翔实记录，而当时的文学则广泛取材于这些变化与发展。

就本章而言，更准确的标题应该是"兰格伦与乔叟时代的伦敦"。当然，两位作者所知道以及各自描绘的伦敦都只是当时复杂图景中的一面。当时英格兰的社会制度很健全，乔叟视其为理所当然。他本性喜爱美丽的事物，是一个特别会说故事的人，偶尔也会发表评论。乔叟故事里的角色，在他眼里自始至终都是一个个独立的人。他们引得乔叟莞尔，很少让乔叟感到悲愤。如果对公共事务有什么意见，乔叟一般不会写到他的作品里去，这一点他很像萨克雷（Thackeray）。而卡莱尔[1]（Carlyle）的性格更像兰格伦，较之乔叟，他们的作品从不同的角度来剖析同样的人物。

乔叟和萨克雷一样，都透过自己的经历来看待人生。他们笔下的人生经历都是精心构思的，作品主要为上层社

---

[1] 卡莱尔（Thomas Carlyle，1795—1881），英国散文家、历史学家、社会评论家。

会而创作，普罗大众只在背景里存在。兰格伦、狄更斯（Dickens）以及卡莱尔，则让普罗大众成为图画中的主角。这幅图画一般描绘的是这样的景象：街道上挤满了受苦的穷人，而高楼上却传来阵阵欢歌笑语，加上窗户里透出的灯光，照得街道上的贫苦更加触目。虽然兰格伦和狄更斯及卡莱尔一样，是一个严肃的批评者，但他只想促进一些改良，而非彻底改变社会秩序；他是一个牧师，目的是让乡村的人们信奉基督；他并不赞同革命，哪怕是不流血的革命。

乔叟本人并没有意识到，他的成长经历以及后来的职业生涯共同影响了他的人生观。乔叟生于1340年，是伦敦一个酒商的儿子，他一生大部分时间都生活在伦敦。十六岁在宫廷当差，十九岁参军征战法国——这次他不是个听差的，而是个真战士，且被法军俘虏，后又被英王赎走。根据史料，之后他又做过爱德华三世的廷臣、随从以及盾牌守护人。他还曾七次代表英王出使欧洲大陆，至少去过意大利三次。1374年，乔叟担任关税管理员，八年以后担任小商品关税管理员；1386年担任议员，后来担任过王室建筑工程主事，最后到了晚年担任过王室森林主管。乔叟曾经在伦敦一个主要城门边住过很多年，由此可见他和普通百姓之间的交情必定不浅。但是乔叟对英格兰的全面认识与他长时间在王室、法院、议院任职的职业生涯也是分不开的。

不论《农夫皮尔斯的幻想》的真正作者到底是谁，可以肯定的是这位作者接受的是忧患教育，能以一个普通人的而非贵族的眼光来看这个世界。这样的人同样不会觉得人与人之间的关系很有趣，因为他敏锐地注意到人性的扭曲，以及很多本来可以避免的、由人性引起的苦难。每个年代都至少会有一个预言家会问——就像乔纳森·斯威夫特（Jonathan Swift）问过他的一个朋友——当权者的腐败和邪恶会不会腐蚀他们自己的灵魂和肉体。农夫皮尔斯就是怀着这样的疑问展开他的想象的。虽然他声称自己看到的是未来的英格兰，但是他自身的经历使得他对英格兰最大的城市很熟悉，因此皮尔斯讲述的背景很多源自当时伦敦的真实情况，而且是其中阴暗的一面。农民起义领袖约翰·博尔[1]（John Ball）、杰克·斯卓[2]（Jack Straw）、

※1 约翰·博尔（John Ball，1338—1381），英国牧师，1381年英国农民起义领袖。

※2 杰克·斯卓（Jack Straw，？—1381），1381年英国农民起义领袖。

瓦特·泰勒[1]（Wat Tyler）当时就是为皮尔斯这样的穷苦大众争取权利而发动了起义。皮尔斯对富足所带来的弊端耳熟能详，因而不求富贵。不过兰格伦和乔叟对伦敦社会结构主要方面的反应也是截然不同的。

《坎特伯雷朝圣者》中，可能是出于对骑士地位的尊敬，乔叟首先介绍的是骑士和他的儿子—— 一位年轻随从。乔叟对这两个角色的友好与尊重，是那种任何人对待老派绅士时自然而然的尊重。乔叟说的很多故事都令人想起骑士精神的黄金时代。骑士制度非常独特，乔叟自然对当时已经所剩无几的骑士们很感兴趣，但没有到感同身受的地步。乔叟的态度是那个时代特权阶级的态度：他们饶有兴致地想象着没入落日余晖的世界里曾有过的传统的魅力。他们不断在歌曲和故事里重提骑士与淑女的关系，高歌：

真理与荣耀，自由与礼貌[2]

※1　瓦特·泰勒（Wat Tyler，1341—1381），1381年英国农民起义领袖。

※2　见《坎特伯雷故事集》前言。

　　乔叟这一代人面对民众所受到的苦难和压迫时，都淡然地选择了无视，而骑士精神和制度却正是建立在这些苦难之上。有的骑士故事是发生在战火纷飞的普鲁士、俄国、阿尔及尔、地中海沿岸或土耳其，故事里"非常完美而又绅士"的骑士参加了一场战役后，庆功宴上的荣誉宝座非他莫属。乔叟描述的那位年轻的宫廷随从，即骑士儿子的欢快生活也很能体现骑士特征。他热爱唱歌，堪称宫廷的诗歌化身；他服饰讲究，自然深得英格兰人的喜爱——要知道当时的英格兰嗜好"化装表演和盛大舞会"，议员们流行穿"东方风格条纹的深红色"服装，而法外之徒则流行穿林肯绿。

　　同样是骑士题材，兰格伦的处理和乔叟却截然不同。虽然他同样认为骑士精神早已成为过去，但是他不认为这过去里有任何荣耀值得留恋。兰格伦和比他晚了四个世纪的诗人洛威尔（Lowell）[1]都认为，任何关于人的完美设想必须建立在超越了阶级差异、对全人类的爱的基础上。

---

[1]　洛威尔（James Lowell，1819—1891），英国诗人，著有《劳佛爵士的幻想》（*Vision of Sir Launfal*）。

皮尔斯对他的朝圣者们说道：

　　"留心那些贪婪和无耻之人的谎言，为他们披件衣裳遮羞，这是真理的命令。这些人，我也让他们活下去。除非大地倾塌，不然只要我活着，穷人和富人都会活下去、都有面包吃，因为上帝是爱的化身。那些好吃好喝的人，给他们活干，不能白吃白喝。"

　　接着一位骑士说道："耶稣教导我们最好的道理，但是关于这一点我还从来没听过他的教导。教导我吧，我向上帝承诺，我会尽力！"[※1]

　　受到骑士热情的鼓舞，皮尔斯把注意力从大批听众转移到这一位充满希望的新信徒身上，皮尔斯没有教他如何成为一个劳力，而是教他如何合理运用自己的权力：他应该与邪恶抗争、为享乐感到羞愧、不要惹怒佃户、不要虐待奴仆。骑士听完这些教导，满怀激情、真心诚意地回答："我余生将谨遵您的教导。"兰格伦从不在精彩的战

※1　参见现代英语版《农夫皮尔斯》（凯特·沃伦改写）。

争和浪漫的爱情上落笔。他不是怀旧的人，一心往前看，梦想未来有一个黄金代，到时候骑士们会知道谁才是真正需要关怀和帮助的受苦受难者，那时的骑士们向往的将是神性的美。

《坎特伯雷故事集》到了序言（Prologue）部分，在前言（Preface）里的主角骑士和随从就几乎没了踪影，后继而来的则是最重要的一个团体，即代表各种教会的个人，一个修道士、一个托钵修士、一个修女和她的三个教士、一个传令人、一个卖赦罪符者、一个教区牧师还有前文提到过的女隐修院院长。朝圣者中多来自教会，乔叟这样安排并非偶然，而是因为当时教会的财富和权力之巨在今天是无法想象的。乔叟时代的伦敦到处都是教堂和神职人员，依附教会的人数不胜数。历史学家约翰·斯都在其《伦敦调查》中历数了一些供职于伦敦最大教堂即圣保罗大教堂的人员。他们包括主教、教长、五位会吏总、司库、领唱人、负责法律事务的副主教、三十位大教堂教士、十二位副教堂教士、大约五十位主教助理牧师和三十位牧师；这些人之下还有很多头衔较低的人，包括"四位持权杖的人、十二位抄写员、唱诗班，此外还有司事、挖墓者、园丁、修缮者、制袍人、清洁者、扫地者、木工、泥瓦工、漆工、雕刻工等"。有人可能会发现，这个名单里并没有乔叟故事里提到的女隐修院院长、修道士、托钵修士、卖赦罪符者、传令人，那说明乔叟只是展示了14世纪庞大的英国教会机构的冰山一角。

乔叟对这个群体里不同个人的态度是有区别的，恶劣者他予以尖锐批评，高尚者他予以同等程度的褒奖。当时四个会别的修道士们——包括方济各会、多明我会、加尔默罗会及奥斯丁会——一方面由于自私，一方面由于捐赠人错误地对他们过于乐善好施——已经忘记了各自修道会的宗旨和追求，堕落成一群拥有巨额财富、只知享乐的僧侣。于是乔叟把修道士描述为一个喜爱打猎、喜爱马术、疏于学问、讲究服饰、贪吃而肥胖的形象。

乔叟也用大量笔墨生动地描述了宗教改革时期教会对宽恕之权的滥用，与之相关的人物是托钵修士、卖赦罪符者和传令人。托钵修士"很容易就给予宽恕"，而且忏悔人对他越慷慨，他对忏悔人也越"宽恕"。他本该是个高贵的乞讨者，但是他的衣着饮食可一点都不像个乞讨者。卖赦罪符者和传令人更糟糕，他们深谙伪善、谄媚、欺诈，堪称赤裸裸的邪恶，是朝圣者中最黑暗的两个人物。

而那些值得尊重的人物，乔叟也不会忽略。比如那个女隐修院院长，她很有礼貌，易动感情，品德高尚也很得体，很讲究但有些令人摸不着头脑，是朝圣者队伍中非常友好可亲的一个；还有一个是贫穷的郊区牧师，他是无私忘我、不谙世俗的典型代表，这种形象在弥尔顿（Milton）的《利西达斯》[1]（*Lycidas*）和哥尔德史密斯（Goldsmith）的《荒弃村庄》[2]中也有描写。他所有不多却好善乐施，为了自己教区的任何教徒不遗余力。他更想亲自把事情做好，不想把俸禄拱手他人，以便之后能跑到伦敦的圣保罗大教堂谋个更好的位置。牧师也不是那种一味温顺、绅士的人，必要的时候他也会义愤填膺。如果除了《坎特伯雷故事集》，我们再找不到其他描述14世纪英国教会这个在黑暗年代坍塌的机构的资料，那么根据真实历史来看这个描述还是比较客观的。到了弥尔顿时代，有很多人想尽一切办法混入教会只为混吃混喝，而且教会在

---

[1] 见《利西达斯》（*Lycidas*）卷二，113—31。

[2] 见《荒弃村庄》（*Deserted Village*）卷二，141—92。

英国甚至整个欧洲大陆，都利用广大信徒对神职人员的信任而迫害人民，不过时不时还是有上述穷牧师这种精神高尚、不求名利的神职人员出现。原文里说：

> 他传授基督和十二圣徒的教导，
>
> 但是他自己首先也遵循这些教导。[1]

兰格伦对教会的描述和乔叟类似，在前言部分就能看出来：朝圣者们的舌头"用来说谎比说真话的时间多得多"。四个会别的修道士向人们传道的目的是为自己获利，并且按照对自己有利的方式解读福音书。卖赦罪符者更是无耻地进行买卖。牧师们一心想去伦敦找个肥差。而伦敦的主教们行为如此堕落，甚至到"耶稣可能最终诅咒所有这些主教"的地步[2]。兰格伦表达了和乔叟一样的意思，只是他言辞更为激烈，也比乔叟更有深度。鉴于皮尔斯的正直和诚实，他和他的后代得到了宽恕；而对于整个

※1　见《坎特伯雷故事集》序言部分（Prologue）。

※2　见《农夫皮尔斯》序言部分（Prologue）。

下层阶级（比如穷牧师的教徒们），他也给出了希望：

> 所有依靠双手谋生、诚实的、心怀仁爱、不违抗法律的劳动者都会像皮尔斯那样获得救赎。[1]

乔叟和兰格伦一样，也对劳动者表达了敬意。所有坎特伯雷朝圣者中，得到最高敬意的莫过于穷牧师的弟弟——一位农夫。乔叟怀着对农民尊严的真诚敬意写道：

> 他是个真正的好心人，
> 与世无争，慷慨热心。[2]

然而，可能是因为兰格伦时代的农民都是一群振奋激昂的人，所以他眼里的理想农民应该是安分守己的。14世纪中叶黑死病（Black Plague）肆虐英格兰，对以农业为支柱的地区经济造成重创，官方出台了一系列严格的法

※1 见《农夫皮尔斯》序言部分。

※2 见《坎特伯雷故事集》序言部分。

律限制农民的自由，农民们的不满情绪日趋强烈。这种不满在1381年达到顶峰：成千上万的农民聚集到一起，释放了被关押在坎特伯雷监狱、有"疯牧师"之称的约翰·博尔。接着他们涌向伦敦，杀死了所有被抓住的律师管家，进城之后放火烧了冈特的约翰[※1]（John of Gaunt）的宫殿和内殿的律师学院。到了伦敦，他们与来自北方的其他人会合，冲进了伦敦塔，活捉并处决了大主教萨德伯里（Sudbury）。当时还年轻的国王理查二世高喊："我是你们的领袖，你们的国王，跟随我吧！"后来查理二世最终同意给所有人一封道歉信，并且答允不追究他们的责任，起义军才四散回了家。乔叟和兰格伦都没提到过这一历史事件。兰格伦没提可能是因为《农夫皮尔斯》的B类稿写得太早了；至于乔叟，可能是因为他对此根本没有兴趣，也可能因为提这件事会惹他的贵族赞助者不高兴。

由于官方强烈的镇压，这次农民起义虽然闹得轰轰烈烈，但并没有立刻取得胜利。很多年以后，当手工业和

※1　冈特的约翰（John of Gaunt，1340—1399），英格兰国王爱德华三世的儿子，理查二世的叔叔。

贸易协会兴起，经过了更全面的运动之后，真正的胜利才得以实现。总的来说，这次运动削弱了很多贵族的权力。虽然我们很希望能说这次运动彻底改变了有钱人掌权的局面、彻底消灭了阶级差异，然而事实并非如此。运动之后，商人阶层很快掌握了大量财富并进而获得了权力，他们和手艺好的工匠之间差距越来越大，同样能工巧匠和熟练工之间的差距也逐渐加大，而熟练工自然又在学徒之上。但是，总体来说，手工业者和商人地位蹿升的速度比农民要快得多。

各行各业的手工业者意识到单打独斗毫无希望，于是团结一致，经历了几代后，组织更为壮大。在大一些的城镇，工人组织的规模非常可观，影响力不容忽视。在伦敦的不同地区，他们都有据点，男装店的组织在这边，金铺的组织在那边，布料店、酒店、五金店以及其他各个小角落里的各种手工业都有自己的小地盘。他们不满足于在分散的区域集会，于是成立了长期组织确保无人破坏国王颁布的宪章，并设定了工作与薪酬的标准，取得了很多现代贸易协会主义者以为是19、20世纪紧密团结的工会组织才能达成的成果。于是，乔叟在朝圣者中也安排了这些角色：开服饰店的、木匠、织布工、染布工还有室内装潢商。他们服饰华丽，乔叟暗示这些人完全有资格坐到市议会厅里的位子，并且满足他们的妻子在社交场合出风头的夙愿。

> 他们看上去都像得体的市民，
>
> 适合坐在议政厅的椅子上；
>
> 加上他们都智慧超群，
>
> 担任议员也未尝不可。[1]

　　如果说手工业者有希望做议员，那么从事买卖的商人就有希望做伦敦市市长（Lord Mayor）。有一位商人确实做到了，并且担任了四届伦敦市市长，他就是理查德·惠廷顿[2]（Richard Whittington）。据史料记载，他并非像传说中那样充满传奇色彩，事实上他并非出身贫寒，最后离开伦敦时也颇为落魄。他甚至并没有一只宠物猫。不过他

※1　见《坎特伯雷故事集》序言。

※2　理查德·惠廷顿（Richard Whittington, 1354—1423），中世纪英国商人，政治家，四次担任伦敦市市长。

确实是商界的翘楚、伦敦的市长，曾经被国王接见，死后还给伦敦市民留下了丰富的遗产。

但是兰格伦非常清楚，商人和手工业者地位的变化并没有自动让社会变成一个新的乌托邦。新的恶代替了旧的，或者和旧的同流合污。教堂里的修道士们"对虚伪的恐惧"消失殆尽，而且商人们不仅要阴谋诡计到"令人惊骇"的地步，还给狡诈找借口，说是"为人民着想"。街上摊边、商店门口，到处可以听到"伪善"的叫卖声。

"厨子们挥舞着刀子叫唤：'新鲜的馅饼！滚烫呢！上好的猪肉和鹅肉！进来吃吧！进来吃吧！'酒馆的伙计也在叫唤：'这里有法国阿尔萨斯的白葡萄酒，法国加斯科涅的红葡萄酒，还有莱茵河和罗切尔的酒，可以帮您消化吃的肉！'[1]

"同时，欺诈之风盛行，酿酒的、烤面包的、屠夫、厨子也都不说实话。这些人对购买量小的穷人伤害最大。他们经常暗中在人民的食物里掺入有害物质，靠着压榨穷人挣钱，做着小本生意也能致富。他们如果本本分分，绝

---

[1] 见《农夫皮尔斯》（现代英语版）序言部分。

不可能造这么大的房子，也不可能买得起公寓。"[1]

不知何时开始，律师在哪里都不受欢迎。也许是因为人们将对骑士阶层的反感情绪转移到了持有他们巨额财产的律师身上。乔叟故事里的律师是一个外表看来十分可敬、事事勤谨、口才一流的人。他对法律的形式和案例都研究得无比透彻，只要付他足够的律师费，他能为一个人辩护，也能告倒同一个人。兰格伦笔下的律师形象和乔叟的类似，只不过兰格伦一般不会注意到这些事件里的滑稽之处，他对穷人所受的压迫更为关切，措辞因而也更严厉。利德盖特[2]（Lydgate）的《势利伦敦》讲述的是一个穷人"家贫百事哀"的故事：他"身无长物"，被抢劫以后没有人肯施舍他食物，没有人管他。但是最令他伤心的是因为他贫穷，没有一家法院愿意接见他。

穷人在争取更大自由、争取更公平地分享自己的劳动果实的道路上，不幸地被所有人诓骗。教会欺骗他，给他的施舍少得可怜；医生愚弄他，骗走了他身上最后一

※1 见《农夫皮尔斯》（现代英语版）序言部分。

※2 利德盖特（John Lydgate, 1370—1451），英国修道士、诗人，仰慕乔叟，著有《势利伦敦》（*London Lyckpeny*）。

点而且是准备用来救命的金子[1]；商人伺机卖给他劣质的东西；律师一看其他人都把他榨干了，也不愿意为他服务。[2]尽管上述种种真实存在，但很明显，历史学家和诗人一致同意这样的穷人都生活在快乐的英格兰，生活在幸福的伦敦城中。只要热爱生活，就会发现到处都很美好。国王和市长大人的华丽出行，红袍的议员透着威严，游行者兴高采烈地装饰齐普赛街，宫廷里和城里仪态万千，时髦的淑女们，教会的盛大节日，还有最美好的五月——这一切都是无忧无虑的人所看到的。他们之所以快乐，有些是因为充满希望的，有些干脆是对什么都不在意，逍遥人生。

"人们对伦敦城里持续不断的噪声和骚乱、拥挤不堪的人群、乱七八糟的气味一点都不在意。这些是这个城市的一部分，他们热爱关于伦敦的一切——圣保罗大教堂，上百座教堂、修道院、宫殿、宪兵……宗教节日里骑马和

※1 见《农夫皮尔斯》序言部分。

※2 参见《势利伦敦》（*London Lyckpeny*）及《农夫皮尔斯》。

盛会，每天各种钟声此起彼伏，酒馆里喝酒、摔跤、射箭、跳舞、各种乐器合鸣、游行、化装舞会，还有男欢女爱——都是他们所热爱的。他们充满骄傲，觉得除了伦敦世界上没有能住人的地方，没有任何一个城市能够和著名的伦敦相提并论。"[※1]

参考阅读

传记和社会历史类

瓦尔特·比桑特（Walter Besant），《中世纪的伦敦》（*Medieval London*）（社会历史）。

瓦尔特·比桑特，赖斯·詹姆斯（Rice James），《理查德·惠廷顿爵士》。

乔治·库尔顿[※2]（G. G. Coulton），《乔叟和他的英格兰》；让·朱瑟朗[※3]（J.J. Jusserand），《中世纪英国旅行生活》。

批评与讽刺类

杰弗里·乔叟，《坎特伯雷故事集》序言。

威廉·兰格伦，《农夫皮尔斯的幻想》现代英语版，凯特·沃伦（Kate M. Warren）改写。

[※1] 参见瓦尔特·比桑特（Walter Besant）的《伦敦》（*London*），1892，第261、262页。

[※2] 乔治·库尔顿（G. G. Coulton, 1858—1947），英国历史学家，以研究中世纪历史著名。

[※3] 让·朱瑟朗（J.J. Jusserand, 1855—1932），法国外交家、作者。

约翰·利德盖特，《势利伦敦》；《伦敦学徒和商会歌曲集》（珀西书会出版），1841，伦敦，卷一。

《帕斯顿家族书信集》，詹姆斯·加德纳编辑，三卷。

（虽然是后乔叟时代的作品，但可用来研究乔叟时代的生活。）

小说（小说具体内容见小说阅读目录附录）

乔治·詹姆斯[1]，《阿金库尔战役》（*Agincourt*）。

布尔沃·里顿（Bulwer Lyton），《最后一个男爵》（*The Last of the Barons*）。

威廉·莫瑞斯（William Morris），《约翰·博尔之梦》（*Dream of John Ball*）。

戏剧

托马斯·海伍德（Thomas Heywood），《爱德华四世》第一、二幕。

尼古拉斯·罗伊（Nicholas Rowe），《简·肖尔》（*Jane Shore*）。

威廉·莎士比亚，《理查二世》《理查三世》《亨利四世》《亨利六世》。

---

[1]　乔治·詹姆斯（G. P. R James., 1799—1860），英国小说家。

伦敦交通往来的八座老城门

圣保罗大教堂，霍拉，1647

左图是保罗·品达爵士的房子正面，大主教门外街道的西边；右图是米诺利斯区（Minories）的老喷泉旅馆（选自旧版画）

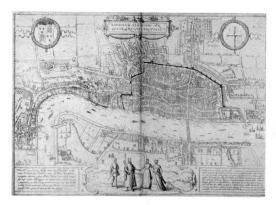

1572年的伦敦；图中黑线是伦敦墙

莎士比亚的伦敦

　　乔叟之后大约两百年就是莎士比亚的时代。虽然这两个时代离20世纪都很遥远，但是我们不应忽视从14世纪到16世纪发生的历史变化。这两个世纪中，伦敦人口翻了一番还多，从四万人增长到约十万人，因此，伦敦城的面积也扩大了不少。伦敦墙内的旧城没有太多变化，但是墙外多了很多新建筑。萨瑟克区各方面也更加成熟完善，尤其是沿河至伦敦桥东一带；阿尔德城门和大主教城门前有两排房屋，绵延半英里；而伦敦城的西北部——也就是从沼泽门沿河而上的区域——人口更加稠密。河岸到威斯敏斯特大教堂一路都是宏大的建筑，到查令十字街，就是村庄了，因此可以说威斯敏斯特大教堂是公私建筑的分界点。

但是，人口的增长和城市规模的扩大并没有改变伦敦的本性。这个时代一个显著的变化是：到了莎士比亚和伊丽莎白[1]时代，英格兰真正有能力独立起来。几百年以来，英格兰与外敌的对抗从未停止，乔叟有生之年胜利之望还非常渺茫，但1588年击败了西班牙的无敌舰队（the Armada）之后，英格兰再也不必担心来自欧洲大陆的入侵。

在莎士比亚时代，比规模增长和独立都更为重要的历史发展是英格兰和伦敦的世俗化。朝圣在伊丽莎白时代已经过时了，如果这时让随便三十个出于不同目的的伦敦人一起进行一次穿越英格兰之旅，他们的特点肯定和理查二世时的伦敦人完全不同。此时的伦敦已经不再唯宗教至上。乔叟和兰格伦早在14世纪的预言成为现实——教会日趋堕落，1530年到1540年间全国的修道院都解散了。当时人们组成了一个调查委员会，一旦发现修道院里有违规现象就报告到议会，随后很多小修道院

※1　指伊丽莎白一世（Elizabeth I，1533—1603），当时的英国女王。

的特权就被取缔了，随后大修道院也被谴责，于是王室开始掌权。王室把很多教会设施作为私产赐给了权贵，有的则用作学校。在短得令人难以置信的时间内，大量曾经用于满足少数人宗教目的的建筑摇身一变，开始为大众服务了。

修道院资本的重新分配和修道院的解散都只是表象，背后的原因是当时人们生活兴趣的转移。新时代的知识使得很多人不再像旧时的僧侣一样埋首于宗教研究。较之人与上帝的关系，人们开始更关心人与人以及人与其所处环境的关系。令乔叟时代的思想者欲罢不能的"蒙昧"状态不再吸引人，取而代之的是对现实世界神奇之处的兴趣和求知欲。这样的转变立即促进了天文、探险和自然科学的突飞猛进，人们开始对自身、对人类包括物理的、心理的和社会的很多方面产生了新的兴趣。对于新时代的这种人本精神，《哈姆雷特》中的一句台词总结得最到位，哈姆雷特在说完"覆盖众生的苍穹"和"金黄色火球点缀的庄严屋宇"后，说到人：

"人是如此了不起的东西！理性高贵，能力无穷！仪表和举止多么端庄、多么美妙！行动犹如天使，智慧堪比神祇！人真是世间至美，万物之灵！"[1]

从当时剧院的发展也可以看出来，当时人们的注意力从宗教转移到世俗，并非言过其实。史料显示，中世纪发展戏剧的初衷是让宗教崇拜的场所和仪式更加精致更吸引人，这是当时的大潮流。但随着历史的发展，戏剧慢慢地走出了教堂的大门。戏剧化的表演和台词最初是穿插在教堂正式仪式中的，后来经过一系列演变发展，戏剧部分从固定的专门仪式中独立出来，人们开始在教堂的庭院里而不是教堂里面表演戏剧，参与者也不限于教徒，再后来由手工业行会赞助在广场上演出。而随着文艺复兴对英格兰的影响逐渐深入，教堂和剧院实现了完全的分离。捍卫英国道德的清教徒们大多对剧院要么视若无睹，要么充满敌意，认为戏剧只会转移本该专注于"沉思神与永恒福祉"的注意力。与他们形成鲜明对比的是当时的剧作家，他们大胆采用异教徒素材，写成戏剧或

---

[1] 见《哈姆雷特》第二幕第二场。

者小说来娱乐观众。

这样的局面发展到莎士比亚时代，结果是一方面戏剧和表演成了非常流行的"不体面"的娱乐，且受到了王室的扶持；而另一方面执着保守的清教徒一致认为自己道德高尚，清心寡欲，容不得世间还有"蛋糕美酒"※1，他们坚持反对建立剧院并组织发起了旨在完全消灭戏剧的正式运动。他们的坚持不懈最终获得了法律上的认可：在莎士比亚时代，所有1576年以后的剧院都必须建在伦敦城以外。虽然严格来说，这次立法是清教徒的胜利，但实际作用不大，因为建在城外的剧院并不远，从伦敦市中心步行便可轻松到达。最早的剧院中，建于1576年的剧场（the Theater）和幕帷剧院（the Curtain），以及建于1599年的吉星剧院（the Fortune）位于伦敦北部；而建于1592年的玫瑰剧院（the Rose），于1599年旧址上新建的环球剧院（the Globe）以及建于1613年的希望剧院（又名斗熊园剧院（the Hope，or Bear Garden））则位于泰晤士河对岸的

※1 清教徒的敌意也遭到了戏剧界的反击。例如《第十二夜》第二幕第三场，托比·贝尔奇（Toby Belch）爵士的演说就暗指清教徒。约翰逊（Johnson）所著《巴萨罗穆》中的"忙忙碌碌的狂热土地"，也是对清教徒的戏谑。

萨瑟克区。

当年典型的剧院外形立马能吸引一般的观光客的注意力。它们一律是圆形或者八角形建筑，围墙很高，上有小型圆顶，在有戏上演的时候圆顶上会插一面旗帜。很多当代艺术家似乎都错认为当时的剧院是塔状的，他们的画作在很多方面都与实际比例不符。很多画里的希望剧院、环球剧院和玫瑰剧院都是狭窄尖耸立的建筑，即使观众为数不多，也很难想象剧院里是否挤得下。而吉星剧院的图异于其他，建筑细节上更能让人相信这个礼堂是为了容纳比较多的人。

从第一章可以看出，剧院建筑的基本设计源自旧旅馆。那时候街边的旅馆里都有一个中空的庭院，房间围绕着庭院建造，每一层的阳台都是连通的，像走廊一样可以来回走动。早期的演员们为了能在旅馆里表演，会自己搭一个戏台，延伸到庭院三分之一或者一半的地方。这样一来，在一楼的旅馆工作人员和仆人们就可以不论晴雨都站在外面看戏。而旅馆的客人和其他特许入场的人则可以到阳台上，坐在遮蔽处或舒服的座椅上观看表演。

建成于1599年1月8日的吉星剧院，其建筑各个方面都与旧时旅馆一脉相承。建筑外围面积八十平方英尺，内部面积五十五平方英尺，其余的二十五平方英尺则是四面的阳台，阳台的宽度均为十二点五英尺。戏台长四十三英尺，延伸至庭院中央，二十七八英尺宽。位于戏台后部的阳台以及下面的空间都可以用来作为后台。这种脱胎于旧式庭院旅馆，并加以改造的建筑模式被广泛应用于伊丽莎白时代的剧院。

总的来说，文学史上公认的伊丽莎白时代剧院设施简陋的说法有些言过其实。那时剧院的规模和数量其实还是比较可观的，用于特别设施和鲜花装饰的费用也常常不少。不过，和今天的剧院设备比起来，当时的舞台经理可谓乏善可陈，于是当时创造戏剧效果的责任更多地落到了观众头上。观众需要沉浸在那种"自愿地不去怀疑"的状态以拥有诗意的信仰。造成这样局面的另一个原因是当时的剧院往往没有足够的戏服，演员们不管是在表演《雅典的泰门》（*Timon of Athens*）、《尤利乌斯·恺撒》（*Julius Caesar*）还是《威尼斯商人》（*Merchant of Venice*），穿的戏服放在现代可能无所谓，但在当时可以说很不得体。此外，当时的剧院里只有男演员，他们男扮女装，更加需要观众们发挥想象力。我们后面将要讨论流行于莎士比亚时代的化装舞会和盛大游行，那些场合的布景和服装可谓极尽华丽之能事，但是这种风气并没有蔓延到剧院里面去。

由于当时的剧院都是露天的，所以演出很多时候要视天气状况而定。在剧院顶部还有一层小圆顶，有戏上演时上面会插一面旗帜来通知远方的观众，类似于今天的广告单。如果有戏上演，和当年的旅馆一样，不同身份的观众就有不同的位置。现在被认为最好的位置，即紧挨着戏台的空地，当时是最便宜、最不挑人的位置。在美国，可找不到能感受当年观众席位的地方；在德国，一些大剧院最好的位置是"第一排、第一个阳台"（erste Reihe, erster Rang），而在第一层的位置则要便宜些。伦敦现在的情况则更接近当年：戏台前面的空地依然存在，只不过改成了后面的空地，人们只要花上两先令六便士就能有个位置（当然是木凳子），而比他们稍微前面的位置要贵上四倍多。[1]伊丽莎白时代的剧院风俗倒确实有一样不复存在了，那就是允许观众坐到戏台上去，这样的有利位置当时一般都被年轻大胆——我们今天称之为喜欢在"聚光灯"下的观众占据了。今天的观众即使爱出风头，最多也只能在看戏剧时买包厢的位置，或者看歌剧时买"钻石马蹄形"观众席里的位置。

剧院的气氛轻松自由，演员们不需通晓礼仪的观众，便可以用好的故事和自己的演技抓住他们的注意力。德克尔[2]（Dekker）的描述略微夸张却很真实，他说坐到戏台上的时髦年轻男子[3]臭名昭著不仅仅因为他们很显眼，也由于他们咄咄逼人的举止。他可以随意迟到，来早了就在戏台上打牌。他会对演出和剧作者都发表评论，如果不满意就会"一脸不满，从凳子上愤而离去"。同时，他也能和观众交流，有时候和近处的女人们说话，不仅言辞出

※1　有趣的一点是，上演不同的戏剧，场地和管弦乐队之间位置的分配也不同。我曾在同一天同一个剧院看戏，一场是莎士比亚的，场地只占了最后六排座位。后来隔壁上演的是一部通俗剧，除了前五排，其他都是场地座位。

※2　德克尔（Thomas Dekker, 1572—1632），英国作家。

※3　见《格尔们的入门书》（1609）（针对即将成为"时髦男子"的讽刺作品），第六章《时髦男子剧院举止指南》。

格，有时甚至过分：

"即使那些像稻草人一样的丑角都冲你大叫、吐唾沫在你脸上，还把脏土扔到你的嘴里，你却置之不理。这是绅士耐心的体现，置身事外，嘲笑着这些愚蠢的动物。"

剧院里的这些状况较之剧院外的，只能算是小巫见大巫。剧院不断发展，周日时更是聚集了大量观众，难怪清教徒一直指责他们造成了社会的混乱。人群聚集、统治者意见不合，警力又不济时，确实很容易滋生罪恶。

总的来说，伊丽莎白时代的英格兰人算不得很自律。他们喜欢喧哗，不论是欢乐的大笑还是愤怒的口角。他们也喜欢动动拳脚，不论是围着五朔节花柱跳舞还是赤手空拳与人搏斗。因此，到了节假日和星期天，就算没什么事发生，人们聚集去看戏和散场撤离剧院时也自然混乱不堪。而清教徒以其引发无法无天的局面为由反对剧院，反而更加助长了这种强烈的骚乱情绪。

前文说过剧院的建筑结构一定程度上脱胎于早期旅馆和酒馆，到了伊丽莎白时期我们不能确定这些酒馆的数量是不是较以前增加了。费兹史蒂芬[1]在12世纪就抱怨过伦敦的两个害群之马之一是"愚蠢的人们无节制地饮酒",由此可见早在那时伦敦就不缺酒馆。到了伊丽莎白时代,酒馆的数目看起来明显增多了,其实可能是史料更翔实的缘故。

"从白厅到查令十字街我们会经过这些酒馆:白色心灵、红狮、美人鱼、三个酒桶、问候、灰狗、钟、金狮。到了查令十字街,就会看到这些酒馆:嘉德勋章、皇冠、狗熊和破烂、天使、国王哈利。从查令十字街再走向市中心则会看到:又一家白鹿、雄鹰和小孩、头盔、天鹅、钟、国王哈利、鸢尾花、天使、神圣绵羊、熊与耙、犁、西普、黑钟、另一家国王哈利、牛头、六便士一杯的金牛、另一家鸢尾花、红狮、喇叭、白马、公主的手臂、钟野人旅馆、施洗者圣约翰、猎狗、战船、圣达斯坦、赫拉克勒斯、老人酒馆、主教冠、又一家国王哈利、三个酒桶,还有三只鹤。"

※1　费兹史蒂芬(William FitzStephen,？—1191),英国历史作家。

这些与其余遍布伦敦的成百家酒馆很能说明当时时代的一种特质：有的方面野蛮无礼，有的方面却绚烂璀璨。1587年的哈里森[1]描写这些旅馆时就颇为困扰，一边是对这种现状与文化的自豪，一边是需要说出全部真相的坦诚。按照他的描述，这些旅馆"宽敞舒适"，客人是客房的皇帝。食物精美、床上用品干净、客人财物丢失可获赔偿，而且旅馆还为客人和马匹提供优质的服务。可以说哈里森的描述并不是昧着良心说话。但是，可能他想起来自己也遇到过不公平的对待，不得不承认旅馆的工作人员常常"贪他的喂马钱"，而且很多旅馆与盗贼同流合污，告诉登徒子哪些客人容易得手。最后，哈里森不无缓和地总结道，这些旅馆的招牌都很华丽，造价也不菲，有的要花上三四十镑。

当时这些旅馆的有趣之处在于里面不仅仅有伦敦本地的客人，还有外地客。这些外地客里什么样的人都有，而名声越好的客人，行事越为低调。像达尔加诺勋爵（Lord

---

※1　见《哈里森的英格兰》（新莎士比亚社会出版社）。

Dalgarno）和格林瓦洛驰（Glenvarloch）[1]这种时髦的年轻人以及比他们爵位低又紧跟潮流的年轻人，那家平常旅馆（the Ordinary）是常去的。德克尔的历史讽刺作品里有一章是专门写这家酒馆的。[2]年轻的"格尔"被刻画得栩栩如生。他总是"未见其人，先闻其声"，然后小心翼翼选择自己的伙伴，对着大家夸夸其谈，"狼吞虎咽"，最后开始务"正业"。而这正业往往是赌博。"一个地方，如果没有以打牌来污染眼睛，没有骨牌的声音玷辱耳朵，那这个地方就称不上公共娱乐场所。"赌博时，"格尔"必须表现出高度的自控力，不能输了就露出囊中羞涩的真相。"玛丽，我能容忍你大汗淋漓、撕毁六七打牌、毁掉二三十个色子，也能任你一小时内弃桌一千次，但是我不能容忍你大声咒骂。"

　　一天就快过去时，新的娱乐活动又上演了："所有的客人都站了起来，因为有罪犯将被处以绞刑，法国男仆和爱尔兰小厮各自牵着主人的爱马，在门边互相耸了

※1　司各特（Scott）小说《耐基尔沉浮记》中的人物。

※2　见《格尔们的入门书》（*The Guls Horne-book*）第五章《平常酒馆》及第七章《旅馆》。

耸肩，准备去看新热闹：那才是狂欢，他们骑着马飞奔而去。"

世俗之事从一开始自然就是旅馆生活的核心，将来也会成为剧院的主要题材，甚至也以不可阻挡之势进入了教会。本·琼森（Ben Jonson）在《人各有性》（*Every Man Out of His Humour*）[1]中不无耸人听闻地暗示了老圣保罗大教堂已不再只做宗教用途，德克尔对此又做了更详尽的说明。教堂外围的庭院虽然还矗立着保罗的十字架，时不时也有牧师在此布道，但这里已被用作生意人聚集之处。教堂的内部也好不到哪里去。每天中午，教堂中殿的通道就是著名的保罗之路，每日中午时分，这里都会挤满各色各样的人，他们各有目的，但没有一个人是为了宗教信仰。不同的"会谈"占据了这条通道。乔叟笔下从事法律的人一般在阳台会面，到了伊丽莎白时代他们直接在教堂里面自卖自夸。劳力也来这里找活干；各种商品在此待售；各色摊贩在这里营业且生意兴隆。此外，伦敦的堕落的人

※1　见《人各有性》第三幕第一场。

们，包括永远的巴尔多夫（Bardolph）[1]，让教堂的名声更加不堪。此时的圣保罗大教堂虽然从宗教角度来看让人沮丧，但是作为这个城市多彩生活的精华缩影，它肯定也让每个游客流连忘返。

从圣保罗大教堂往东走就到了伦敦真正的商业中心齐普赛街，这里的氛围从乔叟时代[2]开始就没有变过。当时如果有游行经过齐普赛街，观众绝不会只是温和有礼地站在一边看——那时的英国人还不像今天的英国人那般自制。一位1617年伦敦市市长就职典礼的亲历者指出，就职典礼多姿多彩，一半是因为事先的精心准备，一半是因为当时人们的随意和不正式。"光鲜肥胖的伦敦警察长坐在马上试图维持秩序，却只是徒劳。"[3]两边房子里的人不断从窗子里扔出鞭炮，窗外的人被砸到了还很高兴，此外人们还用鞭炮来为游行队伍开路。几辆马车来到街上，一

※1 见莎士比亚《亨利四世》第一幕第二场，福尔塞塔夫（Falstaff）说起巴尔多夫（Bardolph）："如果我在圣保罗大教堂买下它，能用它去史密斯菲尔德换一匹马。"

※2 参见第一章。

※3 见哈里森《伦敦印象》，1587，第二部分前言（新莎士比亚社会出版社）。

些暴民马上爬上去，车里有人试图攃他们下去，却被抹了满身泥。以今天的标准来看，这样的喧哗的游行混合了粗糙和绚丽，这两者不同尺度的组合也正是当时很多风俗习惯的特征。

游行队伍如果从齐普赛街经由圣保罗大教堂，再从路德门到舰队街，就会经过一个有很多小店的街区，这些小店从乔叟时代一直到狄更斯时代都在，在莎士比亚时代最为繁华。这些商店店面很小、对外敞开，很多货物的排列展示是街头模式。每家店有两名学徒，他们得做好多事，可最重要的只有两件：一个是帮忙拉客人，即促销。这些学徒扮演的角色有些像现代各个地区展会里的"叫卖人"，也有些像现在较低档百货商店里的推销员。他们各式各样的叫卖声出现在当时很多作家的笔下，司各特（Scott）在《耐基尔爵士》（*Sir Nigel*）中为了给作品增添本地风味也对这种叫卖做了描述。学徒们的另一"主业"则与生意无关：当公敌出现时，他们互相叫一声"武器！"就团结一致与公敌们较量。这样的训练对学徒们来说并非坏事，因为他们以后都会入伍参战，这也是为什么德克尔的《鞋匠的节日》（*Shoemaker's Holiday*）[1]中西蒙·埃尔（Simon Eyre）对自己的学徒正气凛然道："为了我们行业的荣誉而战……圣马丁的花，疯人院的疯子，舰队街，铁塔街，白教堂；给我敲掉这些法国疯子的头，在他们身上种天花，打他们；打！我的好小子们，以路德门大人之名，打他们！"

如果说这个街区的学徒们无视法律、触碰了底线，可能是由于他们离一个避难处很近，那是一个很奇怪的避难所，很多躲债的和躲法院的人都到那里去。之前那里因体面得宜而扬名，当时则是臭名昭著。

"圣殿教堂附近的白衣修士区（White friars）当时也叫阿尔塞西（Alsatia），在当时及之后近一百年里这里是一个避难区。除非大法官或者枢密院明令搜捕，不然在这里还是很安全的。事实上，随着这里聚集的无可救药者越来越多——破产的公民、欠一屁股债的赌棍、挥霍一空的浪子、绝望的决斗者、亡命之徒、杀人犯还有形形

※1　见《鞋匠节日》第一幕第一场。

色色的堕落放荡者等，这里成了一个与外界隔离的避难所，执法者想在这里执法很困难也不安全，就算是最高法官的法令也一样，避难者的安危与任何权威的法令都无关。"[1]

也有事态严重的时候，就算警长当真要全副武装来执行任务，消息也早就会传开了，避难者们在执法者到来之前就换了地方，等到他们闹腾完了再回来。不过，莎士比亚时代的这片区域还没展现出它最不堪的一面。1623年《第一对开本》（*First Folio*）[2]出版时，阿尔塞西这个名字在一本小册子上出现过，此后的半个多世纪里，这个区继续以自己特别的方式发展着。到了18世纪后期，这个区中间的密特庭院（Mitre Court）成了一个极受人尊敬的地方，是约翰逊博士与其朋友们聚会的地点。

往威斯敏斯特去的游行队伍过了舰队街，接着就来到了——

---

[1] 见司各特《耐基尔沉浮记》卷一，第十六章；见安斯沃斯《杰克·谢泼德》卷三，第八章。

[2] 《第一对开本》是现代学者为第一部威廉·莎士比亚剧本合集命名的名字。

　　砖垒的塔院，

　　这些宽敞的建筑很久以前就矗立在泰晤士河上，

　　现在是辛勤的律师们的住所，

　　曾经是骑士们的宅邸，

　　直到他们的傲慢毁了自己。[1]

　　圣殿教堂最开始是圣殿骑士们创建的，1313年圣殿骑士团解体后，圣殿教堂成了耶路撒冷的圣约翰骑士们的财产，后者把外殿出租给个人，把中殿和内殿租给了学法律的学生。后来英格兰修道院溃散解体，这座建筑由王室继续对外出租，直到莎士比亚晚年、弥尔顿出生的1608年，詹姆斯一世把两座圣殿永久赐给了英格兰律师协会管理者及其后继者。

　　这些区域西缘的圣殿闩（Temple Bar）把舰队街和河岸街隔开来，成了围墙外土地的分界线，当时围墙外的土地还在伦敦市的管辖范围内。依据古老的传统，圣殿闩的大门平常要关闭，只有喇叭吹响、会谈结束、经伦敦市

※1　见斯宾塞（Edmund Spenser）《婚前曲》（Prothalamion）卷二。

市长准许后，英国王室方可进入伦敦。现在大门已不复存在，国王和最卑贱的子民享有相同的权利，但在重大场合这种古老的仪式还是会上演。

这列往西的游行队伍最后要走过河岸街和查令十字街，经过白厅到达威斯敏斯特大教堂。白厅最早是沃尔西主教的住所，他称其为约克宅邸，后为王室占有，从亨利八世到威廉三世一直被用作王宫。当时白厅里外的种种，人们可以通过阅读司各特的《耐基尔沉浮记》(*The Fortunes of Nigel*)[1]得到清晰的图景。前文说过的伊丽莎白时代的壮丽与不够精致的组合在一本书里有所体现，这本书描述亨利八世的白厅有"一系列的走廊和庭院、一个大厅、一个小教堂、一个网球场、一个斗鸡场、一个果园和一个宴会厅"。詹姆斯一世1606年新建的宴会厅只存活了十一年，但当时那里每晚都有本·琼森[2]的戏剧上演。1582年，肯尼沃斯的莱赛斯特（Leicester at Kenilworth）为伊丽莎白女王的出行安排了一场演出，司各特在描述此次演出时引用

※1 见《耐基尔沉浮记》卷一，第五章；见《顶峰的佩佛尔》（*Peveril of the Peak*）卷二，第十四章。

※2 本·琼森（Ben Jonson, 1572—1637），英国剧作家、诗人、演员。

了罗伯特·兰姆（Robert Laneham）的一封信，从这封信里我们看到了伊丽莎白时代戏剧华美的一面。而在布斯诺（Busino）对1617—1618年白厅一次演出《第十二夜》的情况的描述中[1]，我们可以看到当时戏剧的另一面。观众们等了好几个小时，直到十点王室成员到场后才开演。剧目《抑乐以扬德》（*Pleasure Reconciled to Virtue*）上演。"此剧花了很长时间表现这最为滑稽可笑的一幕：酒神巴克斯坐在马车上，后面是坐在酒桶上的希勒诺斯（森林之神），还有十二个酒瓶。"十二个男侍童跟随其后，还有十二个戴假面的骑士，后者选择舞伴时，在国王面前自顾自地跳着最滑稽的舞步。他们跳累了，詹姆斯也会很不耐烦地催他们继续跳，这时候"白金汉郡的侯爵走上前去，跳了轻盈而又精致的几个舞步，他的动作如此优雅敏捷，不仅平息了国王的恼怒，更博得了众人的仰慕和欢心"。有些司各特的读者觉得他把国王、"斯蒂尼"和"小查尔斯"写得太不像"天使"了，而通过阅读以上这种描述就可见司各特并没有抹黑王室。

---

[1] 见哈里森《伦敦印象》，1587，第二部分前言（新莎士比亚社会出版社）。

　　我们刚刚描述的陆上路线虽然是从伦敦塔到威斯敏斯特的一条著名旅游路线，但是当时更多的人一般都宁愿乘船往来泰晤士河的上下游。伦敦的街道，尤其在为重要活动准备时，往往不堪入目。伊丽莎白统治时期就有一位官员因为从伦敦交易所到威斯敏斯特的大路间有瑕疵而被罚。看到这里读者可能以为当时政府对街道清理和维修颇为注意，但是再一看就不会这么认为了：这位官员被罚鞭打三百一十三次，因为在不到两英里的街道间有三百一十三条脏水沟。在这样的情况下，可以想象很少会有人使用交通工具。此外，对步行者来说这些街道脏得无法想象。和乔叟时代一样，马路中间的水沟依然是居民倾倒垃圾的地方。沟渠里散发出的臭味与远处商店和厨房里飘出的气味混在了一起。此外，还有工匠们的叮叮咚咚，以及伦敦上百座教堂各式各样的钟声也一起困扰着这个城市里长期受苦的步行者。因此，可以顺水而行时，为了方便起见或者有时为了享受美景，很多人都会选择坐船。

在莎士比亚时代，泰晤士河是一条美丽的河流[1]，今人可以从威斯切尔（Visscher）和霍拉（Hollar）的画作中看出大致。泰晤士河是伊丽莎白时代的艺术家们钟爱的题材，清澈的河水、水里各种各样的鱼和水面美丽的天鹅，无一不赏心悦目。哈里森在《英格兰》中充满热情地描写这条河（他并不是唯一拥有这样热情的人）：

"同样地，我希望每天这条河上都有无数的天鹅，有两千条驳船和小船和三千名水手，他们上船下船，在这条河上来来往往、川流不息！除了那些大船，还有帐篷船和驳船，把乘客和必需品从牛津郡、巴克郡、白金汉郡、贝德福德郡、赫特福德郡、米德塞克斯、埃克塞斯、萨里和肯特运往伦敦城。但是……我现在暂时不再赘述了。"[2]

伦敦桥上没有什么车，多是行人，桥下则是大量东

※1　见斯宾塞《婚前曲》。
※2　见哈里森《伦敦印象》，1587，第一部分前言。

行船只的天然终点。伊丽莎白时期海上贸易并不比之前的更为繁荣。虽然此时英国与更多更远的港口有了贸易往来，包括欧洲最远端的、从地中海到北欧的海港，以及苏伊士运河开通之前更远的东方港口。在伦敦桥下的海港，俗称水池，常常可见帆船列队，而当时的比林斯盖特（Billingsgate）还没有堕落成今天的海鲜市场，是最繁忙的船只来往处。

当时盛行的浮夸与古朴混合之风还体现在当时的建筑上。从现代便利的角度看，哪怕现代最穷的人也会对以前的生活条件难以忍受。当时人们根本没有建设水管系统、合理的垃圾处理、全房屋供暖或适当的通风等这些概念。由于垃圾成堆，人们便大量使用香水试图掩盖垃圾散发的恶臭。但当时却有很多美轮美奂的建筑，且不仅仅限于富贵人家的宅邸。人们对泰晤士河畔的座座宫殿和诸如克劳斯比礼堂这样的建筑都很熟悉，不过其实在伦敦的其他地方，很多商人的宅邸单凭外表华丽也称得上是成功的艺术品。

虽然往往每个时代都以自己的高标准来评价以往的时

代，但说到华衣美服[1]，我们今天仍不得不感叹当时的服饰可谓巧夺天工、美不胜收。1647年在美国纳撒尼尔·沃德（Nathaniel Ward）发起了一场有趣的反进口英国流行服饰的运动，如果不是英国本土也有类似的激烈的反对情绪，我们可能认为那只是清教徒对人本能追求外表美的排斥。哈里森在《英格兰》一书中的注释体现了对这一话题类似的情绪。

"我们对服饰孜孜以求的精神令人吃惊——我无法描述英格兰的服饰——先是西班牙风格，然后法国风，之后是德国风，随后又是土耳其风，还有野蛮风。人们穿上这些看起来就像狗穿上了紧身衣那样滑稽。人们整天缠着裁缝、虐待裁缝！还有试穿过程！我们大汗淋漓不厌其烦直到找到合身的衣服为止。我们有的拉直头发，有的弄卷头发，有的戴假长发，有的剪短发；有的廷臣戴上耳环来让耳朵变得更美；这点上女人比男人更糟：上帝给他们的礼

---

[1] 参见菲利普·斯塔布斯（Philip Stubbes）《莎士比亚青年时代的英格兰病态解析》（*Anatomy of the Abuses in England in Shakespeare's Youth*），第三章《男性服饰》；第四章《女人服饰怪态》（新莎士比亚社会出版社）。

物被他们任意糟蹋了。"[1]

富尔肯布里奇的波西亚（Portia of Falconbridge）说起她众多的追求者时，这样描述其中一位英格兰年轻男爵：

"我觉得他的紧身衣是在意大利买的，紧身短裤是在法国买的，帽子是在德国买的，至于他的举止风度嘛，应该说是各地风格的大杂烩。"[2]

对社会史和文学史中如诗如画的细节研究得越多，越会同意这样的观点：最有意思的往往在于过去与现在根本上的联系。不可否认，历史一直在推陈出新，新的词汇、比喻、习俗以及新的生活方式不断涌现。但是在观念和人性的本质上，现代人和洪荒之前的人类并没有那么大的区别。所以当我们说到莎士比亚时代和当时的伦敦的鲜明特征时，我们发现，这些特征一方面是物质上的，一方面仅

---

[1] 参见哈里森《伦敦印象》，1587，卷二，第七章。

[2] 见《威尼斯商人》第一幕第二场。

仅是因为我们在强调那个时代和这个时代的不同。17世纪有关伦敦剧院走向最精彩时期的故事，放到20世纪就没什么新鲜的。虽然"逗牛"和"斗熊"游戏在今天已经没有人玩了，但是斗鸡场依然还在，依然在满足着某些竞技游戏者的野蛮欲望。现代作家对伊丽莎白时代华美的建筑和服饰评而不倦，而忽视了其实今日的建筑服饰也有很多和几个世纪以前相通的风格特征。也许今天的人们不像雷利[1]（Raleigh）和他的朋友们那样注重服饰的华丽，但当今媒体和教会对女装女帽经营者的批评反对和历史上记载的一样激烈。此外，现在的人们购买日常用品耗资不菲，很多人因此认为昂贵的生活代价到了现代才出现，可事实则是这样的情况早在伊丽莎白时代就已存在。那时的人们已经深谙税赋、房租、人工费之累。一个人对伊丽莎白时代思考得越多，他的观点会越复杂，但是总的来说可以归纳到两方面：当时与今日在外表上的惊人差异，当时与今日在本质上的惊人相似。

---

[1] 雷利（Walter Raleigh, 1552—1618），伊丽莎白时代著名冒险家、作家、诗人。

参考阅读

传记和社会历史类

瓦尔特·比桑特（Walter Besant），《都铎王朝时代的伦敦》（*London in the Time of the Tudors*）。

佛尼瓦尔（F. J. Furnivall），《莎士比亚：生活与工作》（*Shakespeare:Life and Work*）。

朱瑟朗（J. J. Jusserand），《莎士比亚时代的英国小说》（*The English Novel in the Time of Shakespeare*）。

奥迪士（T. F. Ordish），《莎士比亚的伦敦》（*Shakespeare's London*）。

史蒂芬森（H. T. Stephenson），《莎士比亚的伦敦》（*Shakespeare's London*）。

讽刺类和描述类

托马斯·德克尔（Thomas Dekker），《格尔们的入门书》（*Guls Horne-booke*）；《伦敦敲钟人》（*The Bellman of London*）。

威廉·哈里森（William Harrison），《英国印象》（*Description of England*）第一、第二部分，新莎士比亚社会出版社，第六系列。

埃德蒙德·斯宾塞（Edmund Spenser），《婚前曲》（*Prothalamion*）。

菲利普·斯塔布斯（Philip Stubbes）《莎士比亚青年时代的英格兰病态解析》；《服饰讽刺歌曲与诗歌》（17世纪，第96—202页），珀西书会出版，伦敦，1849，第二十七卷；《满布波尔斯》或《时髦男士聚会》，珀西书会出版，伦敦，1841，第五卷。

小说（小说具体内容见小说阅读目录附录）

安斯沃斯（W.H. Ainsworth），《伦敦塔巡官》（*The Constable of the Tower*）；《伦敦塔》（*The Tower of London*）。

詹姆斯（G.P.R. James），《达恩利》（*Darnley*）。

瓦尔特·司各特（Walter Scott），《肯尼沃斯》（*Kenilworth*）；《耐基尔沉浮记》（*Fortunes of Nigel*）。

戏剧

博蒙特与弗莱切尔（Beaumont and Fletcher），《烧火杵骑士》（*The Knight of the*

Burning Pestle）（1610-1611）。

约翰·库克（John Cooke），《格林说"你也是"》（*Greene's Tu Quoque*）或者《城里的时髦男子》（*The Citie Gallant*）（1614）。

托马斯·德克尔（Thomas Dekker），《鞋匠的节日》（1600）；《伦敦的七宗死罪》（*Seven Deadly Sins of London*）（1606）。

德克尔和米德顿（Dekker and Middleton），《怒吼的女孩》（*The Roaring Girl*）（1611）。

罗伯特·格林（Robert Greene），《伦敦和英格兰的镜子》（*A Looking Glass for London and England*）（1589）。

托马斯·海伍德（Thomas Heywood），《伦敦四学徒》（*The Four Prentices of London*）（1615）；《你并不认识我》（*If You Know Me Not*）（1605）；《交易所的漂亮少女》（*The Fair Maid of the Exchange*）（1607）。

本·琼森（Ben Jonson），《人各有癖》（*Every Man in His Humour*）（1598）；《人各有性》（1599）；《一个浴缸的传说》（1603-1604）；《巴托罗缪集市》（1614）；《魔鬼是头驴》（1616）；《圣诞老人假面剧》（1614）。

托马斯·米德顿（Thomas Middleton），《新学期》（*Michalmas Term*）（1607）；《齐普赛街上的纯洁少女》（*Chaste Maid in Cheapside*）（1630）。

约翰·韦伯斯特和约翰·马斯腾（John Webster and John Marston），《不满足的人》（*The Malcontent*）（1604）。

环球剧院（1599年）

圣保罗大教堂路口1620年的景象。詹姆斯一世正在聆听布道

（威尔金森，1811）

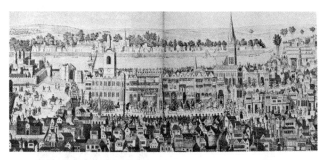

从伦敦塔到威斯敏斯特大教堂的游行，1546-1547（来源：1647年的一幅版画）

（法国）女王1638年进入伦敦——经过齐普赛街

（法国历史画家萨里的版画，1639）

弥尔顿的伦敦

　　在英国历史上，17世纪是与众不同的。人们需要对当时的政治情形有些清晰的了解，才能更好地理解、欣赏当时的文学。17世纪中叶，英国国内矛盾冲突不断。其中又以两个历史时期为清晰的分水岭，这两个时期前后发生的事都要以它们为参照。因此，和其他任何时期相比，这段时期的历史都更应得到重视。如果本章内容与其他章节长短不一、不甚和谐，也应归咎于历史本身，而不应苛责我这个只是试图记录历史的后来人。

　　莎士比亚生于1564年，卒于1616年，弥尔顿生于1608年，卒于1674年。莎士比亚时代的伦敦辉煌富足，气象万千。伊丽莎白一世是位出色的君主，按照自己的心意挑选亲信，这位精明的君主，成功地周旋于欧洲各国之间，捍卫了英国的国威并缓和了一触即发的国内矛盾。然而她死后，矛盾迅速爆发。詹姆斯一世在位时，局面就已岌岌可危，而查理一世的死则将矛盾推向了最高潮。之后又经历了十一年的动荡，倒退的革命最终推翻了共和体制，王政复辟，代表斯图亚特王朝的查理二世登基。弥尔顿见证了清教之不义胜利的到来，也见证了清教惨败后，更为不义的王政复辟，他推动了整个进程，也对此加以谴责。

此外，弥尔顿自己的人生也在一定程度上反映了这两代人的历史。从许多方面来讲，直到1640年，他都更像是伊丽莎白时代的人，只是生得晚了；接下来的二十年，他是克伦威尔的拥护者；而从1660年到去世，他又是个坚定的战士，为了注定要失败的事业而不懈地斗争。同样地，这一时期的整个历史也都铭刻在弥尔顿的家乡——伦敦城中，变成了一幅幅辉煌的静物画。弥尔顿年轻时，假面剧※1风靡一时；接着，劳德大主教※2掀起一股宗教狂热的浪潮，震惊了整个伦敦；然后，斯特拉福德伯爵※3和查理一世被处以极刑，伦敦笼罩在恐怖之中；短期议会、长期议会和尾闾议会的相继出现令伦敦人忧心忡忡；再后来，伦敦被克伦威尔父子所统治，又在17世纪60年代欢欣鼓舞地迎接了皇室的回归；最后，在瘟疫和1666年伦敦大火※4之后，它终得幸存。对研习文学史的学生而言，这样的伦敦无疑特点鲜明，兴味盎然。

伦敦城虽然不断扩张，可弥尔顿大多数时间都住在老城区，他住过的房子多达十一所。他是在面包街出生的，那是一条从齐普赛街延伸出来的小路，紧邻圣保罗大教堂，弥尔顿在那里住到十五岁。大学毕业后，他去了趟欧洲大陆，回国后就搬到了河岸街的圣布莱德教堂（St Bride's Churchyard）的教区※5。接着，他又搬到了埃尔

※1 假面剧，演员戴面具表演的戏剧，盛行于17世纪的英国。

※2 劳德大主教，坎特伯雷大主教，英王查理一世的左右手，英国内战爆发后被处死。

※3 斯特拉福德伯爵，和劳德一样，是查理一世的左右手，1641年被处决。

※4 1666年伦敦大火，伦敦大火（Great Fire of London），发生于1666年9月2—5日，是英国伦敦历史上最严重的一次火灾，烧掉了许多建筑物，包括圣保罗大教堂。

※5 圣布莱德教堂，弥尔顿年轻时居住的圣布莱德教堂毁于1666年的伦敦大火。现存的圣布莱德教堂是在弥尔顿死后不久完成的。

德斯门附近两栋相接的房子里；然后又搬到了距纽盖特监狱只有半英里的霍尔本街（Holborn）。之后，在一连串飞速变化中，他不断地搬迁，从白厅到威斯敏斯特大教堂，后又两次搬回埃尔德斯门附近，并再次迁往霍尔本街。最后，他在沼泽门外的炮兵大道（Artillery Walk）定居下来。

像很多成名的大家一样，弥尔顿年轻时也受到了各种看似相互冲突的思想的影响。他虔诚的父母希望他能在教会任职，终其一生，尽职尽责——然而，他的父亲却非常热爱音乐，也很欣赏艺术，这很不符合清教严格的教规。但弥尔顿那一代人相信，真理与美会在更高的形式上合二为一，所以我们在他身上几乎找不到真正的矛盾之处。在他的各种作品里，我们偶尔可以看到弥尔顿在讲述自己的故事——这种方式在作家中还比较常见。以下一段诗歌的叙述者是施洗约翰[1]，但这也可以看成弥尔顿的自述：

---

[1] 选自《复乐园》第一卷，11页，201—206行。

年幼之时，孩童的嬉戏

并不吸引我；我心思严肃，

只想学习，求知，而后可以

为大众服务；我想，

那就是我的使命，我生来便要揭示

所有的真理，以及全部的正义。[1]

弥尔顿总是这样在自我剖析中自律，难怪他二十三岁时就哀叹虚度了人生，并决心"从此在我伟大的主的眼中"[2]生活。数年后，他的挚友爱德华·金（Edward King）英年早逝，弥尔顿为他作挽歌《利西达斯》，因此遭到英国国教前所未有的激烈抨击。对一半英格兰人而言，《利西达斯》有种愉悦的伤感，但他们也不能完全爱上弥尔顿。因为，他同时期创作的《快乐的人》和《沉思的人》两首诗中（这时候，弥尔顿还没有真正成

---

[1] 节选自弥尔顿的十四行诗《二十三岁的沉思》（*On His Having Arrived at the Age of Twenty‒three*）。

[2] 节选自弥尔顿的十四行诗《二十三岁的沉思》（*On His Having Arrived at the Age of Twenty‒three*）。

熟），弥尔顿每每提到教会，都只是拿它来记叙自身的快乐，却并不吟诵那些赞美诗篇，也不以描述地狱之火的方法来施教布道，只追忆自己看到那"微弱的、神圣之光"之时的喜悦心情——他在装饰华丽的大教堂里看到了这样的神圣之光，并尤其钟爱在那里举行的婚礼仪式。弥尔顿恳求使用更为温和的祷告音乐，此外，他并不只专注于走向衰落的悲剧，也沉迷于本·琼森的喜剧和莎士比亚的田园剧，想象着能栖居其间。

弥尔顿对戏剧的兴趣不仅仅停留在想象中，也将它们付诸实践，《阿尔卡迪亚》和《科摩斯》两剧就是证明。不可思议的是，奥利弗·克伦威尔（Oliver Cromwell）未来的拉丁文秘书居然曾写过假面剧，还是和包括作曲家亨利·劳斯（Henry Lawes）在内的非宗教人士合作完成的。《科摩斯》在假面剧中堪称翘楚。它的魅力很大程度来自音乐和布景之美。弥尔顿对该剧的贡献在于，他在科摩斯与少女冗长的辩论中，加入介绍和连接的段落作为大背景。假面剧的整个论述并不流畅，行文也大费周章，而剧中的少女，虽然外表清纯可爱，性格却固执尖锐，并不讨人喜欢，这在文学史上倒也是个特例。然而，人们对该剧传统上的预期却和它真正传达的效果大相径庭，这正清晰地说明青年弥尔顿的内心和他的同代人一样，被夹在旧时代的自由享乐与新时代的恪守清规之间，进退两难。

《科摩斯》是在1634年9月完成的。我们现在就来看看，在这之前一两年间，时局发生了多大的动荡。

二十多年来，清教和戏剧的对立越发呈现出剑拔弩张之势。在此期间，剧院起了煽风点火的作用。1633年早期，随着一本奇书的问世，原有的矛盾愈加激化。书的作者名为威廉·普林（William Prynne），是一名林肯律师学院（Lincoln's Inn）外席律师※1。普林为这本书起了个奇长无比的标题，因为篇幅所限，在此，我仅引用其中的零散片段，以说明作者的主旨：《假面剧的历史：演员的灾难，表演者的悲剧……大量事实证明，假面剧这一流行的舞台戏剧（这个浮夸的恶魔）是一种罪恶、异端、放荡和不敬的演出……而从事该行当的剧作者和演员……是不

※1　林肯律师学院（Lincoln's Inn），中世纪建成的律师学院，供学生学习法律。外席律师指尚未取得皇室律师资格的年轻律师。

道德的、下流的、行为不端的基督徒》。同时，本书将反驳所有相关申辩，并简要讨论表演和学院幕间剧[1]的非法性。在这冗长的标题之下，他又列出了许多假面剧的罪名。他这样做不仅冒犯了剧作者和演员、侮辱了皇室还激怒了律师学院的成员们。（他们怎么也想不到）同行中有人胆敢写下那样的书，而且还把它献给了林肯律师学院的主管委员们。

律师学院围绕该书展开了长时间的讨论，浪费了大量时间。终于，同年11月，在争议爆发了十个月之后，四大律师学院（分别是林肯律师学院、格雷律师学院、中殿律师学院和内殿律师学院）律师协会的主要成员决定联合公演一部假面剧，并全力以赴使它成为英国戏剧舞台上最为宏大的假面剧。事实看上去真是如此。为此，他们准备了三个月之久，并请来英国各地最优秀的古籍商、艺术家、诗人、作曲家、歌者、舞者和演员。演出前，他们又安排了街车游行，线路是从神殿教堂到白厅。整个游行华

※1 学院幕间剧，又称插剧，一种小型戏剧，穿插在宴席的上菜之间，或较长戏剧的各幕之间，曾在英国的剑桥和牛津大学风靡一时，因此称为学院幕间剧。

丽异常，于是，国王和王后命令街车"沿着白厅外围转一圈，好让他们再看一遍"。这台名为"和平的胜利"的假面剧经过了精心雕琢，既是正统寓言剧[※1]，又是社会讽刺剧。剧情围绕名为"和平""法律""正义"和"天赋"的四位主角展开，名为"观念"和"幻想"的两人负责解说四位主角的行为，剧中充斥着一系列反假面剧的喜剧元素，并以名为"黎明"的人物的适时出现作为最终收尾。"黎明"最后说道："尘世上的人群和荣光，即使不是虚妄，也会很快逝去、终结和消散，仿佛从未存在。"[※2]该剧在白厅王室面前首演，一周之后，由市长庇佑，在商人大厅（Merchants' Hall）再演。又一周过后，一出名为"不列颠的天空"的假面剧在白厅上演，其场面之宏大，不输《和平的胜利》。普林就这样吃了一记温柔的耳光。

而当权者并不满足于仅在剧场里树立权威。他们还要

※1 寓言剧，寓言剧的角色一般都有着抽象的名字，比如"公平"、"正义"或"人类"，这种戏剧往往会通过表面的故事冲突，揭示深层的道理。

※2 这出假面剧耗费了二万一千英镑，相当于现在的五万英镑，或者二十五万美元。详细内容可参见马森（Masson）写的《弥尔顿的一生与他所处的时代》（*Life of John Milton*），第一卷，第580—587页。

谴责冒犯者，甚至要惩罚他们，而且要把查理一世实行绝对君主制期间的所有反对者或异见者都归入冒犯者之列。

查理一世拥有三位严酷而能干的帮手帮他施政。年轻的汉密尔顿侯爵代表他统治苏格兰；斯特拉福德伯爵温特沃以完美的治国之方替他管理爱尔兰；而劳德那时已是权倾四野的坎特伯雷大主教，也是查理一世治理英格兰的得力干将。这位大主教对极端危险的异端分子毫不留情。《假面剧的历史》一书的作者普林被剪掉耳朵示众。后来，因为他还不肯屈服，残余的部分耳朵也被可怜兮兮地剪掉了，脸颊上还烙上了"S.L."（煽动性的诽谤者）字样。好戏还在后头呢。林肯教区主教威廉姆斯即使已经离职，但仍因一时不慎，在国王的授意下，被罚款、囚禁；后来还因为接到称劳德为"微不足道的寄生虫"以及"刺猬"的信后没有反驳，又被罚了8000英镑。与此同时，清教的一般信徒、教区区长、巡回演说的讲师、教区牧师和副牧师，凡此种种拥有财富或权威，却偏离英国国教严苛教义的人，都被剥夺了权力，并遭到罚款或囚禁。最后，劳德甚至发起了一种游击战式的方式，来清剿"隐蔽在伦敦城中的教会分离派^{※1}的老巢"。

很明显，劳德玩这种把戏肯定是要出事的，问题迟早都会堆积到戴皇冠的那个人的头上。查理一世实行了超过十一年的专制统治，这之后，他却发现自己越发难以控制局面了，形势非常危急，所以，在1640年春天，他很不情愿地召开了议会，想要十二项特别津贴^{※2}，但议会却坚持要讨论国内的民怨。僵持了三周后，查理一世遣散了议员。很快，人们就发现，查理一世在极端无奈下做出的权宜之举并非明智之策——这样的一击也不能解开英国当时的戈尔迪之结。^{※3}议员们不能容忍被人呼之即来、挥之即去地耍弄，于是他们又聚集到一起，召开了议会，解决自己的问题。而且，他们还要掌握决定权。议会认为，判处斯特拉福德伯爵温特沃死刑，是国家与人民的诉求。因为和其他任何人比起来，斯特拉福德伯爵更具

※1 教会分离派，指主张脱离英国国教，自立门派的一群信徒。

※2 特别津贴，指英国国会拨给王室的款项。

※3 戈尔迪之结，古希腊神话中被亚历山大大帝劈开的死结，常被喻作缠绕不清、难以解决的问题。

威胁性。※1斯特拉福德伯爵遇见了即将来临的厄运，带着重重疑虑来到伦敦，请求国王确保"没人能动他一根毫毛"。然而，他几乎是立马就被关进了伦敦塔。五个月后，他接受了审判，审判从1640年3月开始，一直持续到1641年。这是在威斯敏斯特厅上演的最具戏剧性的审判之一。

威斯敏斯特厅是皇室的舞台，展示着帝王的悲剧。它最初是由征服者威廉※2之子威廉·鲁弗斯（William Rufus）建造的。建成三百年后，到了乔叟的晚年，威斯敏斯特厅历经了一场大火，得以改造和重建。它屋檐下回响过威廉·华莱士、托马斯·莫尔爵士、科巴姆勋爵和盖伊·福克斯※3死刑的宣判声音。而身穿紫袍，手执权杖和圣经的克伦威尔也是在这里宣誓成为"护国公"的。几

※1　斯特拉福德伯爵最后一段日子在布朗宁的悲剧《斯特拉福德伯爵》中得到了生动而具有戏剧性的阐述。

※2　征服者威廉，法国诺曼底公爵，1066年击败英格兰国王哈罗德，并在威斯敏斯特教堂加冕为英格兰国王。

※3　威廉·华莱士，苏格兰民族英雄，带领苏格兰人民反抗英格兰的统治，后被英王爱德华一世处以极刑；托马斯·莫尔爵士，亨利八世时期大法官，《乌托邦》的作者，因宗教信仰问题被处死；科巴姆勋爵：曾密谋推翻英王詹姆斯一世的统治，后被处死；盖伊·福克斯：天主教徒，企图刺杀詹姆斯一世，失败后被处死。

个世纪后，沃伦·黑斯廷斯[1]在这里被无罪释放。也正是在这里，身处17世纪的查理一世步上斯特拉福德伯爵的后尘，走向了断头台。

想象一下吧，在这个大舞台的一端，身为法官的贵族们穿着白貂皮镶边的猩红长袍，坐在绿毯铺就的座椅上，他们身后是一个个格状小间，里面坐着国王、王后和皇室女眷；身穿黑袍的囚犯站在大厅中央，而层层叠叠的纵长座上坐满了前来旁观的下议院议员。在伊丽莎白和詹姆斯一世统治期间，这里总弥漫着一股既庄严又不雅的奇怪气息。

"人们常常是还没靠近厅门，就会听到巨大的喧嚣。审判间隙，斯特拉福德伯爵准备辩护词的当口，法官们总会站起身来，到处走动，高声谈笑。下议院的议员们也毫不避讳地大声嚷嚷。十点过后，大家就开始吃东西了，他们享用的可不仅是点心，还有鲜肉和面包，以及大瓶大瓶的啤酒或葡萄酒。而且，人们喝酒的时候不用杯子，拿着

---

[1]　沃伦·黑斯廷斯，英国首任印度总督，1787年遭弹劾，后被无罪释放。

瓶子直接灌，觥筹交错间，脏兮兮的酒瓶在人群中传来传去。所有这些都发生在国王的眼皮底下。"[1]

时间沉闷地流逝，不幸的囚徒即将迎接自己的宿命。这一回，国王的保证也不能作数了。虽然查理一世在很多场合态度强硬，这次却迫于大众的压力，做出了让步。

国王很遗憾，这不是他的错；
是的，鲍尔弗，他甚至都哭了，
而我听到这个消息以后，
感觉人轻松了很多，走起路来也更轻快了。[2]

于是，1640年5月12日星期三，"那颗长着一头鬈发、承载着权力的骄傲头颅，便滚到了塔丘（Tower Hill）的绞刑架下"。

---

[1] 该段节选自大卫·马森的《弥尔顿的一生与他所处的年代》第二卷，第180页。

[2] 该段节选自罗伯特·布朗宁的《斯特拉福德伯爵》第五幕第二场200—203行。

　　这也掀开了查理一世垮台的序幕。不久以后，他与议会产生了激烈的争执，这导致内战在一年内爆发。1646年，他逃到苏格兰寻求庇护，但很快就遭监禁，再也没有得到自由。他在苏格兰被囚禁了七个月，后又为英格兰所俘，做了两年的阶下囚，之后便受到公开审判。审判仍然在威斯敏斯特厅举行。当初有能力拯救斯特拉福德伯爵的查理一世现在已是自身难保了。即使他藐视法庭的权威，并试图在法庭宣判之时开口说话，一切都是徒劳。他曾不耐烦地听着法庭上针对自己的指控，然而，之后不到一周，他就被守卫推搡着前往白厅，再穿过狭小的圣詹姆斯公园，走向圣詹姆斯宫[1]。三天后，他又沿路返回，走进白厅的国宴厅，并由扩建的窗户走向阳台，接受了死刑。

　　于是，英国成了共和国，进入了新的历史时期，而这一时期和过去一样，麻烦不断。克伦威尔在国务委员会和

---

[1] 圣詹姆斯宫：最早由英王亨利八世兴建，是伦敦历史最悠久的宫殿之一，北临圣詹姆斯公园，是查理一世临刑前所住的寝室。

尾闾议会[1]的支持下不懈努力，但最后还是被迫独自接手政府。年轻的查理二世天生擅长结交朋友。有关他已继承王位的通告在苏格兰和爱尔兰被宣读，而他虽然最后被好友赶走了，却也在海牙建立了自己的宫廷。英国国内，各种带有争议的宣传册铺天盖地。这时的弥尔顿是弑皇派的喉舌，为了回击《圣容》（*Eikon Basilike*）一书，他写出了《圣容破坏者》（*Eikonoklastes*），而《为英国人民声辩》（*Pro Populo Anglicano Dejensio*）这本小册子则是为了反驳萨尔马修斯的《为英王声辩》（*Dejensio Regis*）而写的。

麦考利在他的作品中对17世纪混乱无序的时事表达出一种悔过之情：

"少将们在他们的辖区里敲竹杠；战士们从荒废的农家搜刮战利品，以寻欢作乐；通过打家劫舍发家的暴发

※1　有关克伦威尔和尾闾议会，参见瓦尔特·司各特的《皇家猎馆》（*Woodstock*）第十八章："'行啊，无赖，'他说，'我知道你的把戏……议会豢养军队就像浮士德豢养魔鬼一样，魔鬼被养肥了，就从浮士德身边逃走了；而军队养肥了，就不再受议会控制了，议会，或者你也可以叫它屁股，或者尾闾。'"

户，强占了老绅士的房屋和财产；孩子们敲碎了大教堂美丽的窗户；贵格会[1]教徒赤身裸体地骑马穿过市场；第五君主制集团的信徒高呼'耶稣王降临'；为效仿亚甲，煽动者们站在木桶上演讲，说所有这一切，都源于那场'大革命'。"[2]

这些是人们在胜利时刻，向敌人宣泄自己的宗教狂热情绪的方式；而从另一方面讲，这种宗教狂热也同样体现在胜利者对教义的坚守上：

"尽管教会的训诫已经结束了，但在议会辖区内，人们的宗教热情空前高涨。以下是有关人们做礼拜的精准描述：教堂里充斥着大量专心致志的信徒，前来听布道的人是平时的三四倍；维持秩序的官员在街上巡逻，并关掉所有的公共场所；无论是街上还是田间旷野，都没有行人，

---

[1] 贵格会（Quaker），又称公谊会，教友会，基督教教派，没有任何正式仪式和固定教义，其信条为强烈反对暴力与战争。

[2] 本段文章节选自麦考利勋爵的《论弥尔顿》，该文的后半部分尤为有趣。在麦考利论述汉普顿和Bunyan二人的文章中，提到英国内战的部分内容也具有参考价值。

若无十分必要，人们是不上街的。人们在自己家里进行宗教活动，比如阅读圣经，全家祈祷，背诵布道词或者歌唱诗篇，这些场景十分普遍，你若在周日傍晚穿过伦敦，绝不会见到一个闲人，祷告声和赞美上帝之声从教堂和私人住宅中传出，不绝于耳……那时，所有的游戏和娱乐场所都被关闭了；你不会听到亵渎上帝的赌咒，也不会看到酒鬼，任何形式的堕落放荡都不存在。" [1]

　　1644年，弥尔顿在行文中表述了一种崇高的愿景，而那种场景在革命取得胜利的数年间，似乎得到了双倍的印证[2]：

　　"我想我看到了一个崇高而强大的国家，它就像力士一样，正从睡梦中醒来，并甩动着自己不可战胜的头发[3]：我想我看到了一只雄鹰，它正以鸣叫声显示着自

---

[1] 节选自尼尔的《清教徒史》（*History of the Puritans*）第二章第553—553页。

[2] 以下一段文字节选自弥尔顿的《论出版自由》。

[3] "不可战胜的头发"出自圣经里大力士参孙的典故。参孙是旧约时上帝赐给以色列人的领袖，力大无比，不可战胜，他的力量源于他的头发，那是上帝与他同在的记号，不可剃除。

己青春的力量，在正午的阳光下，它双目如炬，眼中不含一丝阴霾，是天国之光清除了长久欺瞒它的目障。胆怯的群鸟（其中一些是热爱黄昏的夜行鸟）围绕在它身旁扑扑振翅，震惊于雄鹰的出现，它们叽叽喳喳地吵闹不休；满怀着妒忌，它们喋喋不休地预言着宗教分裂的来临。"

随着时间流逝，不满情绪渐渐高涨，人们担心，革命不过是将斯图亚特王朝换成克伦威尔王朝而已，于是，查理一世的支持者逐渐掌握了实权。然而，结果比这更让人不满——1658年至1659年间，英国人民痛苦地发现，克伦威尔护国公去世后，在他儿子理查德·克伦威尔的统治下，英国上下一片混乱，这比奥利弗·克伦威尔的独裁统治更让人难以忍受。在那些日子里，人们历经了灵魂的试炼。有人对共和的失败感到绝望，有人热切地期盼着年轻的查理二世快快复辟，而很多人都游移不定，不知道是该保持沉默还是该开口说话，也不知道如果必须开口的话，自己应该说些什么。那些年里，诗人们写就的英国文学可不是什么令人骄傲的篇章。葆有桂冠诗人之称直到1649年的威廉·戴夫南特（William Davenant）写了篇沉闷的贺词来迎接"我神圣的主人无上幸福的回归"，这篇贺词的最糟糕之处在于，它那长篇累牍的表达都是真诚的。亚伯拉罕·考利（Abraham Cowley）虽然表面上和共和政权达成了和解，但看到王政复辟还是异常高兴。埃德蒙·沃勒（Edmund Waller）和约翰·德莱顿（John Dryden）对周遭的喧嚣感到羞愧，而他们自己不久以前也曾出版过类似的诗篇来称颂克伦威尔。这些文人似乎很轻易就把宿怨抛到了脑后。对不属于文坛的人来说，事情就没那么简单了。塞缪尔·佩皮斯（Samuel Pepys）在日记里担心，他过去的一些轻率行为可能会被揭发出来，这无疑也是其他许多人的担心之处，虽然他们不像佩皮斯那样，会记下引人入胜的日记流传后世。[1]

查理二世1660年的隆重回归与他父亲的死亡形成了不可思议的对比。市郊通往伦敦的二十多英里长的道路上，挤满了欢呼的人群，"一整条街都被占得满满的"。五万士兵在布莱克希斯迎接圣驾，而伦敦市市长和市政官员则

---

[1] 有关佩皮斯的担心，详见《佩皮斯日记》1660年11月1日的记载。

在泰晤士河旁恭候。查理二世进入伦敦，沿着熟悉的路线，穿过伦敦大桥，走过大主教街，再由齐普赛街到舰队街、圣殿门、河岸街，最后抵达白厅。白厅的国宴厅原本是查理一世被斩首的地方，而现在，这里聚集了众多的国会议员，都等着向查理一世的儿子致敬。[※1]

然而，事情往往是金玉其外，败絮其中，查理二世的登基也不例外。如果说，对查理一世的审判从最好的方面来讲，是以宗教之名宣泄一种绝望的歇斯底里情绪，那么，对弑君派的惩处便是恐怖的复仇。很多人都以莫须有的罪名被处决了——而他们被处死前所遭受的侮辱和折磨则是可怕的。一些人被豁免的理由听上去是那么不真实；而约翰·弥尔顿这个最大的反叛者却逃过了一劫，这简直是最大的奇迹。然而，这种奇迹只是特例。大范围审判和处刑才是主旋律。至于在处死刑时注意让犯人不受痛苦，以及不让好奇和病态的公众观摩绞刑或电击执行过程，这些都是到更近代才出现的社会规范。

所有这些都结束之后，1661年4月23日，查理二世加

※1　瓦尔特·司各特在小说《皇家猎馆》的最后一章里描绘了查理二世回归的场面。

冕登基，这一天同时也是圣乔治日[1]和莎士比亚的生日。
这就是现代英国的加冕仪式；或者可以说，在这一不断重复的仪式中，现代英国在向过去的传统致敬。在英王乔治七世和爱德华五世的加冕典礼照片中，如果忽略室外背景，就游行和庆典的部分来看，实在是和查理二世的加冕典礼有些相似。穿着镶有白貂皮边的深红色长袍的查理二世，威斯敏斯特大教堂内身着盛装、排列井然的人群，还有由教长、主教和大主教共同主持的典礼，这种种光华夺目的景象便构成了加冕典礼。

　　"大教堂里进行着各种宗教仪式，人们下跪、祷告、唱歌，国王亲吻主教们，主教和贵族向国王宣誓效忠，人们在教堂里走动、更换姿势，大法官克拉兰敦和传令官一起宣读国王的大赦令，王室财务主管抛洒金银奖章……音乐响起，身穿红装的乐手拉起小提琴，敲起鼓，吹起小号，人们的意识变得越发模糊，大家都厌倦了冗长的仪

※1　圣乔治日，4月23日，是纪念圣乔治的节日，带有强烈的宗教色彩。

式，渴望离开教堂。"[1]

接下来几年发生的事人们都再熟悉不过了。新国王理查二世完全没有继承他父亲的美德和实力。他的影响力并没有因为人们对克伦威尔统治的反感而增强，只来自对宫廷的放纵。克伦威尔时期的罪恶也并未就此消失于伦敦、英国和地平线之上。但我们完全可以说，在皇室的支持下，这个时代的放纵无序前所未有。也难怪"老朽、贫穷、失明、遭辱"的弥尔顿会在《失乐园》和《力士参孙》里那样描述自己——当他自豪地写道：

世易时移，我心永恒，[2]

当他扪心自问：

若我心始终如一，何必问身在何处？[3]

※1 本段文字节选自马森的《弥尔顿的一生与他所处的时代》。

※2 节选自《失乐园》第一部253行。

※3 节选自《失乐园》第一部256行。

他这也是在以藐视天下的心态书写着自身的座右铭。对于即将来临的绝望，他掩卷长叹，所为的也绝不仅是力士参孙：

> 预言说我能
>
> 从菲力士人手中解放以色列人，
>
> 看看我现在吧，双目失明，
>
> 在加沙跟奴隶们一起推磨，
>
> 身为解放者却遭到奴役。[1]

从此以后，弥尔顿便尽可能地与世隔绝，不问世事。然而，当他写出以下诗句时，人们很难不相信这是在说宫廷：

> 放纵的喧闹
>
> 响彻云霄
>
> 到处是伤害与暴行；

---

[1] 节选自《力士参孙》第二部38—42行。

当夜幕降临，伴随着傲慢与酒精，

魑魅魍魉，倾巢而出

　　然而，这只是问题的黑暗面。在以后的章节中，我们会详细论述到这样的场景。有趣的是，我们回头再看时，就会发现它已经不是个政治问题了。虽然最令人兴奋的时代还未来临，但伦敦的社会、艺术生活即将在以后呈现出一种独立的状态，和政治家、战士或牧师再没有直接的联系。

　　这时，伦敦有史以来最大的瘟疫突然降临。笛福在他的《大疫年日记》中生动描绘了其中的恐怖。※1瘟疫于1664年冬季开始暴发，疫情逐渐严重，越来越多的人因此死亡，然后从原本所属的教区被运到伦敦城的西北部。而瘟疫还在持续扩散，疫区越来越大。到了第二年夏天，全城都开始恐慌。富人当然是最先开始逃亡的。

※1　虽然笛福的《大疫年日记》并不是真正的日记，但这丝毫没有减损它的价值。大疫之时，笛福是个五六岁的孩子，因此，他完全可以从瘟疫的幸存者那里获取许多资料。而且，有大量证据表明，他写书时也常翻阅权威记录。

"放眼望去，到处都是装着家当，载着妇人、仆役和孩子的货车和手推车；更有钱的人挤在马车里，由车夫伺候着，匆忙离开了。"※1

到6月末，伦敦市市长下发了详细的指令，包括怎样照顾病人、料理死者后事、如何清理街道，还有对集会的限制※2。接着，为了让那些总是意识不到情况有多危急的人们认清现状，政府出台了一些让人相当吃惊的条例规范。"戏剧、斗熊、游戏、民谣和击剑"都被明令禁止，公共聚餐和"在酒馆、啤酒店、咖啡馆以及酒窖酗酒"也遭取缔，但并没有取得太大的成效。7月中旬，一周内有七百人死于瘟疫。到了8月末，每周的死亡人数已经超过六千，而9月的第一周有将近七千人死去。

这种大规模破坏带来的后果之一就是，它使那些平常被法律和舆论所束缚的人完全堕落了。有人不知羞耻地招摇撞骗，护士和保姆遭到侮辱，死人的财物被洗劫

※1　节选自丹尼尔·笛福的《瘟疫史》。

※2　详见笛福的《瘟疫史》第29—36页。

一空，而废弃的房屋和店铺也惨遭洗劫。恐惧使人疯狂。虽然不时也有无私的善行被记录在案，但那实在是少得可怜。

"这期间发生了许多故事，其中一个实在令我心潮澎湃。一位住在天恩寺街的杰出公民，一个马具商，他的孩子们都已死于瘟疫，由他亲手埋葬，而他和他妻子也已被隔离，终究难逃一死，他只剩下最后一个孩子，唯一的愿望就是要拯救这个幼小的生命。他将这个赤身裸体的婴孩托付给了一位朋友，而这位朋友（给孩子穿上新衣）把孩子带到了格林威治。我们在格林威治听到了这个故事，一致同意要把这个孩子留在城里抚养。"[1]

到9月中旬，疫情有所缓和，但依然持续，其间有小幅波动。就这样过了一年。据报告，到了1666年5月中

---

[1] 以上一段文字出自《佩皮斯日记》1665年9月3日的记载，这一场景也是弗罗伦斯·瑞森（Florence Reason）一幅油画的主题，并由哈金斯（Hutchings）在他的《伦敦的过去和未来》一书第一部，第12页里重现。

旬，一周内只有五十三人死于瘟疫。但瘟疫直到同年8月都没被彻底根除。瘟疫一直持续到1666年9月，然后，9月的第二天，就像是觉得伦敦所遭受的苦难还不够似的，老天又降下了新的灾难。

那就是伦敦大火，它在四天内几乎烧尽伦敦城墙里的老城区。弥尔顿曾到伦敦附近的巴克斯郡避难，住在查尔芬特·圣贾尔斯（Chalfont St. Giles）镇上。这对弥尔顿来说，不过是为了行动方便，虽然必要，但也是凑巧。比起伦敦的兴衰，他对"散文或诗歌上的全新尝试"更感兴趣。住在查尔芬特的数月间，他大致完成了《失乐园》的创作，并开始写《复乐园》。他在大火烧起来之前返回了伦敦。但因为他住在离沼泽门只有几百码的骨山墓地（Bunhill Fields）炮兵街，所以并未直接受害。弥尔顿在自己的任何文学作品中都没有提到这场大灾难，这再次证明了他已完全离尘索居。"瘟疫和大火算得了什么，最高贵的革命都已然失败了。"

一个周日的夜晚，在当时的伦敦东区布丁巷（Pudding Lane）里，大火烧了起来。这场大火直到四天后才被扑灭。它吞噬了四百三十六英亩土地，其中包括四个城门，八十九间教堂和一万三千二百个民居。据约翰·伊夫林记录[1]，大火烧起来的第二天晚上，火势蔓延到圣保罗大教堂，碰巧烧掉了他和他的考察团曾站立过的脚手架。就在六天前，他们还在那里讨论，要对大教堂进行彻底的修复和改建，而当时的人们已经绝望到了根本不想花精力去拯救家园和财物的地步。当权者考虑的是：大火经过之处的建筑要怎么处理，是推倒还是爆破。而心烦意乱的有产阶级"几乎不去救火，整个城里只回荡着人们的哀号，一片悲凉"。狂怒的魔鬼就这样一路行进。

"长期温暖、晴好的天气使空气中充满热量，也为大火的引燃提供了便利。大火以惊人的气势吞没了房屋和家具等一切东西。我们看见泰晤士河上漂满了物品，有时间和勇气救火的人用驳船和小舟运载从火中抢救回来的财物；岸上到处是手推车和马车，几十公里长的道路上，各种行李零零落落散落了一地；人们在路边搭起帐篷，以暂时栖身，并存放带出来的家私。多么痛苦不堪

※1　详见约翰·伊夫林日记中1666年9月3—10日的记载。

的场景啊！这是人类自创世以来从未遭遇的场景，而这种景象要等到大火烧尽一切之日[1]才会重现。到处都是一片火海，世界像被置于燃烧的火炉之上，人们即使身处四十英里开外也能看到冲天的火光，就这样持续了好几夜。于是，我今天下午离开这里。这里就像另一个索多玛城[2]，或者可以说，这就是伦敦的末日，伦敦已经不复存在！"

大火就这样摧毁了大片的土地，而随后的清理废墟工作持续了两年之久。大火才刚扑灭，随时乐意规划公共工程的伊夫林便"向国王呈上他考察废墟的报告和兴建新城的计划"。而克里斯托弗·韦恩爵士不久之后又呈上了另一份规划。这两份规划最终未能实施，而因为难以界定财产所有权，政府决定保留原来的街道路线。就这样，伦敦城基本在四年内重新屹立了起来，只剩下工程量最大的建筑还没建好。

新旧交替中的伦敦，街道的历史可以追溯到遥远的

---

[1] 这里指《圣经·启示录》中预言的世界末日。

[2] 索多玛城，《圣经·创世纪》中一个罪孽深重、肮脏污秽的城市，被上帝降下天火烧毁。

过去，而街上的建筑却比之前更为漂亮、宽敞了——旧教区添了新的教堂；古老的迷信让位给新的、更为理性的时代；固执而严肃的伦敦人依然坚守旧时的清教思想，哀悼着逝去的荣光。到1674年，弥尔顿时代的伦敦已然成为历史。

参考阅读

传记和社会历史类

托马斯·卡莱尔（Thomas Carlyle），《克伦威尔的书信和演讲》（*Cromwell's Letters and Speeches*）。

托马斯·麦考利（Thomas B. Macaulay），《论弥尔顿、汉普登和班扬》（*Essays on Milton, Hampden and Bunyan*）。

戴维·马森（David Masson），《弥尔顿生平以及当时的历史》（*Life of John Milton*）。

约翰·伊夫林（John Evelyn），《日记》（至1660年为止）。

塞缪尔·佩皮斯（Samuel Pepys），《日记》（1660—1661年；1665—1666年）。

H. B. 惠特利（H. B Wheatley），《塞缪尔·佩皮斯和他所在的世界》（*Samuel Pepys and the World He Lived In*）第六章"伦敦"。

应景诗歌

亚伯拉罕·考利（Abraham Cowley），《陛下复辟与回归颂》（*Ode upon His Majesty's Restora-tion and Return*）；《有关最近内战的诗歌》（*A Poem on the Late Civil War*）；《通过幻想，讨论奥利弗·克伦威尔政府》（*A Discourse, by Way of Vision, concerning the Government of Oliver Cromwell*）。

约翰·弥尔顿，《至克伦威尔将军》（*To the Lord General Cromwell*）。

托马斯·斯普拉特博士（Dr. Thomas Sprat）；《有关新护国主的快乐回忆》（*To the Happy Memory of the Late Lord Protector*）。

埃德蒙·沃勒（Edmund Waller），《陛下修缮圣保罗大教堂赞》（*On His Majesty's Repairing of St. Paul's*），《护国主颂》（*A Panegyric to My Lord Protector*），《护国主的挽歌》（*Upon the Death of the Lord Protector*），《迎接陛下回归之歌》（*A Panegyric to My Lord Protector*）。

讽刺类和描述类

亚伯拉罕·考利，《清教与天主教的讽刺诗》（*The Puritan and the Papist. A Satire*）。

约翰·德纳姆爵士（Sir John Denham），《库珀斯山》（*Coopers Hill*）（描写圣保罗大教堂的片段）19—38诗行；共和国时期在英国出版的政治民谣，《珀西学会出版物》（*Percy Society Publications*）1841年，第一卷。

约翰·弥尔顿，《快乐的人》（*L'Allegro*）；《沉思的人》（*Il Penseroso*）。

威廉·普林（William Prynne），《假面剧历史，对戏剧演员的鞭笞》（*Histrio-Mastix, The Player's Scourge*）。

埃德蒙·沃勒《陛下修缮圣詹姆士公园颂》（*On St. James's Park as Lately Improved by His Majesty*）第八卷，150页；《查令十字街查理一世塑像颂》（*On Statue of Charles I at Charing Cross in 1674*）第八卷，237页。

（阅览以上诗歌，可参看约翰逊的《英国诗人：1779—1781年》。）

小说（小说具体内容见小说阅读目录附录）

W. H. 安斯沃斯（W. H. Ainsworth），《圣保罗大教堂》（*St. Paul's*）。

丹尼尔·笛福（Daniel Defoe），《大疫年日记》（*Journal of the Plague Year*）。

吉迪恩·哈维（Gideon Harvey），《记那些伟大与恐怖》（*Narrative of the Great and Terrible*）；《伦敦大火回忆录》（作者笛福，博恩版）。

瓦尔特·司各特（Walter Scott），《皇家猎馆》（*Woodstock*）。

贺拉斯·史密斯（Horace Smith），《布莱布雷特堡》（*Brambletye House*）。

戏剧

理查德·布罗姆（Richard Brome），《荒芜的科文特花园》（*Covent Garden Weeded*）（1659）；《快活的水手》（*A Jovial Crew*）（1652）；《喜结连理》（*A Mad Couple Well Matched*）（1653）。

罗伯特·布朗宁（Robert Browning），《斯特拉福德伯爵》（*Strafford*）（1837）。

菲利普·马辛杰（Philip Massinger），《老账新还》（*A New Way to Pay Old Debts*）
（1632）；《伦敦妇人》（*The City Madam*）（1632）。

贾斯珀·梅恩（Jasper Mayne），《城市姻缘》（*The City Match*）（1639）。

詹姆斯·雪莱（James Shirley），《海德公园》（*Hyde Park*）（1632）；《快乐淑女》
（*The Lady of Pleasure*）（1637）；《和平的胜利》（*The Triumph of Peace*）
（1634）。

伦敦塔上斯特拉福德伯爵的死刑，选自霍拉的版画

白厅国宴厅，查理一世的死刑，
选自斯巴斯蒂安·弗克的当代荷兰版画

1666年伦敦大火的覆盖区

德莱顿的伦敦

1666年，在历经了长期斗争之后，伦敦就像个筋疲力尽的运动员。残酷的折磨使他显露出原始动物的本性——那是种令人厌恶的场景。在心跳和呼吸恢复正常之前，他什么也不能做，什么也不能说。长期受苦的伦敦人脸上透露着被压抑的热情，而饱受天灾之苦的伦敦城，终于开始从大火和瘟疫带来的荒凉和震颤中恢复过来。

这些年来，弥尔顿离群索居，已被世人遗忘，而约翰·德莱顿这位王政复辟时期的伟人正过得如日中天，他灵活地调整着职业生涯，以确保自己的显赫声名。德莱顿生于1631年，受家庭影响，他本应该成为一个狂热的清教徒。德莱顿先在威斯敏斯特求学，受教于著名的巴斯比博士，然后去了剑桥上大学，他的大学生涯虽然漫长，但实在不怎么精彩。据说他还曾当过他表兄吉尔伯特·皮克林爵士的秘书。这位爵士脾气火暴，曾任奥利弗·克伦威尔的宫务大臣。德莱顿曾效忠于护国公，着重体现在他为克伦威尔之死所作的英雄体诗歌上[1]。在这些诗歌中，克伦威尔本是个热爱和平的人，却不得不卷入争斗；尽管他视财富和名誉如粪土，但"他荣誉的桂冠在严冬里依然长青"；而且他仁慈又威严，风度翩翩。这些评价在近代学者眼中可信度不高，只比他诗末总结性的预言要精准那么一点点："他的骨灰将在瓮中安息。"[2]

按照常理，他的表兄吉尔伯特爵士和叔叔约翰·德莱顿（John Driden）爵士后来给德莱顿的支持对他而言无疑是有益的。然而在当时的环境下，却并不是这么回事。在巨大的变动来临之时，即使没有亲戚们的支持，这个年轻的诗人也能过得很好。他成了英国中间阶层的一员。所

※1　这首诗题为"英雄诗章"，由约翰·德莱顿作于1659年。

※2　"这天……那些主要的反叛者，诸如克伦威尔、布拉德肖还有埃尔顿等人的尸体，都被从他们豪华的坟墓中掘出，送到泰伯恩刑场，挂在绞刑架下……然后又被埋入深坑，上面还竖着侮辱性的墓碑。"

谓的中间阶层，就是那些既没有因自己对斯图亚特王朝的效忠而得到保障，又没太受到反对派暴力威胁的一群人。和这一群体的大多数人一样，德莱顿并非胆小懦弱之人，他只是平民，想要明哲保身，也可以很好地与现存秩序妥协。局势明朗之后，他马上先后两次适时表达了自己巨大的满足感——因为他写的不是抒情诗，所以反而可以毫无愧疚地记录下无可辩驳的事实，呈献给查理二世：

> 教会与国家哀叹着他长期的缺席，
> 教会一片混乱，而政治分崩离析：
> 理智的时代在绝望中迷失，
> 叛徒得势，忠良遭殃。[1]

德莱顿感到他仍应该为自己和成千上万与他一样的人辩护，论述他们转变立场的理由，于是他圆滑地说"这种神圣的变化"对他们的影响是潜移默化式的，他们不知不觉就转变了态度。这种理由当然没什么说服力，他自己也

---

[1] 节选自《伸张正义》21—25行。

曾极度忐忑不安，所以，当他最终受到皇室的宽待时，他才会由衷地写下这样的诗句，以表露真情：

国王的宽恕即是完美。[1]

查理二世1666年大赦天下，这在下文提到的《佩皮斯日记》里也得到了证实。于是，德莱顿不再阿谀奉承，以请求宽恕，转而谄媚吹捧，以寻得贵族的荫庇，这一点在下面两行毫不害臊的溢美之词中体现得最为明显，诗句出自德莱顿1666年所作的《奇迹年》：

没有哪国的君主比他更仁慈，
没有哪处的国君比他更尽责。[2]

然而，这首诗也为我们展现了那时的伦敦，诸如"英国的大都会，近来最负盛名的繁华之都"这样的溢美之词

※1　选自《加冕颂》第89行。
※2　选自《奇迹年》第241诗节。

中包含着真挚的热情。《奇迹年》共有三百节，全诗表达了德莱顿热切的忠诚。诗的前三分之二部分比较散漫，为英国海军近来击败荷兰战舰的功绩欢呼雀跃，其余部分则形象生动地描绘了伦敦大火以及城市从大火中恢复过来的场景。写完这篇颂词之后，德莱顿在接下来的十五年间没有再写过引人注目的诗歌，而是将大部分精力放到了戏剧创作上。在王政复辟时期的文学研究中，戏剧的地位尤为重要。寻欢作乐者热爱它，而其他人至少也不讨厌。

我们首先可以从两位见证者入手，来获取文学方面的信息，他俩的贡献几乎无人能敌。其中一位便是约翰·伊夫林，他生于1620年，卒于1706年。从1641年直到临死前的几周，他都会记日记。他是这两人中的贵族，把丰厚的家底花在旅游上，尤其是在动荡的1643年至1652年间。而无论是在国内还是国外，伊夫林都热衷求知。现在，他的二十七本日记即使是在大型图书馆的书架上也很难找到，但他有关林业、园艺、建筑、雕塑和雕刻方面的专著令人印象深刻，证明了他作为评论者，品评他那代人之品味的价值。伊夫林是斯图亚特王朝忠心的支持者，反对革命思想，对国王那些粗俗不堪的敌人抱有敌意。与此同时，他也是个真正的英国人，尽管对王室的不端品行有所不满，却依然效忠。他是三代君主的私人顾问，是英国最显赫的贵族的朋友，而他自己却并不是贵族，只因他更愿一直做个地位较低的准男爵。

另一位则是塞缪尔·佩皮斯。他在自己的后半生成了伊夫林的热心密友。他是凭自己的努力获得财富、地位以及真正的文化修养的——真正的文化修养比前两者更为难得。他是个年轻的乡绅，拥有明确的抱负和许多益友。当无法借助其他力量的时候，佩皮斯便接受了人们所向往的神职，但他大多数时候还是会主动为自己寻找目标，努力不懈，从不满足于草草了事。他只记了九年日记，三十六岁的时候，便因为视力衰退而搁笔。在那些年里，他的表现和约翰·伊夫林截然不同。然而，相较于他们的性格，他们的日记内容和行文方式也许更是相差甚远。这是因为，伊夫林记日记是指望出版的，而佩皮斯一直用代码写日记，直到一个半世纪之后，这些代码才终得破译。伊夫林日记简短潦草，记了六十多年，方才与佩皮斯记了十年的细致追忆篇幅相似。伊夫林的记录透着英国娴雅绅士的文质彬彬。而佩皮斯尽管事务缠身，但日记却记得散漫，像是在邀请灵魂漫游。

　　他们笔下的伦敦即是德莱顿所处的伦敦，在人们的传统观念里，它是世界上最好最迷人的地方。乡村当然也必须存在，但那仅是荒蛮的周边地区，以显示英国的疆域之广。你可以在某日前往乡村，返回后，便能自觉高人一等地吟诵博蒙特和弗莱彻[1]的名句："乡村生活多美好"或"上帝保佑那些可怜人，让他们同我们一样，心满意足地生活着"。学生们也可能离开伦敦好几年，在著名大学的图书馆和教室里过着隐居般的生活。但对傲慢的伦敦人而言，怎样的课程也比不上城市生活给人的教益，怎样的舒适与欢乐也比不上拥挤的伦敦城赐予人们的愉悦。托马斯·沙德韦尔[2]笔下的人物如是说："我发誓要在伦敦度过此生。只有伦敦人才算真正地活着。人们呼吸、走动，无精打采地过日子，但只有伦敦才有真正的生活。我宁愿做帕德尔港的女伯爵，也不要做苏塞克斯郡的女王。"

　　伦敦这个大都市当然在稳步扩展。旧城墙之内，人

※1　博蒙特和弗莱彻是和莎士比亚同时代的戏剧家，两人合作写过很多戏剧，在当时负有盛名。

※2　托马斯·沙德韦尔，德莱顿时代的剧作家，英国桂冠诗人之一。

口数量达到了一百年来的最高峰。圣殿闩和白厅之间沿河伸展的一条长路一直在拓宽，这也是伦敦城的主要扩建地。一系列的地图展示了这一地区是如何扩建的：这里原来只有沿着泰晤士河建造的一排房子，后来，河岸两侧分别出现了舰队街和河岸街，最后，远至高霍尔本街（High Holborn）和牛津街的地方都建起了密集的社区，一直延伸到西面的海德公园的开阔边界。大家或许还记得，在弥尔顿的很多住所中，有一些就处于伦敦城的西部边缘之外。德莱顿的主要住所，也是声名最大的一处住所，坐落在查令十字街正北约半英里处的苏豪区爵禄街（Gerrard Street）。要针砭时弊，这是最合适的地方。它处于皇宫和伦敦城之间，大约在皇宫以北一英里，伦敦城以西一英里的交会处，住在这里，德莱顿就能毫无偏见地观察这两处地方，要是他全然投靠了其中一方，也就不能那么随心所欲了。

对于麦考利常提起的"普通观察者"来说，德莱顿所敬仰以及沙德韦尔所赞颂的伦敦是皇室的天下。议会和法院正对弑皇派展开严酷的复仇，簇拥在查理二世周围的一干人等却从不为立法或审判方面的问题烦恼。那些日子里，罪恶横行，使人生厌。丹纳[1]由此推断出英国比法国更野蛮低等，并为此沾沾自喜。汉密尔顿[2]倒是很享受这样的生活。佩皮斯开始很震惊，但后来也沉浸其中了。伊夫林常对此保持沉默，但他一旦开口则必要批判一番。

因为佩皮斯没有把日记流传后世的念头，所以他的记载无疑是最好的资料。佩皮斯十分喜爱小道消息，出门时总是尽可能地搜集。如果他就在国王或约克公爵附近，尤其是看到他们与情人坐在一起的时候，佩皮斯一定会聚精会神地观察一番。聚餐和舞会上的龌龊事也是他的写作素材。虽然没有表达反感，但他也不会病态地流连于此[3]。而伊夫林每每记录到这种事，总是会谴责一番[4]。佩皮斯笔下迷人而优雅的淑女到了伊夫林笔下，便成了"年轻的荡妇"。伊夫林一看到"那些寻欢作乐的赛马决斗、跳舞、宴会、狂欢"就忍不住要说，"这些都是奢华放浪的

※1　丹纳，法国史学家兼文学评论家，实证主义的杰出代表。

※2　汉密尔顿，著名的《格拉蒙伯爵回忆录》的作者。

※3　详见《佩皮斯日记》1662—1663年1月、2月8日、2月17日，1663年11月9日，1664—1665年2月21日以及1667年7月29日的记载。

※4　详见《伊夫林日记》1661—1662年1月6日，1671年10月9—10日以及1671年10月21日的记载。

乌合之众，而不是基督教的宫廷"。在记录查理二世之死的时候，他诚恳而悲痛地总结道：

"我永远也忘不了那些无以言表的奢靡、游戏与放浪。我亲眼见到，那个周日夜晚，神被完全抛到脑后[1]，陛下和他的情妇朴茨茅斯、克利夫兰、马莎琳等人坐在一起，相互狎戏，一个法国男孩在旁边唱情歌；金碧辉煌的大厅里，大约有二十个显赫的朝臣和其他浪荡子一起，围坐在一张大桌旁聚赌，赌资至少有两千金币，和我一起的两位绅士事后回忆起这个场面，都仍然惊讶不已。六天后，一切都归于尘土[2]！我很高兴看到那些前来哀悼的朝臣穿得就像神父一样，肃穆庄严至极[3]。"

除了放纵，还能有什么乐趣呢？

也许，与现在相比，德莱顿时期最鲜明的社会特点

---

[1] 按照基督教传统，周日是安息日，要做礼拜，不得游戏放纵。

[2] 这段文字记录了查理二世临死前六天的一个场景，六天之后，查理二世就去世了。

[3] 详见《伊夫林日记》1684—1685年2月4日。

莫过于它的粗犷和原始，这种原始精神特点鲜明，无处不在，是从詹姆斯一世时代继承下来的。比方说，原始性会体现在粗鄙而无效率的日常生活中。一些人喜爱观看壮观的国事，并十分羡慕少数人才能享有的奢华生活，他们对我们现在用来自我保护、避免麻烦的柔弱气质几乎一无所知。对佩皮斯来说，粉刷匠把城墙刷成白色就已经是技术的显著进步了。他看到装着板簧的马车，就像19世纪80年代后期的马车夫看到安着轮胎的自行车时那样，赞叹不已。一天，伊夫林的女儿坐着马车行进在伦敦城一条坑坑洼洼的道路上时，因为车身突然倾斜而跌出了马车。伊夫林为女儿能平安无事感到欣慰，却没有提及乘坐马车的人都要承担的无谓风险。本杰明·富兰克林对铺路、排水、照明等问题的关注虽然平实明智，但那要等整整两代人的时间才会最终被应用到日常生活中。

这个时代充满迷信观念，非常原始，科学少有发展，还受到阻碍[1]。查理二世统治时期，英国在很多方面成绩卓著，尤其是迷信预言。比如，瘟疫就被预言了，全能的先

---

[1] 要详细探讨这个问题，请见爱德华·艾格尔斯顿的《文明历程》第一章、第二章。

知们还预算出它的发展[1]，这更激起了人们无限的恐慌。

"今晚，我从朝西的房间窗户向外望去，看见了一颗流星，明明灭灭，形状就像刀锋，而天空的其他地方则非常平静、晴朗。只有上帝才知道这预示着什么。我想起1640年的时候，也看到过这样的天象，大约是在伟大的斯特拉福德伯爵受审的时候，它预言了即将来临的血腥革命。我向上帝祈求，希望他回心转意。因为近来我们观察到了好几颗彗星，虽然我觉得这可能是自然现象，本身不意味着什么，但我却无法忽视它们。它们也许是神的警示，因为通常来说，彗星预示了神的责难。"[2]

在这样的年代，炼金术的存在就不稀奇了[3]。国王庄严地践行着瘰疬治疗者的角色[4]，而人们治病时非常

※1　详见笛福的《大疫年日记》，鲍恩版，第17页。

※2　详见《伊夫林日记》1680年12月12日的记载。

※3　见《伊夫林日记》1651—1652年1月2日的记载。

※4　那时的人们相信，被国王碰触一下，就能治好瘰疬。同见《伊夫林日记》1660年7月6日的记载。直到1710—1720年，约翰逊博士的童年时期，这种方法仍然存在。

相信所谓的偏方。从1648年4月17日开始，伊夫林生了六天病，最终，"在所有医生都尽力医治未果"的情况下，他"用小火焚烧洋甘菊，再把烟雾灌入耳中，然后便觉得人轻松了"。十多年后，他又从凯南尔姆·狄格拜爵士（Sir Kenelm Digby）那里收到一个助消化的偏方："取秋分时节的雨水蒸馏到极致，以此法获取的溶液极易挥发。"当然，人们对于照料小孩的方法了解甚少。《伊夫林日记》中记录的伦敦婴儿死亡率和他位于波士顿的同代人——塞缪尔·席沃（Samuel Sewall）法官同年在日记中记录的数据一样糟糕。约翰·伊夫林本人虽然有财有智，但他五个儿子中的四个都在婴儿时期就死去了。

查理二世时期，宫廷流行过于奢华的着装，这也是原始精神的体现。不管是从那时还是当下的角度来看，佩皮斯都和同时代的许多人一样，并不那么浮夸，但他日记中的常见词汇体现了宫廷时尚对他的影响。

"今天早上，我镶着金纽扣的精致纱羽披风和丝绸外套都到家了，这可要花去我一大笔钱，上帝保佑我能付得起这个数[1]……今天一早，我的兄弟汤姆把我镶银纽扣的外套带来了。因为天下着雨，我担心要是穿不成这个，今早的乐趣就要泡汤[2]……今天晚上，休尔帮我从皮姆先生那里取回了天鹅绒外套和帽子，我还是头一次拥有这种衣服[3]……我打算徒步去白厅，顺道让裁缝帮我把长外套改短（长外套已经非常过时了）[4]。"

佩皮斯早先祈求上帝帮助他偿还债务，得到了很好的回应，所以他又过了一段这样奢华的日子，账单也都是由上帝和他一起分担的。

但精益求精的国王并不满足于英式服装的精巧。到1666年，他甚至开始向东方世界寻求衣着灵感。为人严肃的伊夫林比较赞赏"波斯风格"的装束，因为他不喜欢先前的法式着装。东方服饰在宫廷流行了12年，之后，伊夫林这样写道：

---

[1] 详见《佩皮斯日记》1660年7月1日的记载。

[2] 详见《佩皮斯日记》1660年7月5日的记载。

[3] 详见《佩皮斯日记》1660年8月29日的记载。

[4] 详见《佩皮斯日记》1660年10月7日的记载。

"现在，不管是去城里还是去宫廷，我都会穿上所谓的背心、长外套和紧身短上衣，国王陛下规定整个宫廷都得这么穿。这样穿衣倒是帅气，也有男子气概，但很难长久保持，我们只要一激动，就会把衣服弄皱，变得不体面了。"[1]

然而，查理二世终于对当时的奢靡之风感到尴尬，他下令彻底改革，让大家都穿上简朴的套装："黑色布料的贴身长袍，粉白色衬底，裤子上装饰黑纹褶皱边，并向下收紧，就像鸽子腿似的……非常精美大方的服饰。"这种样式的服装一直很流行，直到法国国王假意恭维，将它定为宫廷仆从的职业装为止！

但如果你认为，人们仍然喜欢游行就是原始性被保留下来的证据，那你就可能错了。总之，随着岁月流逝，这样的享乐精神渐渐在北方人身上消失了。新奥尔良、马德里和威尼斯这些城市保留了伦敦原有的传统，而如今的英国，只有南方人才会欢乐地庆祝大型节日。严肃的北

---

[1] 详见《佩皮斯日记》1666年9月18日和30日的记载。

方人从地图顶端默默地注视着这一切，早已忘了要怎样寻欢作乐。

人们当然认为佩皮斯会非常关注大型国事庆典，但伊夫林也不遑多让。1662年1月1日，他接到邀请，参加"格兰杰亲王在林肯律师学院举办的肃穆宴会，国王和公爵等人都有出席"。同年8月23日，他见证了人们在泰晤士河上迎接新王后的盛典。"国王和王后坐在古意盎然的敞篷船中，头上支着金色的圆顶华盖，华盖由高高的柯林斯立柱[※1]支撑，并饰有鲜花、花彩和花环。我坐在新造的船中，追随在他俩的大船左右。"同年11月27日，俄罗斯使节携扈从进入伦敦，全城人都挤在街上旁观。1664年10月，伦敦市市长在市政厅大宴宾客，"盛况空前"，这次奢侈的宴会共花费一千英镑。伦敦城里，庆典很多，一会儿是"嘉德骑士"[※2]册封典礼，一会儿是宫廷假面舞会，一会儿又有王室成员过生日。一些庆典仪式流传至今，但令读者印象深

※1　科林斯柱式是西方从文艺复兴时期盛行至今的五大柱式之一，柱顶装饰毛茛叶纹，柱头状似花篮。

※2　"嘉德骑士"是英王授予骑士的最高荣誉，具有悠久的历史。

刻的，却是两者古今庆典庄重肃穆的程度有所不同[1]。英国现代庆典都较严肃，这一传统要追溯到18世纪后期。

从饮食方面来看，这是个不讲究的时代，人们总是大吃大喝。佩皮斯就常被灌醉，看到喝醉的朋友，有时还帮忙送他们回家，或者把他们从餐厅扶到卧室。一位女士曾一口气喝下一品脱半加那利酒[2]，大家都见怪不怪。人们吃的肉类和野味也很多，数量虽然惊人，但质量却没那么好。佩皮斯曾惊叫道："巴尔基雷大人恭候在餐桌旁，为国王倒酒，这是我这一生见到过的最脏的酒了。"[3]而当他听到国王说侍从跪着伺候用餐是出于恭敬，格拉蒙却这样答道："感谢陛下为他们找了个这么好的借口，我倒是觉得，他们是在祈求您的谅解，因为这顿饭实在是太糟糕了。"

这个时代的不讲究还体现在人们不文雅的举止中。一次，祭礼的赞歌实在是唱得太难听了，国王都因此高声笑

---

[1] 详见W.D.豪威尔斯1905年出版的《伦敦画卷》第三章——"国事庆典和其他庆祝"。

[2] 加那利酒是一种产于加纳利群岛的白葡萄酒，16、17世纪流行于英法的宫廷。

[3] 详见《佩皮斯日记》1666年7月25日的记载。

了出来。而布道时常又很枯燥，于是朝臣们便自己去找乐子，他们在教堂里公开调情，声名狼藉。佩皮斯有次看戏的时候就很生气，因为前排的女士往后吐口水，弄脏了他的外套，但当他看到她是个美人时，便不气了。他要是和迷人的姑娘待在一起，准会乐滋滋地跟她们玩闹起来。她们太可爱了，所以他忍不住想与之吵一架——而他这么做明显是要取悦她们。

　　如果人们全都举止粗鲁，自然会引发惊人的暴力——现今社会里，人们因为想变得体面或害怕法律，约束了自己的野蛮兽性。然而，几乎所有人身上都残存着原始的热情，所以人们喜欢击碎东西。孩子们在还依赖玩具的年纪就表现得特别明显。成人压抑了这种冲动，有时把它高贵化、规范化，万圣节就是这样一例，而美国脚夫则是另一例。镜子的发明给人们提供机会，击碎东西，从击碎磨边镜和桌面装饰的上等人，到砸碎商店玻璃和街边路灯的流氓，各个阶层的人都喜欢这么做。但17世纪英国的情况，突出了我们现今受到的限制之多。克伦威尔的追随者就曾非常放肆，难怪塞缪尔·巴特勒会这样描绘他们：

他们的信仰

建筑在长矛和火枪之上，

他们用精准的火炮

解决所有纠纷；

并以乱敲乱砸的行为

维护自己的信仰；

到处是火海、杀戮和废墟，

这便是神圣而彻底的革命。[1]

以暴力解决问题的方式可不仅限于宗教之争。人们在文学讨论中碰到不同观点时，也同样表现得很野蛮。在讨论一本书的时候，为了有关艺术鉴赏的问题，人们大都倾向于"打击他的对手"。为了在争论中获胜，人们可不会就事论事，而是会向对手展开人身攻击，嘲笑他们的智力和生平事迹，以羞辱对手。德莱顿曾写道，他的一些对手

---

[1] 塞缪尔·巴特勒（Samuel Butler），17世纪文人，著有长诗《胡迪布拉斯》（*Hudibras*），以上诗句选自长诗的第一部，195—202行。

是"卑鄙文人"，希望自己"被他们和其追随者憎恨"，并盼着他的庇护人因为同样的理由钟爱自己，他这么说还算是笔下留情的。

和清教的圣像破坏者相比，拥护王政复辟的寻欢作乐者当然也一样糟糕。他们的放荡行为和那些破坏宗教雕刻、塑像和教堂玻璃的举动不相上下。就因为他们，夜晚的街道变得盗匪横行，异常危险。他们以此来复仇、谩骂或是随便找乐子。王室的走狗是他们背后的始作俑者。正因如此，有人表示轻微的不满之后，权贵们就勃然大怒，接着众人便对受害人嘲笑讥讽，群起攻之，于是，受害人便沉默了。1679年的晚上，德莱顿在离开威尔咖啡馆回家的途中，被一群暴徒袭击，丢脸的却是诗人本人，而不是可能的背后教唆者——罗彻斯特伯爵。不过也可能是后人夸大了那时的花花公子的放荡暴行，瓦尔特·比桑特爵士就是这样认为的，尽管他曾这样引用了盖伊的《琐事》：

听到那些贵族流氓的名字，谁能不发抖？

哪个巡街的守夜人，

可以逃过他们的殴打？

在流着脏水的雪山街[1]，

我曾与他们的暴行擦肩而过；

女人们自此以后

都惊恐地躲在木桶里。[2]

　　但我们绝不能说，因为这些浮于表面的行为，那时的伦敦就和清教时期的伦敦截然不同了。两个时代的不同之处只在于它们注重的东西不同。这就像是拥有相同父母的两个孩子，在母亲眼里，他们性格的区别一目了然，但外人却基本只看到相似的外形、声音和姿态。两个世纪后的今天，我们这些外人仍能透过历史，从中发现一些东西，那就是分别在1600年和1650年威胁和搅乱英国的两个因素，它们盘踞在伦敦城中，再次相遇却再未融合。查令十字街的西南方向，有个聚居地，这里的人们大概会沾沾自喜地选择这种生活方式。埃瑟里奇曾这样记录他眼中的这

※1　雪山街（Snow-hill），伦敦城里的一条街道。

※2　以上文字出自盖伊的戏剧《琐事，行走在伦敦街头的艺术》第三幕326—332行。沙德韦尔的《夜游者》和盖伊的戏剧相互呼应。诺曼·皮尔森（Norman Pearson）在他的《18世纪英国社会素描》中的第一章——"夜游者和贵族流氓"里，也详细记叙了这种场景。

种标准生活方式：

　　"一个入世的绅士，穿着得体，擅长跳舞，精通击剑，会写情书，并有副好嗓子。他总是温柔多情，非常诚实，但并不固执。"[1]

　　但在白厅东面的老城区，思想保守的清教徒依然顽强地幸存了下来。当然了，失败者总是更难遗忘过去。时间治愈伤痛，而胜利和财富则是它的得力助手。所以，看到克伦威尔·布拉德肖和埃尔顿[2]的尸体被挖出，清教徒们就会想起他们当年的隆重葬礼[3]。重开剧院和重新允许人们斗熊的举措更让他们忍不住要出声抗议。有人为《巴托罗缪集市》[4]时隔二十五年后的再次公演欢呼喝彩时，清教徒可无法置若罔闻——这可是部嘲讽过清教徒的戏剧。

※1　选自戏剧《摩登人物》第一场。

※2　详见《伊夫林日记》1660年9月30日的记载。

※3　详见《伊夫林日记》1651年3月6日和1658年10月22日的记载。

※4　《巴托罗缪集市》是戏剧大师本·琼森的代表作之一，戏剧背景设定在伦敦的主要集市——巴托罗缪集市上，刻画了伦敦市民的众生相。

另一方面，胜利者也会恶毒地讥讽过去。直到1672年，他们还在羞辱勇武的海军军官桑威奇勋爵，挖他复辟时期的旧账[1]。数年之后，德莱顿的政敌重印了他早先献给克伦威尔的诗歌，只为给他最大的打击。

彻底沉寂了十八年之后，又是在1660年，剧院终于重新开放。那时，伊丽莎白时代的所有主要剧场都被废弃了，其中大部分还惨遭破坏。在两家新公司的共同努力下，国王剧院得以重新开张。它就屹立在河岸街以北靠近查令十字街的德鲁里巷中。随后，公爵剧院在林肯协会广场开业，离北区和东区都很近。起初，戏剧本身也为迎合王政复辟时代的观众，做了改编。对当时的第一批观众而言，剧院环境似乎得到了改善。佩皮斯写道：

"现在的舞台……比过去好上一千倍。现在安上了很多蜡烛照明；而过去只有不超过三磅的牛油；现在，大家彬彬有礼，没有一点粗鲁的举止；过去这里嘈杂喧嚣，

---

[1] 详见《伊夫林日记》1672年3月31日的记载，"我承认，他年轻的时候曾效力于暴君克伦威尔，做他的战士，但那只是为了挣钱，他并没有作恶。当听到陛下要回归的消息，他很高兴，第一时间调回了他驻扎在桑德海峡的舰队，来恭迎陛下"。

只请了两三个小提琴手；现在，他们请了九到十位最棒的小提琴手；过去垃圾满地，到处都很脏，现在就完全不同了；过去，这里基本见不到国王和王后的身影，现在，不仅国王会来，而且，所有的文明人都认为他们可以来。"※1

也许，导致剧院添置很多蜡烛的结果是，剧院的开演时间从下午三点调到了六点。至少，在艾迪生的时代就是如此。于是，林肯律师学院学生们在旁观者俱乐部待到下午五点，便开始"擦鞋，给假发抹粉"，顺道去威尔俱乐部逛逛，等到德鲁里巷剧院开场，他们就去看戏※2。艾迪生所在的时代拥有更多的剧院，比如科文特花园剧院、干草市场剧院、歌剧院和古德曼广场剧院。

然而，所有这些改善都投进堕落退化的戏剧里去了，即使是在威廉和玛丽二王以及安妮女王的统治时期，也仍然可以感受到查理二世的负面影响。戏剧素材取之不尽：放浪生活中的浪漫情事、社会各阶层对立所引起的

※1　详见《佩皮斯日记》1666—1667年2月12日的记载。

※2　详见艾迪生和斯蒂尔合办的杂志——《旁观者》第二期。

强烈矛盾、华丽的宫廷和壮观的法院、人们对瘟疫和大火这种大灾难生动悲情的回忆、英国与欧洲大陆敌对国之间周而复始的紧迫斗争以及时间、文化、对写作的热爱，凡此种种，应有尽有。只要人们抱着真诚、深刻的态度去创作，这些素材就能组合成伟大的戏剧。但没有人这样做。

剧院重开的第一年里，佩皮斯去看的绝大多数戏剧都是伊丽莎白一世时期的作品。他曾多次观看《亨利四世》、《温莎的风流娘儿们》※1、米德尔顿的《换子疑云》以及博蒙特和弗莱彻的《傲慢的夫人》。在第一批新生代剧作家中，威廉·戴夫南特的作品不止一次吸引了他的注意。然而，佩皮斯在他1660年8月以后的当年日记中随意记录了十七部戏，其中只有两部是由王政复辟时期的剧作家创作的。德莱顿的戏剧生涯要到1664年才获得成功，而让人难过的事实是，他写的戏不仅在风格上随大溜，内容上也是一样。他为自己一首颂词的辩解也可以适用于他所有的戏剧作品："我随波逐流，身下的波浪其势

※1　《亨利四世》和《温莎的风流娘儿们》是莎士比亚的著名剧作。

难挡。※1"

当时，尽管剧院欣欣向荣，但文人们普遍认为，在这种环境下，人们不能指望从威彻利后来的讽刺作品中看到"康格里夫机智的对话和幽默的玩笑，范布勒真诚的赞美，以及法夸尔※2恢宏的想象"。和普林相隔两代人的杰里米·科利尔（Jeremy Collier）追随着他的脚步，狠狠地抨击戏剧※3。而艾迪生也以他消极的方式，表达着不满。大家可以查看他在《旁观者》杂志中对戏剧的评论。我翻看了两百篇这样的文章，它们证实了我的说法。他常常谈到意大利歌剧，也曾写过一系列短篇讨论古典戏剧，但对当代戏剧和剧作家，他只字未提。

要谈论1681年那些有争议的讽刺大作，就很难不迷失在政治细节的迷宫之中。那一年，查理二世为蒙茅斯公爵和沙夫茨伯里领导的反对势力所困。为应对这种情况，表

※1　摘自德莱顿《写给阿宾顿伯爵的信》，也是他为纪念阿宾顿伯爵夫人而创作的诗歌——《埃莉诺》的序文。

※2　威彻利，王政复辟时期英国喜剧作家，擅长讽刺和批判社会的虚伪；康格里夫，风俗喜剧的代表性作家之一；范布勒，剧作家；法夸尔，爱尔兰喜剧作家。

※3　详见科利尔1608年所作的《简评戏剧的伤风败俗和亵渎上帝之处》。

达自己对王党的坚定支持，德莱顿假托圣经典故，写下一篇影射现实问题的讽刺诗（这种创作手法已有先例），颇为精彩[1]。德莱顿这么做可谓是驾轻就熟，十分自然。他之前在流行戏剧上大获成功之时，或者以后在已然固化的古典作品翻译圈取得杰出成就之际，也是那般轻松自然。他描绘生动，言辞犀利，使得处于政治旋涡中的伦敦在讽刺文学中永垂不朽。沙夫茨伯里拥有狂热的支持者，当他从伦敦塔中被释放出来后，他们还做了一枚纪念章。德莱顿由此得到灵感，创作出第二部讽刺诗——《纪念章》，借以讽刺煽动性的言行。《押沙龙和阿齐托菲尔》第二部依然在讲政治形势，它和德莱顿之后的作品——尤其是1687年的《牝鹿与豹》，组成了一个系列。对了解历史背景的人而言，这一系列非常有趣，但对于偶然读到这些诗歌的读者而言，想单靠文本细读来获得阅读之趣是不可能的，只会感到困惑。这些作品的优点即是它们的缺点——要读懂它们，人们必须详细了解作品中提及的社会问题。

---

[1] 这首讽刺诗即是下文提到的《押沙龙和阿齐托菲尔》，它以圣经中押沙龙和朝臣阿齐托菲尔反叛大卫王的典故，影射查理二世私生子勾结朝臣反叛父亲的不义之举。

德莱顿后半生，伦敦城里新建筑林立。伦敦大火过后，很多人马上提交了较为正式的城市重建规划，其中最重要的两份来自伊夫林和韦恩。所有这些规划都被否决了。现在的伦敦人可能会觉得高兴，因为旧城区的街道被保留了下来，或者会觉得遗憾，因为伦敦城没有被重建为巴黎那样整齐划一的都市——这取决于我们看问题的角度。然而，从某种程度上说，即使伦敦城广大被毁地区没有按照某个设计师的标准规划来重建，但重建中的伦敦依然留下了该设计师的天才作品。比如，和画家鲁本斯以及木雕艺术家葛林林·吉本斯（Grinling Gibbons）一样对事业孜孜不倦的克里斯托弗·韦恩，很快就被任命为"全市重建工作的测量总监和首席设计师，负责圣保罗大教堂等所有教堂及其他公共建筑的重建"。韦恩持续工作了四十年之久，是威斯敏斯特大教堂的监测员，并协助修建了温莎城堡，还参与建设了牛津、剑桥等地区的建筑，这些成就足够令普通人满足了，可他同时还设计完成了伦敦大火纪念碑，新的圣保罗大教堂、五十二所教区教堂、三十个商业大厅和许多私人住宅。你要是在伦敦塔和查令十字街之间，或者泰晤士河与伦敦城墙（抑或霍尔本街）之间的地区散五分钟步，只要不故意避开，就能看到一个或数个韦恩设计的建筑。那些年里，新建的商店和住宅具有崭新的风格。以往的房屋是木质结构，向外凸出，还饰以繁复的花纹和装饰。如今，它们被非常规整的石质、砖头或塑料房屋取代。老式房屋仍散见于各处，比如霍尔本街的斯特伯律师学院（Staple Inn），还有内殿门房的正门建筑，但像德莱顿住过的爵禄街一般生硬严肃的风格才是主流，这表明新的秩序已经建立起来了。

到1700年，由于城市的稳步扩张，伦敦的人口增至七十五万。如今，伦敦的重建区包括"从格雷律师学院到圣殿教堂的法学区。河岸街以北的街区里，到处是咖啡屋、酒馆、剧院、大集市和住在那里的居民"。伦敦城外围，伦敦塔东南方向的白教堂附近，有个工匠区。伦敦塔以西还有个被主城、威斯敏斯特、海德公园和牛津街环绕的贵族区。泰晤士河的对岸，伦敦大桥和圣乔治大教堂之间，是四通八达的繁忙商业街。河岸边，从巴黎花园（Paris Garden）到罗瑟希德，都排满了房屋。那时的伦敦已经发展成由数个各具特色的城镇组成的大都会，具备了现代都市的雏形。据统计，1700年的伦敦，除去主城和威斯敏斯特区，还包括四十六个其他区域。

参考阅读

传记和社会历史类

瓦尔特·比桑特（Walter Besant），《斯图亚特王朝时期的伦敦》（*London in the Time of the Stuarts*）。

约翰·伊夫林（John Evelyn），1660年之后的《伊夫林日记》（*Diary*）。

T.B.麦考莱（T.B.Macaulay），《论德莱顿》（*Essay on Dryden*），出自1828年的《爱丁堡评论》（*Edinburgh Review*），1828。

塞缪尔·佩皮斯（Samuel Pepys），《日记》（*Diary*）。

瓦尔特·司各特（Walter Scott），《德莱顿生平》（*Life of John Dryden*）。

应景诗歌

约翰·德莱顿（John Dryden），《英雄诗章，哀悼奥利弗·克伦威尔之死》（*Heroic Stanzas on the Death of Oliver Cromwell*），第十三章；《伸张正义，迎接查理二世国王回归》（*Astraea Redux, A Poem on the Restoration of King Charles II*），第十三章；《奇迹年》（*Annus Mirabilis: The Year of Wonders*，1666），第十三章。

罗彻斯特伯爵（Earl of Rochester），《恭迎神圣的陛下回归》（*To His Sacred Majesty on His Restoration*），第十章。

讽刺类和描述类

约瑟夫·艾迪生（Joseph Addison），《剧院》（*The Play House*），第二十三章。

塞缪尔·巴特勒（Samuel Butler），《讽查理二世时期的放荡》（*Satire on the Licentious Age of Charles II*），第七章；《讽赌博》（*Satire upon Gaming*），第七章；《议会之歌》（*Ballad upon the Parliament Which Deliberated about Making Oliver King*），第七章；《奥利弗·克伦威尔之歌》（*A Ballad in Two Parts. Conjectured to Be on Oliver Cromwell*），第七章。

杰里米·科里亚（Jeremy Collier），《简评戏剧中的不道德和亵渎之处》（*Short View of the Immorality and Profaneness of the Stage*）。

罗彻斯特公爵（Earl of Rochester），《伤残浪荡子》（*The Maim' d Debauchee*），第十章。

（以上提到的作品或文章见约翰逊的《英国诗人》：1779—1781年。）

小说（具体小说内容见参考小说阅读附录）

瓦尔特·司各特（Walter Scott），《海盗》（*The Pirate*）第七章。

戏剧

约翰·德莱顿（John Dryden），《马丁·马罗尔爵士》（*Sir Martin MarAll*）（1667）；《林贝汉姆》（*Limberham*）（1678）。

乔治·埃瑟里奇（George Etherege），《摩登人物》（*The Man of Mode*）（1676）。

托马斯·奥特韦（Thomas Otway），《士兵的命运》（*The Soldier' s Fortune*）（1687）。

托马斯·沙德韦尔（Thomas Shadwell），《幽默家》（*The Humourists*）（1671）；《吝啬鬼》（*The Miser*）（1672）；《尼古拉斯·吉姆夸克爵士；阿尔塞西乡绅》（*Sir Nicholas Gimcrack; The Squire of Alsatia*）（1688）；《夜游者》（*The Scowrers*）（1691）；《志愿者》（*The Volunteers*）（1693）。

威廉·威彻利（William Wycherley），《会跳舞的绅士》（*The Gentleman Dancing Master*）（1671）；《林中之爱，或者圣詹姆士公园》（*Love in a Wood or St. James Park*）（1671）；《老实人》（*The Plain Dealer*）（1674）。

威斯敏斯特厅内，詹姆斯二世加冕礼。F. 桑迪福德，1687

圣布莱德教堂和舰队街和圣玛丽教堂（克里斯托弗·韦恩，建筑师）

艾 迪 生 的 伦 敦

　　如果说，1666年的伦敦就像是刚跑完长跑的运动员，那么1700年的伦敦就是一夜放纵后精疲力竭的花花公子，终于开始严肃地自省。经历了半个世纪的放浪形骸之后，有这样的心态也很自然。这五十年来，英国一直不乏有识之士，但他们只是被忽视的少数群体。在那个无疑既喧嚣又放荡的时代之中，《天路历程》（*Pilgrim's Progress*）[1]问世了，但《天路历程》实际上并不是写给所有英国人的，它要指导的仅是一个被忽略的群体。直到1710年左

※1　《天路历程》，作者约翰·班扬，是一部宗教预言，宣扬清教思想，但对当时的社会也有生动刻画。

右，国内的风气才发生了转变。这一变化并不彻底，也绝非突然，这也是常理。真正具有深刻思想内涵的文学作品还要等上数十年才会产生。而艾迪生时代的文学作品受他本人影响颇深。与过去的作品相比，它们严肃深刻，但和以后的作品一比，又比较肤浅了。

这代人变得更有思想之时，也便不再那么任性了。这时，大众读者群开始出现。关注文学的人增多，这点极其重要，最终，在一百年的时间里，公众为文学提供了稳定的市场，也让作家能体面地创作，于是，古老的文学庇护制[1]就被淘汰了。然而，开始的时候，文学的流行也刺激了庇护者们加大支持的力度。要知道，任何艺术的背后金主——那些有钱有势的绅士们支持文学创作，都是为自己的名声考虑。在这种情况下，公众的关注增加，他们也更乐于出钱，而18世纪之初的大众是很乐意捧场的。

文学赞助有多种形式：可能是直接资助，或为穷困的作家提供食宿；也可能是认可优秀的作家，或聘用他们从

---

[1] 这种古老的文学庇护制，是指由显赫的贵族（一般和宫廷有关）支持一些文学作家的创作，而作家则写作品赞美这些贵族的一种制度。

政；又或者是在文学圈内部为即将出版的作品宣传造势，招揽读者。蒲柏[1]就是这样确保了他翻译的《伊利亚特》的销量，挣了一笔钱——他也是第一位不靠创作戏剧赚钱的英国作者。而斯威夫特[2]则要依靠权贵，而不是政治职务，来满足自己。萨克雷[3]曾引用过肯尼特主教的一段话，来介绍斯威夫特：

"祷告仪式前，我走到前厅（宫廷里的前厅）等待，看到斯威夫特博士正忙着交谈、理事，格外引人注目。他恳请阿伦伯爵向他的兄弟奥蒙德公爵游说，帮一位牧师求得职位，又答应索罗尔德博士，去向财政大臣确认他可以得到两百磅的年薪（索罗尔博士是常驻鹿特丹的英国国教成员）。他叫住了带着红提包走向女王殿下的

※1 亚历山大·蒲柏（Alexander Pope），18世纪英国著名诗人、翻译家，写英雄双韵体诗歌的大家，代表作有《论批评》《人伦》《夺发记》等，曾靠翻译荷马史诗《伊利亚特》挣了一笔钱。

※2 乔纳森·斯威夫特（Jonathan Swift），18世纪英国著名散文大师、诗人、小说家，蒲柏的好友，以讽刺性作品见长，代表作《格列佛游记》。

※3 威廉·M.萨克雷（William Makepeace Thackeray），维多利亚时期著名小说家，代表作《名利场》，曾著《英国幽默作家》，里面有关于斯威夫特的描写。

F. 温格阁下，说要转达财务大臣的话。他掏出金怀表，看看时间，抱怨说已经太晚了。有位绅士说他太性急，他答道：'我有什么办法呢？朝臣们给我的表不准啊。'接着他又告诉一个年轻贵族，英国最好的诗人就是蒲柏先生（一个天主教徒），现在，蒲柏先生开始翻译荷马史诗了，让他们都来预订。'因为，'他说，'如果我不为他筹够一千基尼[1]，他就不出版。'财务大臣辞别女王后，到前厅叫走了斯威夫特博士，他俩在祷告正要开始前一起离开了。"[2]

其他许多文人才子也都担任公职。斯蒂尔[3]身兼四个不同的国家公职；盖伊[4]是克拉兰敦伯爵的秘书；约翰·丹尼斯（John Dennis）[5]在海关任职；普莱尔和蒂克尔都是副国务卿，也都身兼他职。艾迪生的履历读起来就

---

[1] 基尼，旧时英国金币的计量单位。

[2] 详见萨克雷《英国幽默作家》中的斯威夫特篇。

[3] 理查德·斯蒂尔（Richard Steel），18世纪英国散文大家，与艾迪生合办《旁观者》。

[4] 约翰·盖伊（John Gay），18世纪英国著名剧作家，代表作《乞丐歌剧》。

[5] 约翰·丹尼斯（John Dennis），17、18世纪英国剧作家、散文家。

像本当代内阁大臣名录："申诉专员、副国务卿、爱尔兰总督秘书、爱尔兰文史记录官、贸易大臣以及首要国务大臣之一。"所有这些职务无疑都是他应得的，但他之所以能获得这些，是因为他赢得了读者的支持。

　　然而，当使用"伦敦读者"或"读者大众"这样的词语，我们得小心，不要误导他人。因为和今天相比，18世纪早期的文学在内容和诉求上都非常不民主。事实上，取代堕落的戏剧，成为主流的新生说教诗歌和散文并不那么受欢迎。一位律师助理更有可能买票去看《野蛮求爱者》，而不是买一本《致阿布思诺医生书》※1或一份《旁观者》报。艾迪生虽然有社会号召力，但他在公众眼中不过是"带着假发的牧师"而已。让我们听听他是如何布道的："别让鲁莽的风头盖过谦逊"，"避开愚昧的迷信"，"戒掉决斗的习惯"，"吃喝要有节制"，"要记住，幸福喜爱幽闭，浮华喧嚣是它的敌人"，"讲话要客气"，"不要玩罪恶的游戏，珍惜友谊，培养艺术情

※1　指《夺发记》，讲的是一位绅士剪掉了一位淑女的头发，然后引发一系列琐碎争斗的故事，全诗仿效荷马史诗的写作手法，以这种崇高的形式，讽刺日常生活的琐碎无聊。

操"。这些都是愉快、合理、健康、无害的教条。并非只有艾迪生一人如此，学者中的浪子斯蒂尔也写过《基督教徒的英雄》一书。而蒲柏写过数百行得体的双韵诗，讨论人类、自然、诗歌和评论——都是一些显而易见的道理，但数十年来没人想过要这么写。斯威夫特以刻薄激愤的言辞做着类似的事，但表达形式与别人完全不同。对大多数人而言，生活变得更为优雅、精致了。人们发现，在处理紧张的人际关系时，吵闹和骚动并非不可或缺。

蒲柏、艾迪生和他们的追随者所创造的，是一种温文尔雅的文学。它效仿古典模式，基于"一点学问"之上。这种将客观生活虚构化的文学，通常刻画的都是少数特权阶层，也是为他们而写的。盖伊的《乞丐歌剧》是个消遣，他的《牧羊人之周》表面上讲英国农民，实际是一种滑稽剧[1]，而他在《琐事》中提到普通街道和平常人，也只是为了对比。蒲柏的读者也在上流社会，他的创作素材同样取自那里。他诗中描绘的森林、田野、溪流和说着优

※1　滑稽剧：指模仿某一严肃文学作品的小说、诗歌或戏剧，它所选的方式和题材往往不协调，因此显得滑稽可笑。

雅语言的牧人，大都是文学的虚构。而他的主要叙事诗[1]写的却是琐碎的社会口角，全诗的精巧结构与它的人文内涵完全不相称。

而且，《旁观者》报视野也相当狭窄。要是有人长时间翻阅其中的散文，就会发现，它里面提到的人或事，全都围绕着英国特权阶级或上流社会展开。艾迪生评论的都是些老生常谈的话题——熙熙攘攘的人群、歌剧、对派对的过分热衷、女性的发饰，其中并没有什么深刻的内涵。它们可以是任何时代的话题。而它们在18世纪初如此盛行是有特殊原因的：

"据说，是苏格拉底将哲学拉下神坛，让它栖居人间。而我决心要把哲学带出书房和图书馆，带离学院和大学，使它在俱乐部、议会、茶馆和咖啡屋里安营扎寨，这样，我也能为人称道了。"

艾迪生也曾这样说道："我想看到的是，不仅文人学

※1　详见《旁观者》第10期。

者觉得文学有趣，其他所有有闲、有钱阶层也会觉得它有趣。当然，任何正常人都不会认为，我会对'大众'抱有任何期待。"

这一时代以咖啡屋和俱乐部最具盛名。它们产生于多年之前，18世纪初最为盛行，并最终脱离了原来的形态。咖啡传入英国的时间比烟草晚近一个世纪，1637年5月10日，约翰·伊夫林在日记中提到一个叫纳桑尼尔·科诺皮欧斯（Nathaniel Conopios）的希腊人，说"他是我见过的第一位喝咖啡的人，这种风俗三十年后才传入英国"。英国最早的两家咖啡屋分别建于1652年和1656年，接着便有了詹姆斯·法尔咖啡屋[※1]。人们常抱怨它不讨人喜欢，因为"味道难闻"，而且火炉"几乎不分昼夜"地燃烧，有引起火灾的危险。后来，有教养的文人重新对咖啡青睐有加，只因它含有刺激成分，效果很棒。这多少会引起争议。但和关于它成分的讨论比起来，有关它造成的社会影响的评判更为重要。某些本国工业保护者很快就反对咖啡的流行，因为它妨碍了啤酒工业的发展，进而影响到国

※1 有关本段的其他引文，我参照了弗兰克·C.洛克伍德教授未曾发表的手稿。

内的农业。1674年，有人撰文猛烈抨击咖啡，文章标题为
"女性抗议咖啡的请愿书"，文中写道，喝咖啡助长了男
人的懒惰和饶舌，并导致他们"浪费时间，烫伤自己，还
把钱都花在这种量少、低劣、漆黑黏稠、肮脏苦涩和令人
作呕的臭泥水上"。一种引发这般敌意的流行风俗，自然
不缺辩护者。1667年的时候，就已经有这样一首打油诗，
其中几句这么写道：

咖啡屋是个包罗万象的宇宙

我觉得它前所未有，

在那里花个一便士

也许你就能成为学士。

而剑桥大学的约翰·霍顿教授（Professor John
Houghton）在他的文章《为咖啡辩护》的结尾，给予了咖
啡最高的赞誉，他这样写道："咖啡是保持健康的圣殿，
培养节制精神的温床，它使人节俭、文明，还无偿教人机
巧善辩。"

很多留存下来的插画向我们展示了这种咖啡馆的内

部结构：整齐地铺就着细沙的地面、不铺桌布的桌子、绘画和盘子、柜台后着装整洁的女服务员、屋里燃烧的明火，还有在火上吱吱作响的咖啡壶，所有这些都让人觉得闲适、安逸。而在当时更为常见的书籍资料证明，吸烟、喝咖啡这些不过是顺带，对咖啡店常客而言，真正重要的是交谈。当代伦敦，这样的风俗在诸如"柴郡干酪"酒馆那样故意做旧的酒馆中还能见到。此外，朴素的牛排饭馆也保留了古风。这种小饭馆是很多朴实的商业区的特色之一[1]。这里有直椅和不铺桌布的桌子，有常被翻阅的，有时会带着食物印迹的报纸，还有聚作几处、高谈阔论的主顾，这些主顾明显很熟悉饭馆，和服务员以及其他主顾也很熟，而且这里的价格也和旧时一样公道。

要进咖啡馆得花一便士，点杯茶或咖啡要再花两便士。店主会给咖啡馆的常客打折，还会为常聚到一起的一帮朋友空出专门的桌子或包间。因为人们可以在咖啡馆预订政府公报和其他期刊，所以艾迪生才能大胆估算出每期的一份《旁观者》都有20名读者。但咖啡馆引以为豪的传

※1 这其中最好的一幅插画是斯诺的《镜中牛排馆》。

统并不是独自阅读，而是交流意见。因为人只有在亲密的伙伴中才能完全放开，进行真诚的对话，所以大多数咖啡馆自然而然成了非正式俱乐部的活动中心。事实上，当时所有的社交积极分子都分属一到四个这种开放的俱乐部，并是那里的常客。日复一日聚集在某个咖啡馆的团体为那里增添了特色，他们中的很多人还认团体中的某人为领袖。这位领袖以不俗的谈吐掌控着大家的讨论，而且为他们常光顾的咖啡馆带去很多生意。德莱顿便是这样主宰威尔士俱乐部的，而艾迪生用一种截然不同的方式温和地领导着巴顿俱乐部。

《记大不列颠一段简明、愉快的历史》一书的作者很好地记录了个性相异的人们是怎样组成不同的俱乐部的：

"在靠近皇宫附近的怀特咖啡馆、圣詹姆斯咖啡馆和威廉咖啡馆里，人们的主要话题是军事装备、香料、赛马、着装和抵押贷款；可可树咖啡里的人爱谈贿赂和腐败、邪恶的大臣、政府的错处；查令十字街附近的苏格兰咖啡馆里，人们热衷讨论房屋和抚恤金；比武场咖啡馆和青年咖啡馆的人谈论挑衅的行为、荣誉、满足感、决斗和冲突……圣殿教堂周围的咖啡馆里，人们讨论的话题主要有法律条文、花销、抗辩、反驳和免责条款；位于舰队街的大卫咖啡馆和韦尔奇咖啡馆里，人们在说出生、家谱和血统；孩童咖啡馆和查皮特咖啡馆里的主要话题是耕地和赋税；阿德文森咖啡馆，说的是教区和讲师职位；……哈姆林咖啡馆，则谈论着婴儿洗礼、平民的晋升、思想自由、选举以及被上帝摈弃之事……而皇家交易所一带的所有咖啡馆则是商人们的聚集地，他们在那里处理生意，并总是飞快地谈论着股票交易、撒谎、诈骗，怎样骗寡妇和孤儿，怎样从公众那里巧取豪夺等事。" [1]

德莱顿时代最著名的俱乐部是位于科文特花园罗素街上的威尔士俱乐部。在司各特的小说《海盗》中，行吟诗人克劳德·哈尔克罗（Claude Halcro）对该俱乐部赞不绝

---

[1] 详见《旁观者》第一期："我最近数年在城中游荡，经常出没于大多数公共场所之中，虽然认识我的朋友还不到半打；我会在下期杂志中具体介绍我的朋友们。没有哪家咖啡馆我不常露脸的：我有时会混入威尔士俱乐部的一干政客中，聚精会神地倾听这个小圈子的交谈；有时我会在孩童咖啡馆抽口烟，装作只是在看邮差的样子，其实把屋内每桌人的对话都听了个遍。周日晚上，我出现在圣詹姆斯咖啡馆，有时会加入坐在里间的政治小团体的对话中，去倾听和学习。我也是希腊咖啡馆、可可树咖啡馆、德鲁里巷剧院和干草剧院的常客。"

口，因为这样的经历对他而言太稀奇了[1]。但到了艾迪生时期，就在威尔士俱乐部对面新开的咖啡馆中，巴顿俱乐部成了最受欢迎的所在。在它成立后两年，1714年，一出戏剧提及了这样的新旧易主。[2]

"真才先生：这里一点没变，和我还在威尔士俱乐部时一模一样。但快告诉我吧，先生，旧时的传统是否还在？现在，人们是否还在这里和威彻利以及其他主要诗人一起，享用咖啡和茶水，然后成为文人才子？

弗里曼：不不，自你离开后，情势已经发生了很大的变化。现在，巴顿俱乐部才是文人才子齐聚一堂的地方，时下，所有的年轻文人每夜都造访那里，以使他们自负的头脑变得理智、聪明起来。"

蒲柏经历过两代王朝的兴衰，德莱顿还是个小男孩的时候，就被带进了伦敦城，而艾迪生后来也经历了很多

---

[1] 详见司各特的《海盗》，第七章后半部分。

[2] 参见吉尔登的《新预演》。

事。按照惯例，蒲柏也应该是咖啡馆的常客，但他并不适合咖啡馆的氛围。他身有残疾，跟不上别人的步伐，且天生易怒，不能像常人那样，忍受、迁就他人的不拘小节。妒忌和怀疑将他卷入一系列争吵之中。其中之一便是和安布罗斯·菲利普斯的口角。蒲柏称安布罗斯为"写牧歌的野蛮人"，两人在巴顿咖啡馆大吵一架，不欢而散。数年之后，菲利普斯和蒲柏所写的一系列牧歌被汤森收入他编纂的合集的同一卷中。虽然两人性格迥异，评论家们对他俩的作品也是各执一词，但蒲柏的固执使问题变得复杂化了，他将艾迪生、斯蒂尔和盖伊都卷进了纷争里。克莱·西柏的一封信可以证明，这个1709年点燃的争斗火苗后成燎原之势，直到数年后才得以平息：

"当你还在巴顿俱乐部消磨时光的时候，就已因为那些挑衅的讽刺诗而臭名昭著了；你的脾气是那么臭，基本每个宣称自己有才的绅士都遭受了你的嘲讽，你曾称其中一人为'写牧歌的野蛮人'，这位绅士非常讨厌你，他在包间门口放了根桦木手杖，只要你一进来，他就取了手杖离开。你受到的惩罚本和你诗歌中的机巧相称。但你还是不停地写，不停地树敌，直到终于因为这些诗歌被撵出了咖啡馆。"[1]

如果当代读者质疑是否真有人喜爱这种争斗，他可以在小说中查证事实的真相，像罗杰·科弗利爵士这样的名士也会"在公共咖啡馆踢布里·道森一脚，因为布里称他为小伙子"。[2]

就像之前说的那样，配备报刊是咖啡馆的重要特色之一。最新的外交事件和议会动态是大家热议的话题，而这种习惯又刺激了人们对报刊的需求。"那时候的人是那么蠢，"早在1680年，首席大法官斯科罗格斯在审理一宗案件时曾说道，"他们不肯花一便士给孩子买面包，却拿这钱去买报刊；新闻的诱惑力太强了，以至于没人口袋里能剩下两便士。"面对这种情况，官方的反对也是徒劳。查理二世执政末期，他的一些尝试使得《授权法》被迫中

---

[1] 详见《西柏先生致蒲柏先生的一封信》，1742年。

[2] 其他参考文献：《旁观者》第24期，《咖啡馆的独裁者》；87期，《咖啡馆偶像》；145期，《咖啡馆莽夫》；476期，《咖啡馆的纷争》。还有爱德华·华德1698年出版的《伦敦间谍》第一章中有关咖啡馆的描述；第九章，《论咖啡馆》；第十章，《咖啡馆才子》；第十四章，《阿尔德门街的著名咖啡馆》；等等。

止※1，与此同时，他还迅速撤销了一项打算关闭咖啡馆的法案。终于，到1695年2月，所有试图重新审查报纸杂志的努力都终告失败。报刊出版业自此开始欣欣向荣起来。

报刊种类几乎立刻就变多了。到1709年，共有十八种不同的期刊在伦敦发行，于是，人们每周可以看整整五十五份报刊。周一、周三、周五每天有六种期刊供人选择；周二和周四每天有十二种；而周六有十三种。这些期刊间的竞争导致盗版横行，滋生了一批薪酬很低的雇佣文人和一种巷间"小报"。这些小报擅长"抄袭"，遭到质疑，幸好艾迪生和斯蒂尔创办的《闲谈者》和《旁观者》高雅节制，大大冲淡了这种小报的影响。这些小报肆无忌惮地诽谤他人，用词肮脏下流，因此受到来自各方的严正抗议。斯威夫特就不用说了，他称这些雇佣文人"流氓"和"疯狗"；女王用的则是"扰乱治安的报纸""狡猾的人"这些比较文雅的词；艾迪生虽不善骂人，但也称他们"诽谤之子"，末了还加上一句"卑鄙的文人"。而蒲柏

※1 《授权法》，1662年，英国通过了《授权法》（the Licensing Act），规定印刷书籍必须有许可证，同时必须将一部印刷好的副本存放在伦敦出版业公会（the Stationers Company）。

咒骂他们污秽不堪，算是最抬举他们了。在他的《愚人颂》第二卷，蒲柏依次谈及数位这样的文人，并着重讽刺了阿诺尔——"最肮脏的下流坯"。他是这样描写那些难以区分的乌合之众的：

> 接着出现了一打薄纸，
>
> 每张背后都站着位病恹恹的兄弟；
>
> 短命鬼啊！只知道随波逐流，
>
> 然后与浑身污泥的小狗混为伍。
>
> 你问他们的名字？要我说他们的名字，
>
> 不如说那些瞎眼狗的名字。
>
> 而奥斯本妈妈端坐在上，
>
> 就像个尼俄伯[1]，完全是石头一块，
>
> 他是那般厚颜无耻，甚至还说：
>
> "这些啊，哦，不！这些是公报！"[2]

---

[1] 尼俄伯，古希腊神话中底比斯王安菲翁的妻子，她的十四个儿子因自夸而全被杀死，她悲伤不已，后化为石头。

[2] 选自《愚人颂》第二卷，305—314行，《愚人颂》是蒲柏抨击18世纪文人的讽刺诗。

我在上文已经提过，成功的作者会取得较多报酬。这群雇佣文人的处境通常就很悲惨了。他们中的大多数都住在格拉布街[1]，生活穷困潦倒。这个可怜的小街区几乎与高贵之事沾不上边。一开始，因为它靠近炮兵街战场和芬斯伯里战场，所以那里住着很多弓弦匠人。接着，赌徒们搬了进来。17世纪，这些赌徒被一批最不温和的新教徒挤了出去。最后，这里由诗人、评论家和小册子作者占据，他们组成了"格拉布街合唱团"，去窃取近邻的荣光。诚然，他们毫不起眼，道德败坏，只为工资或仇恨写作。当人们读到以下诗句勾勒的场景，也不会多同情他们[2]：

他目光炯炯地看着

锈迹斑斑的冰冷壁炉；

剩下的啤酒和面包上已然长毛

壁炉边躺着五个摔碎的茶杯；

睡帽，而不是草帽，遮住了他的前额，

※1　格拉布街，靠近"跛子门"，14世纪被称作"Grobbe"街，16世纪则被叫作"Grubbe"街，1830年改名为"弥尔顿街"，提升了档次。

※2　选自哥尔德·史密斯的诗歌《文人卧室之歌》。

黑夜的帽子——白天的袜子！

但我还是要谈谈他们，因为他们是文学史上的污点，让人鄙夷，遭人辱骂，于是沉默失声。最初，这些雇佣文人的仇敌多是有话直说的：

这些笑话比熊园里的还要粗鄙，
从格拉布街流出的诗则比傻子唱的歌还差。[1]

然后，"格拉布"一词便成了坊间小报的代名词，人们对此心照不宣。"我听到有人在街头叫卖报纸，但这报纸太像格拉布小报了，所以我就不买给你了。"[2]最后，这种含沙射影也消失不见，"格拉布"成了中性词，比如在这句反语中就是如此："可能也有和蔼的格拉布人，会镇定自若地交代临终遗言。"[3]雇佣文人就这样没落，消

※1 选自沙德韦尔的《布里市场序》，1689年。

※2 选自康格里夫1707年3月12日写的一封书信。

※3 选自《基利·威廉姆斯致伯爵殿下书》，1764年12月13日。

失了，和他们一起消失的，还有帮助他们发行那些尖酸刻薄话的出版商以及因为他们的咒骂而名垂青史的政客。

描写城市街景最好的书是约翰·盖伊的《琐事，或伦敦街头漫步的艺术》。该书共三卷（1715年出版），其中的文字就像它们所描绘的街道那样，短小，拥挤，多种多样。按照惯例，这本书遗漏或少有提及的地方，都在《旁观者》中得到了详述。那时的主干道上，阴沟或排水沟仍然设在路中央，因为没有下水道，雨季的水沟自然是泛滥成灾。而除了在最干旱的季节，其他时候，路面都非常泥泞，人走在路上几乎就像是航行在海里。狭窄的道路上堵满了马车、轿子、抬轿人以及各式手推车。扫烟囱的人，提着篮子的杂货商，还有托着油盘的屠夫都可能会弄脏人们精美的衣服。而"周六的清晨降临"时，"喷溅得很高的水柱"和阳台上的滴水也同样威胁到行人的衣服。

当泥瓦匠爬上高梯，灰尘一片，

泥灰和石灰屑乱如雨下，

大块的瓦片掉到你头上。

　　盖伊在书中描述的颈手枷很有他那个时代的特点。当时的政府允许人们向示众的犯人投掷垃圾，这种可怕的法外惩罚激起了混乱和恶意，惹人讨厌的罪犯常因此毁容，甚至致死[※1]。然而，盖伊只是想警告路过的行人避开这些投掷物。

　　人们围在高高矗立的颈手枷下，

　　犯人双手被铐，伸在枷中的头低垂着，

　　你要是看到这样的情节，赶快避开；因为投掷物

　　会像冰雹般砸来，萝卜头和孵了一半的鸡蛋（齐飞），

　　好一场大雨；一些垃圾可能会砸中你，

　　黄色的蛋液会顺着你的脸颊流下。

　　喜欢寻求地方氛围的人能闻到各地不同的气味：泰晤士街上传来鱼肉市场的腥味和卖油商身上的油味；舰队

※1　参见贝赞特的《橙色女孩》，第二卷第二十章。

渠那时还是路德门山脚下^{※1}一条喧闹的小河，弥漫着水汽的味道；"贝尔梅尔集市中传来阵阵香水味"。吸引他的不仅是各个街区，还有时间、季节以及街头叫卖声："萝卜成熟季节……那过度尖锐的叫声"；咸菜贩子的叫卖声"就像夜莺在歌唱，已经两个多月没听到这样的声音了"；送奶工尖声尖气的嗓子；箍桶匠低沉空洞的嗓音；还有"修椅人那悲伤、肃穆的声音"。^{※2}《旁观者》报的一位作者想成为"伦敦叫卖声主管"，另一位则要做"招牌主管"。

"街上到处是画着蓝色野猪、黑色天鹅和红色狮子的招牌；更别说飞猪、穿铠甲的猪，或其他许多比非洲沙漠里的动物还要神奇的玩意儿。奇怪了！人们明明有那么多自然界的鸟类和动物可选，却挑了'虚构的怪物'来做招牌！因此，我的首要任务，就是要像赫拉克勒斯^{※3}那样，

※1　参见蒲柏《愚人颂》第二卷271—274行。也可参见本·琼森的《著名航线》。

※2　详见《旁观者》第251期。

※3　赫拉克勒斯（Heracles），希腊神话中最著名的英雄之一。主神宙斯（Zeus）与阿尔克墨涅（Alcmene）之子。

清除城中所有的怪兽。其次，我还要禁止人们把不和谐的造物放到同一个招牌里——诸如钟和牛舌、狗和烤架之类的构图。把狐狸和鹅放在一起倒还合理，但狐狸和北斗七星是怎么扯到一块去的呢？还有，羊羔和海豚除了在招牌上，还能在哪里碰头吗？至于把猫和小提琴放到一起，这其中倒是含着巧思，因此，我不希望自己上面说的那些话会影响到它⋯⋯

"再次，我要命令每个商店都制定和他们的生意有关的招牌。还有什么能比妓女打着天使的幌子或者裁缝使用狮子的招牌更不和谐的吗？厨师不靠做鞋为生，鞋匠也不以烤猪为业；然而，我曾看到，因为缺乏规范，香水店的门上刻着一只山羊，而刀具店的招牌上画着法国国王的脑袋。" [1]

蒲柏生平所做的壮举之一便是讽刺挖苦1719—1720年的"南海泡沫事件"。迅速增长的对外贸易使人们躁动不安，这也是迅速开采新资源过程中遇到的常事。英国人约

[1] 以上两段文字节选自《旁观者》第二十八期。

翰·劳（John Law）为逃避死刑于1694年逃亡法国。他在那里引发了"密西西比泡沫"，在其过程中还当上了国家财政总审计长。他的计划在1720年1月泡汤，在那之前，英国人为了垄断"南海"公司的交易，也在着手实行一项计划。该计划由国家高层政要领导，所有知名人士都多少与之牵连。南海公司股票从3月的一百八十英镑涨到4月的三百六十英镑，6月又狂涨到原来的五倍。证券交易小巷[1]中人山人海，投机者、诗人、淑女与普通大众摩肩接踵。

> 数千股民人浮于事，
>
> 他们争先恐后，推推搡搡，
>
> 划着自己那漏水的小舟，
>
> 去寻找黄金，终于溺毙。[2]

蒲柏为自己和密友布朗特姐妹买了股票。玛丽·沃特

---

[1]　证券交易小巷（Change Alley），靠近英国皇家交易所（又称伦敦交易所）的一条小巷。

[2]　详见斯威夫特1721年所作的《1721年南海工程》。

里·蒙塔古夫人[1]也投了钱进去，用的是自己和一位叫雷蒙德的爱慕者的钱，这使她后来要花大气力偿还债务，恢复名誉，并重获心灵的平静。到8月初，南海公司的股票已经涨到一千镑，很多其他公司也在引诱投资者，想浑水摸鱼。有些公司只是野心大，还有一些则做得很出格——这些公司始终打算"从山毛榉坚果中萃取黄油，从铅里提炼银，从罂粟花里榨油"。南海公司的主管出手击碎了其中一些泡沫。很快，他们自己也遭了灾。短短几周时间内，"巨大的骗局"便结束了，"那是能让我们这个时代的小家子气贪官惊叹不已、妒忌不已的骗局，和它相比，现代骗局就是个仰望巨人的矮子"。[2]泡沫破裂了，但影响依然存在。南海公司主管被开除公职，重臣们名誉扫地，政府更新换代。许多人都破产了。诗人们的损失还算轻的，也输得起。蒲柏按照他给经纪人的建议要求自己："让我们认命吧，这样，世人就会敬佩我们的谦逊。如果我们失败了，那么至少要把失败只留给自己。"相反，约

---

[1] 玛丽·沃特里·蒙塔古（Lady Mary Wortley Montagu），18世纪著名的女性文人。

[2] 见兰姆在《伊利亚随笔》中的《南海公司》一篇。

翰·盖伊失去了所有财产，他没说什么漂亮话，只是在自己的诗里向世人自嘲道：

> 为何要在交易小巷浪费你宝贵的时间，
> 和张嘴等着天上掉馅饼的愚人为伍？
> 毫无疑问，我们会在那里看到一些诗人，
> 他们以幻想为生，也就可以画饼充饥；
> 那些只在梦中才见过金币的傻子，
> 当然会上"南海计划"的当；
> 无怪乎他们的三本书居然卖了数百万金币，
> 此等好事自然只发生在梦中。[※1]

这个时代，人们对女性的态度开始转变，但速度很慢。既有社会制度只将女人视作女儿和妻子。在众多平凡无奇的墓志铭中，有一条非常经典："她生为女人，死为主妇。"甚至约翰逊博士在这个世纪末还这样写道："大

※1　详见盖伊的《书信集》第七封："致住在圣殿酒吧附近的托马斯·斯诺·哥尔德史密斯先生书；一首应景赞歌，赞美我卖掉了有关南海公司的第三本书，主编每本付我一千便士。"

概，对女人而言，最好的头脑就是不犯错的头脑。"查理二世那富有才情的宫廷衰落以后，女性便不那么活跃了。在安妮女王和她的继任乔治一世的统治下，宫廷气氛非常严肃。蒲柏在一封写给玛丽·沃特里·蒙塔古夫人的信中说道："这里几乎不开舞会，没有集会、宴饮，甚至都没有为两三人聚会腾出地方。威尔士的贫民窟都比汉普顿皇宫热闹。"因为女人不能再鲁莽行事了，所以她们吸引人眼球的主要方法便是变成一只花孔雀，成为像阿拉贝拉·费莫尔小姐那样的人。她们主要的活动就是化妆、打牌、集会、跳舞和看歌剧。因为她们一直处于公众的监督之下，所以得要些小诡计，才能光明正大地和追求者或情人说话，因此，她们要么会完全屈服于社会成规，要么会落入陷阱。

时不时会有女性尝试自学，她们的行为出人意表，超越常规，但还是得面对大众的偏见。莱德尔顿勋爵在《给女士的建议》一诗中总结了这种偏见：

别找借口卖弄才智，那很危险，

满足于有限的思考，这才聪明；

只因才智就像酒精，会灌醉大脑，

对柔弱的女性而言，它度数太高。

自称聪明的人多半愚蠢，

真有智慧的人多半会为此所累。[1]

　　即使女性真的提升了思想境界，也会遭人非议，艾迪生就曾这样评价利奥诺拉的书房："我翻看书籍的时候，发现有几本书，是这位女士买来自己读的，她买这些书，要么是因为书评很好，要么是因为她见过作者本人。""所有的古典作家，还有许多埃尔泽斐尔家族出版的书"，以及牛顿、洛克和杰里米·泰勒的书，就是她在前一个理由下买的；后一个理由驱使她买了威廉·坦普尔爵士和理查德·斯蒂尔的书。最后，艾迪生总结道，他对利奥诺拉"又是尊敬，又是怜悯"。[2]

　　要是有人读了很多那个时代的文学作品，就不得不承认，那时的大多数人对这些才女既仰慕，又鄙夷。想想

※1　选自莱德尔顿勋爵1731年出版的《给女士的建议》，31—36行。

※2　详见《旁观者》第三十七期。

斯威夫特和他的斯黛拉、瓦内萨；想想蒲柏与他的玛莎、帕蒂·布朗特、玛丽夫人，还有莎拉女公爵；看看斯蒂尔那充斥着甜言蜜语的书信和他对"亲爱的普鲁"的一味冷淡；看看艾迪生和他那有钱的寡妇老婆，他可是抱着极大的不满和她结婚的。再想想玛丽夫人自己，她有个专横的父亲，她的求婚者也是那样笨拙、蛮横，她不得不私奔，被禁止回国后，她是那么痛苦，后来又有人向她求婚，大献殷勤，言辞又太过热情。当男人冷静地坐好，写下"多思念几次我吧，我爱你，我承诺没有女人曾经这样被爱过"[1]这样的情话之时，他也一定知道自己是在撒谎，还会暗自鄙夷这个让他大费周章的女人。这一时期的男人，喜爱谈天胜过运动，从不迷惘。下雨的午后和女士跳舞这种力气活，当然比不上跟人喝茶谈天那般惬意。

　　康格里夫赞美萨拜娜漂亮的眼睛比晨光更亮，又感叹她的冷淡会杀死许多人，他那是在说萨拜娜爱听的话[2]。然后他便寻求朋友的安慰，吐露真言说，莱斯比娅（即萨

※1　详见乔治·帕斯顿的《玛丽·沃特里·蒙塔古夫人书》一文，第296页。

※2　详见由塞缪尔·约翰逊编纂的《康格里夫诗集》，第65页，《歌谣》。

拜娜）"太美了"，见她第一眼之时，他心中便充满了圣
洁的爱慕：

> 但这个美丽的傻瓜不久便开口说话了，
> 她珊瑚般红艳的嘴唇吐露出蠢话一堆：
> 这些胡话就像药膏，医治了我爱情的伤口，
> 我被她的眼神迷倒，然后被她的唇舌释放。[1]

但变化确实在发生。至少有人懂得欣赏斯蒂尔颂歌中
与生俱来的优雅，"爱她，便使人博闻强识"。同是理查
德上尉的亲属，青年时期的德莱顿就不大可能会这么说。

参考阅读

传记和社会历史类

乔治·A. 埃特金（George A.Aitken），《理查德·斯蒂尔生平》（*Life of Richard*

---

[1] 同上页注2，第103页，《莱斯比娅》。

Steele）。

瓦尔特·比桑特（Walter Besant），《18世纪的伦敦》（*London in the Eighteenth Century*）。

科里·西柏（Colley Cibber），《忏悔平生》（*Apology for His Life*），R. W. 劳（R. W. Lowe）编纂。

T. B. 麦考利（T. B.Macaulay），《论艾迪生》（*Essay on Addison*）。

乔治·帕斯顿（George Paston），《蒲伯先生生平及所处时代》（*Mr. Pope, His Life and Times*）；《玛丽·沃特里·蒙塔古夫人》（*Lady Mary Worthy Montagu*）。

W. M. 萨克雷（W. M. Thackeray），《英国幽默作家》（*English Humorists*）前四篇；《四位乔治》（*The Four Georges*）前两篇。

沃里克·罗斯（Warwick Wroth），《18世纪伦敦的快乐花园》（*London Pleasure Gardens of the Eighteenth Century*）。

应景诗歌

约翰·盖伊（John Gay），《致托马斯·斯诺书（第七封）》（*Epistles（VII）to Thomas Snow*）。

亚历山大·蒲柏（Alexander Pope），《赠给在加冕仪式后要离开伦敦的布朗特小姐》（*To Miss Blount on Her Leaving the Town after the Coronation*）。

约翰逊·斯威夫特（Jonathan Swift），《偶遇银行家》（*The Run upon the Bankers*）；《1721年南海工程》（*South Sea Project*, 1721）。

讽刺类与描述类

艾迪生、斯蒂尔等人，《旁观者》（*Spectator*）。

约翰·盖伊，《琐事》（*Trivia*）；田园诗：《着装打扮》（*Toilette*）；《茶几》（*Tea Table*）；《葬礼》（*Funeral*）。

亚历山大·蒲柏，《夺发记》（*Rape of the Lock*）；《道别伦敦》（*A Farewell to London*）；《道德论二，女性特征》（*Moral Essays（II）. Characters of Women*）。

白金汉公爵约翰·谢菲尔德（John Sheffield Duke of Buckingham），《时事论》（*On the Times*）。

约翰逊·斯威夫特，《城市牧歌》（*A Town Eclogue*）；《给格拉布街诗人的建议》（*Advice to the Grub Street Verse Writers*）；《女人的头脑》（*The Furniture of a Woman's Mind*）；《摩登女郎日记》（*The Journal of a Modern Lady*）。

托马斯·蒂克尔（Thomas Tickell），《肯辛顿花园》（*Kensington Gardens*）（前50行）。

爱德华·华德（Edward Ward），《伦敦密探》（*The London Spy*）。

以上书籍和文章均可在约翰逊的《英国诗人：1779—1781》中查找。

小说（具体的小说目录见附录中的小说部分）

W. H. 安斯沃斯，《杰克牧羊人》（*Jack Sheppard*）。
瓦尔特·比桑特，《多萝西·福斯特》（*Dorothy Forster*）。
亨利·布鲁克（Henry Brooke），《傻子》（*The Fool of Quality*）。
维克多·雨果（Victor Hugo），《笑面人》（*The Man Who Laughs*）。
布尔沃·利顿（Bulwer Lytton），《德弗罗》（*Devereux*）。
W. M. 萨克雷（W.M.Thackeray），《亨利·埃斯蒙》（*Henry Esmond*）。

戏剧

森特利弗·苏珊娜夫人（Mrs. Susanna Centlivre），《餐桌》（*The Basset Table*）；
　　《决斗》（*The Beaux Duel*）；《赌徒》（*The Gamester*）。
科里·西柏（Colley Cibber），《女子的智慧》（*Woman's Wit*）（1697）；《不愿效忠的
　　人》（*The Nonjuror*）（1717）。
威廉·康格里夫（William Congreve），《老单身汉》（*The Old Bachelor*）（1693）；
　　《以爱换爱》（*Love for Love*）（1695）；《如此世道》（*The Way of the World*）
　　（1700）。
乔治·法夸尔（George Farquhar），《忠诚的夫妻》（*The Constant Couple*）
　　（1700）。
亨利·菲尔丁（Henry Fielding），《坦普尔公子》（*The Temple Beau*）（1729）。
约翰·盖伊，《乞丐歌剧》（*The Beggar's Opera*）。
乔治·里奥（George Lillo），《伦敦商人乔治·巴恩威尔生平》（*The London
　　Merchant, the History of George Barnwell*）（1727），也可参看萨科雷的《滑稽剧》
　　（*Burlesque*）。
托马斯·索斯恩（Thomas Southern），《少女最后的祈祷》（*Hie Maid's Last Prayer*）
　　（1639）。
约翰·范布勒爵士（Sir John Vaubrugh），《故态复萌》（*The Relapse*）（1697）；《易
　　怒的妻子》（*The Provoked Wife*）（1698）。

咖啡馆的窃窃私语，1710（选自旧画）

咖啡馆的集会（选自咖啡馆幽默，1688年版，已修整放大）

南海泡沫事件，选自霍加斯的版画

18世纪中期的伦敦（1761年，伦敦杂志中插图）

在1750年至1800年间，伦敦迅速发展成了一座大城市。泰晤士河北岸长达四英里的区域内形成了人口密集的社区，其范围已大大超过了老城区。萨瑟克区的面积几乎和乔叟时代的伦敦一样大。而在泰晤士河的南岸，从查令十字街到伦敦塔桥这一带，沿岸的建筑破败不堪。当然，这些建筑物后面就是绿色的田野。早在1760年，黑衣修士桥和威斯敏斯特桥就已建成，但在众人眼中，比起舰队街以及河岸街的石子路，人们还是更喜欢泰晤士河这条风景秀美的通路。据称，从1750年至1765年间，每年都有一千多幢新房子落成。老城区狭窄的街道两旁依然保留着各式各样的山墙，而在诸如斯特伯律师学院和内殿门房（Inner Temple Gate House）的建筑上依然可见横梁和灰泥立面的身影。而新区的马路更宽，道路两旁的平顶砖石楼房也相当整齐。此时的伦敦已成为一座大都市，不仅容纳了众多守法公民，同时也常有很多罪犯混迹其中。

在忠诚的公民心中，伦敦的魅力并没有因面积扩大而减少，反而别有风姿。约翰逊是这样解释的："伦敦的绝妙之处就在于其居民的多样性。"鲍斯威尔曾说："智者在思考人类的命运时，伦敦的丰富多彩会让他倍感茫然，而对这一话题的思索也永无止境。"鲍斯威尔的这句话不仅说出了自己的想法，也说明了他笔下的主人公的想法。[※1]对伯克[※2]来说，伦敦虽是"零零散散的无限叠加"，却也"干净、宽敞、整洁"。[※3]吉本[※4]的描述则更

※1　参见鲍斯威尔的《约翰逊传》（*Johnson*），伯克贝克·希尔（Birkbeck Hill）编辑的版本，第一部，第422页。

※2　埃德蒙·伯克（Edmund Burke，1729—1797），爱尔兰作家、政治家、演说家、政治理论家和哲学家。他曾在英国下议院担任了多年辉格党议员。——译者注

※3　出处同上，第三部，第178页，第一节。

※4　爱德华·吉本（Edward Gibbon，1737—1794），英国历史学家，著有《罗马帝国衰亡史》（*The History of the Decline and Fall of the Roman Empire*）。——译者注

加直白："不要给伦敦的尘土涂上丑陋的色彩，假惺惺地诱惑我。我爱这尘土。"[1]在这座伟大的城市中，人人各得其所，它是学问的中心，是智慧的泉源，是一个大集市，是小酒馆小客栈的集中地，是强者的摇篮，是"人间天堂"。约翰逊一如既往地对此加以总结："不，先生，一个人厌倦了伦敦，也就厌倦了生命。因为伦敦拥有生命所赋予的一切。"[2]

这一时期最具代表性的建筑群之一位于阿德尔菲（Adelphi），整个地区位于泰晤士河边，大约在查令十字街和圣殿区（Temple）之间。这一地区是由亚当四兄弟[3]建设的，其中罗伯特和詹姆斯是著名建筑师，而约翰和威廉则在这一计划中更多地充当了设计者的角色。这些建筑的外观相当朴实，与伊尼戈·琼斯[4]和克里斯多弗·韦

---

[1] 出处同上页注。

[2] 参见鲍斯威尔的《约翰逊传》，Birkbeck Hill编辑的版本，第三部，第178页。

[3] 亚当兄弟四人皆为建筑师，他们分别是约翰·亚当（John Adam，1721—1792）、罗伯特·亚当（Robert Adam，1728—1792）、詹姆斯·亚当（James Adam，1732—1794）和威廉·亚当（William Adam，1738—1822）。——译者注

[4] 伊尼戈·琼斯（Inigo Jones，1573—1652），英国建筑师。他是把意大利文艺复兴时期的风格带入英国的第一人。——译者注

恩[1]相对华丽的风格形成了鲜明对比。钟情于浪漫主义风格的评论家贺拉斯·瓦尔浦尔[2]很不看好这些苏格兰建筑师的形式主义："阿德尔菲的建筑都是些什么？那是挤在缝里的仓库，像步兵团里的士兵穿的旧外套上的褶边一样。"[3]当时，苏格兰四兄弟实际上颇有远见地填河造出了一小块陆地，不过并没有得到认可。阿德尔菲的建筑还有很大的改进空间，此后的几代人就见证了这一点。

"泰晤士河畔取水方便，因此岸边遍布着制革、印染及其他制造业工坊。这些手工业者所在的街道是伦敦最脏的。目光只能越过桥上三英尺高有飞檐托饰的石栏杆才能看到河景……总之，我第一次来伦敦是为了全面感受这座

※1 克里斯多弗·韦恩爵士（Sir Christopher Wren, 1632—1723），英国天文学家、建筑师。——译者注

※2 第四代奥福德伯爵贺拉斯·瓦尔浦尔（4th Earl of Orford, Horace Walpole, 1717—1797）英国艺术史学家、作家、古董收藏家、辉格党政治家，其作品《奥特朗托城堡》（*The Castle of Otranto*）被认为是哥特小说的开山鼻祖。——译者注

※3 参见瓦尔浦尔的《书信集》（*Letters*）中1773年7月29日瓦尔浦尔致梅森（Mason）的信件。

城市，可不论是站在主城区，还是站在萨瑟克区，都看不到泰晤士河的全景，只有走进离河很近的房子或工坊里才行。有些人将这种现象归咎于英国人特别是伦敦人骨子里的自毁倾向。"[1]

然而对于是苏格兰人美化了伦敦这件事，伦敦人却颇有微词。

亚当四兄弟，来自苏格兰，

拖家带口，指指点点，

约翰[2]气呼呼地对托马斯[3]说，

他们偷走了我们的河！

…………

---

[1]　参见乔治·帕斯顿（George Paston）的《乔治王时代的趣闻》（*Sidelights of the Georgian Period*），第176—177页。译自M. 皮埃尔·格罗斯利（M. Pierre Grosley）1790年的作品《伦敦》（*London*）。

[2]　指的是当时著名的设计师和木匠约翰·林内尔（John Linnell，1729—1796）。——译者注

[3]　指的是当时著名的设计师和木匠托马斯·奇彭代尔（Thomas Chippendale，1718—1779）。他和约翰·林内尔都与亚当兄弟合作过。——译者注

你们自诩为国王乔治和詹姆斯的朋友，

却并不羡慕我们的泰晤士河；

公主喜欢他们棱角分明的脸，

想要我们让位；

尽管来满足你们的自尊心，

不过还是滚回克莱德[※1]泡麦片吧！[※2]

　　泰晤士河填河的面积逐渐扩大，如今，图中（第234页）的房屋前建起了一座小公园。公园与河岸之间的是维多利亚堤岸，这座河堤从北岸开始绵延约四公里。在花费了如此巨大的代价后，伦敦人才开始意识到填河造陆的不妥。从文学作品的描述中看，约翰逊时代居住在阿德尔菲的名人中，最有趣的当属大卫·加里克[※3]，他在"排屋（Terrace）"的正中央有间房子，而排屋的拱门正对着泰

※1　克莱德群岛是苏格兰的一部分。苏格兰的气候潮湿，作物生长期短，比起小麦更适合种植燕麦。当地人食用麦片的历史非常悠久。——译者注

※2　参见《妙语收容所》（*Foundling Hospital for Wit*）1784年版第四章，第189页。

※3　大卫·加里克（David Garrick，1717—1779），英国演员、剧作家、剧院经理和制作人，是约翰逊的学生和好友，德鲁里巷（Drury Lane）剧院的经营者。——译者注

晤士河。

　　文人们常常批评18世纪中期是浅薄、世故、过于精明老练的时代，这一点多少是当时文学圈的潮流。这种认识始于蒲柏和艾迪生，之后亨德尔[1]、外交家切斯特菲尔德[2]和对此一知半解的瓦尔浦尔也都这样认为，于是文人们自然而然就形成了上述认识。尽管这一结论有些道理，但有一点仍值得一提：这些颇具影响力的人物的知名度如今都比不上两位朴实而又非凡的平民，即"穿着天蓝色外套的小个子"威廉·霍加斯[3]和"可敬的霍屯督人"[4]塞缪尔·约翰逊。[5]18世纪的伦敦丰富多彩，一种色调代表着切斯特菲尔德勋爵和贺拉斯·瓦尔浦尔所在的阶层，另

---

[1]　乔治·弗里德里希·亨德尔（George Friedlic Handel，1665—1759），著名巴洛克音乐作曲家，生于德国，后入籍英国。——译者注

[2]　第四代切斯特菲尔德伯爵菲利普·多默尔·斯坦霍普（Philip Dormer Stanhope, 4th Earl of Chesterfield，1694—1773），英国政治家、外交家。——译者注

[3]　威廉·霍加斯（William Hogarth，1697—1764），英国著名画家、版画家、讽刺画家、社会评论家，欧洲连环漫画的先驱人物。——译者注

[4]　霍屯督人（Hottentot）是非洲西南部的本土人。这一称谓是切斯特菲尔德给约翰逊的。——译者注

[5]　切斯特菲尔德勋爵对约翰逊的此番描述很有名，尽管伯克贝克·希尔论证说勋爵并非有意而为之，他说得也确实对，但所有的证据均表明，这一描述是非常准确的。参见切斯特菲尔德《给儿子的信》（Letters to His Son），1751年2月28日。

一种色调代表了约翰逊和霍加斯所在的阶层，这两种色调决定了伦敦的主色调。二者之间无休无止的冲突依然在继续，只是不再以德莱顿时代的革命形式进行，而是依托缓慢而系统的进展，这赋予了中下层人士新的地位和尊严。

至于作家的观点、其大量素材的性质，以及18世纪前半叶读者的特点，前面已详细叙述过了。这一代的引领者所怀有的民主思想和同情心究竟达到了何种程度，我们可以从科巴姆勋爵※1写给蒲柏的一封信中窥见一斑：

"天气风和日丽，实在惹人喜爱。奇怪的是，有身份有地位的人竟必须跟其他人一起享受这天气。"

然而上述思想在18世纪下半叶却发生了巨变。当时流行的叙述小说对人物性格的着重勾画正体现了这一变

※1　第一代科巴姆子爵理查德·坦普尔（Richard Temple, 1st Viscount Cobham, 1675—1749），英国陆军元帅，辉格党政治家。——译者注

化。一直郁郁不得志的理查德森※1塑造的第一个女主角是贵妇的侍女（帕梅拉）。菲尔丁※2先写了讽刺小说《阿米莉亚》，之后又以帕梅拉的兄弟约瑟夫·安德鲁斯为主角创作了《约瑟夫·安德鲁斯传》。当时文学作品中的人物汤姆·琼斯※3、罗德里克·蓝登※4、佩雷格林·皮克尔※5和汉弗莱·克林克尔※6都来自社会底层。哥尔德·史密斯在现代版的《约伯记》※7中，将主人公设定为威克菲尔德的一个牧师，除了英雄主义，他一无所有。作者尽情描绘

※1　塞缪尔·理查德森（Samuel Richardson，1689—1761），英国作家。此处所指作品为他的第一部书信体长篇小说《帕梅拉，又名美德得报偿》（*Pamela; or, Virtue Rewarded*）。——译者注

※2　亨利·菲尔丁（Henry Fielding，1707—1754），英国小说家、剧作家，以作品中的幽默和讽刺而闻名。——译者注

※3　菲尔丁的长篇小说《弃儿汤姆·琼斯史》（*Tom Jones*）中的主人公。——译者注

※4　苏格兰作家托比亚斯·斯末莱特（Tobias Smollett，1721—1771）的长篇小说《蓝登传》（*The Adventures of Roderick Random*）中的主人公。——译者注

※5　斯末莱特的长篇小说《皮克尔历险记》（*The Adventures of Peregrine Pickle*）的主人公。——译者注

※6　斯末莱特的长篇小说《汉弗莱·克林克尔探险记》（*The Expedition of Humphry Clinker*）的主人公。——译者注

※7　在圣经《旧约》的《约伯记》（*The Book of Job*）中，约伯经历了种种厄运，凭着对上帝的忠诚和自身的坚强隐忍，最终得到了回报。小说《威克菲尔德的牧师》（*The Vicar of Wakefield*）中的情节和约伯的故事有很多相似之处。——译者注

了荒芜的村庄"甜赭",痛斥一个自私贵族的恶行。[※1]哥尔德·史密斯参加了一个由内陆乡村店主的儿子组织的团体[※2],参与者有几位真正的民主人士,比如埃德蒙·伯克、约书亚·雷诺兹爵士[※3]、托珀姆·博克莱尔[※4]和本内特·朗顿[※5],还有演员加里克和苏格兰乡绅詹姆斯·包斯维尔。

当然,在这五十年里并没有发生翻天覆地的变化,但文学作品的基调正明显转变为描述普通人的生活。这一时期最引人注目的变化是新的社会平衡正在形成。要理解这种变化,我们最好能认识到造成变化的主要原因的重要性,从而理解当时的新事物——1775年的伦敦。让我们首先来看看引领18世纪的绅士们的处世智慧。他们为以下精

※1 欲了解诗歌如何描述文学中的这些发展过程,参见威廉·沃森(William Watson)的《华兹华斯的恳求》(*Wordsworth's Crave*)第四部分。

※2 即约翰逊组建的"俱乐部"(The Club),又名"文人俱乐部"(Literary Club)。——译者注

※3 约书亚·雷诺兹爵士(Sir Joshua Reynolds,1723—1793),18世纪英国颇具影响力的肖像画家。——译者注

※4 托珀姆·博克莱尔(Topham Beauclerk,1739—1780)是当时的社会名流,查理二世的曾孙,与约翰逊和瓦尔浦尔为友。——译者注

※5 本内特·朗顿(Bennet Langton,1736—1801),英国作家,"俱乐部"的初始成员之一。——译者注

准的概括提供了素材：

"（18世纪早期）走的是彻头彻尾的传统路线，人们自欺欺人地过着循规蹈矩的日子，从社会的弊端中寻求安全感……沙龙、咖啡馆和戏院里熙熙攘攘一如从前，议会法庭中进行着更高贵的活动，国事厅中上演着阴谋诡计，还有战场上的深谋远虑。在集体中的个人，无论社会地位如何，其生活重心都会在不断追求世俗的幸福和成就的过程中一点点偏移。正是这些东西令18世纪的人们心醉神迷……也深陷其中。[1]"

上面提到的绅士中最著名的一位是切斯特菲尔德伯爵第四代承袭人菲利普·多默尔（1694—1773）。他一生下来便拥有财富和地位，所受的教育就是让他学会利用这两样东西为自己谋求最大的利益。以下两点让他乐在其中，特别是在他年轻的时候。一是老练得体，克制住自己任何真实却不合时宜的想法；二是一种品质，即他曾给儿子列

---

[1] 见L.E.Gates编辑的《纽曼文选》（*Selections from Newman*）序言。

出的政治家必备素养。

　　"绝对要控制自己的脾气……拒绝时长篇大论才不会冒犯别人；你也可以妥协，可对方要为此付出双倍的代价；你要足够圆滑，能在不说谎的前提下隐瞒真相；你要足够敏锐，能察言观色；而你自己则要波澜不惊，不要被他们抓住马脚——表面上知无不言，实则有所保留。这些是政客的基本素养，你必须以世俗风气作为行事准则。"[1]

　　对于时下流行的轻浮的生活方式，菲利普掩饰了自己的蔑视之意，因为顺从比克制更容易。为了避免成为丑闻的主角，他坚持奉行自己的道德准则：

　　"一个真正时髦且幸福的人是顾及体面的，至少他既不会效仿别人作恶，也不会炫耀自己的恶习。遗憾的是，若这个人真的有什么恶习的话，他便要对此加以甄别，小

　　[1]　切斯特菲尔德《给儿子的信》（*Letters to His Son*），1747年3月27日。

心处理，秘密行动。”※1

　　菲利普一直在琢磨那些跟他打交道的特权人物，慎重地弄清楚他们的弱点，还要想方设法利用他们的友情，或是磨灭他们的敌意。不过他由衷地敬佩那些出身和头脑皆为上等的贵族，对此他也大方地承认了，他写道：

　　"就我个人来说，以前与艾迪生先生和蒲柏先生在一起时，我总觉得自己的档次提高了，就好像与我相伴的是全欧洲所有的王子。"※2

　　奥福德伯爵第四代承袭人贺拉斯·瓦尔浦尔也是这一类的贵族，他很有教养，却是切斯特菲尔德的死对头。他接受的是上流社会的教育，他父亲则是最炙手可热的政治家，在他父亲的帮助下，贺拉斯担任过多项公职。他在草

※1　同上，1747年3月27日。

※2　切斯特菲尔德《给儿子的信》（*Letters to His Son*），1747年10月9日。

莓山[1]建了住宅，而这座宅邸也因贺拉斯的嘉言善行而变得跟他本人一样有名。他精心照料花园，他的花园"像纯洁的少女一样出落得亭亭玉立"。他还为自己建造了一座小巧的哥特式城堡，里面摆放了很多艺术品，以至于后来他觉得有必要出版一本关于自己的家和家当的书。他自己弄来一台印刷机，印制了《英格兰皇室和贵族作家名录》（*A Catalogue of the Royal and Noble Authors of England*）一书，还印制了以同样的贵族标准选取的另外二十多部作品。在此期间，他还跟许多人建立了友谊，留下了数百封信件，这些信件和切斯特菲尔德的书信一起，相当全面地展示了当时社会中这样一群人的脾性。

譬如他写到一个姓马科尔[2]（Macall）的人的事业，此人是个精明的苏格兰人，利用贵族们的赌瘾及其妻儿在社交上的野心，坐收渔翁之利，手段相当高明。从复辟时期到1845年《赌博法案》出台这些年间，豪赌很显身价，也相当普遍。公开发行的彩票盛行已久，政府从中收入颇

※1　草莓山，Strawberry Hill，位于泰晤士河上游距伦敦城十英里处。

※2　他后来改姓为阿尔马克（Almack），这也是他经营的俱乐部和会场的名字。

丰，用这些钱做了各类利国利民的善事。1753年由坎特伯雷大主教、大法官和下议院议长联合组织并托管的大英博物馆购买基金一共筹集了十万英镑，这或许是最有意义的一笔筹款。同样是敛财，阿尔马克俱乐部的手法显然不那么高雅，却更刺激。

阿尔马克俱乐部成立于1764年，恰逢怀特俱乐部（White's）——多年以来它一直是一家顶级俱乐部——所经营的赌博活动日渐式微，被政治上的钩心斗角比了下去。阿尔马克的会员都是些年轻时髦的绅士，查尔斯·詹姆斯·福克斯[1]在赌场和政坛上正风生水起。1771年2月的一天，他在议会发表了关于宗教问题的演讲，吉本说他为之所做的准备是参与了一场赌局，"他在赌桌上整整度过了惊心动魄的二十二小时"。在那场漫长的赌局中，他平均每小时要输掉五百英镑。第二天他赢回了六千英镑，可在那个星期之后几天，他和他的兄弟玩了两轮，一共输了两万一千英镑。而尚未成年的斯塔沃代

※1　查尔斯·詹姆斯·福克斯（Charles James Fox, 1749—1806），英国辉格党政治家。——译者注

尔勋爵一轮结束后便赢回了一万一千英镑，还说要是当初"玩大的"，自己就赢大了。后来阿尔马克俱乐部改名为布鲁克斯俱乐部（位于圣詹姆斯街），可会员还是同一批人。福克斯、皮特[1]、伯克、雷诺兹和瓦尔浦尔响亮的名头足以吸引绅士中的有识之士，比如哲学家休谟[2]和历史学家吉本。毫无疑问，他们很受欢迎，但在布鲁克斯俱乐部，也许机遇女神和缪斯女神中的歌舞女神才是最受青睐的。

恰恰是在布鲁克斯俱乐部，一项简单实用的、造福了千秋万代的发明诞生了。三明治伯爵[3]是一位豪赌之客，有时能在赌桌边一连坐上好几个小时。一次，他饿得眼冒金星，却不想离开赌桌，就要了两片面包，在里面夹了一片牛肉。这个巧合不仅填饱了他的肚子，还为他戴上了发明家的帽子，三明治自此流行至今。

---

[1] 小威廉·皮特（William Pitt the Younger, 1759—1806），英国政治家。1783年，年仅24岁的皮特成为英国历史上最年轻的首相。——译者注

[2] 大卫·休谟（David Hume, 1711—1776），苏格兰哲学家、历史学家和经济学家。——译者注

[3] 第四代三明治伯爵约翰·蒙塔古（John Montagu, 4th Earl of Sandwich, 1718—1792），英国政治家、军人，曾三任第一海军大臣。——译者注

赌博不只是男人的专利，许多名媛贵妇也打着一些体面的幌子在自家会客室组织赌博。报纸就曾揭发白金汉伯爵夫人坐庄聚赌的丑闻，一位著名法官放言道，任何涉案者都会被曝光，"就算她有可能成为这个国家的第一夫人"，至此，恶名昭彰的违法赌博活动就销声匿迹了。与此同时，女士们转而投入马科尔设立的另一项娱乐活动中。1765年往后的一百年间，特别是头二十五年，阿尔马克会场（位于圣詹姆斯的国王大街）的舞会是最令人向往的社交活动，这个小团体由精挑细选出来的两百人组成，担任组织者的十四位女士则是中心人物。

要想登上花名册，下列样样都要有，
名气、财富、时尚、情人和朋友：
快乐和烦恼皆因它们而起，
不分阶层，不分年龄，不论男女。
一旦被阿尔马克选中，
你就可以像君王一样为所欲为。

但若周三晚上被扫地出门[1]，

啊，那你可真是颜面无存。[2]

正是在这样的环境下，当时的"绣花枕头们"[3]抓住了最能附庸风雅的机会大肆绽放。不过这一辉煌时期只持续了1760—1770年的十年，然而仅凭70年代初那些犀利的话语来评判这一活动并不可取，因为那时它已经走上了下坡路。偏听偏信那些评论的话，会觉得这些体面的绅士都没什么头脑，文弱娇气，是彻头彻尾的怪胎，只对穿着打扮有热情。1770—1773年发行的《通心粉杂志》（*The Macaroni Magazine*）中这样一段话可以为证：

"前低后高的帽子。闪闪发亮的金质皮带扣和圆润

---

[1] 阿尔马克俱乐部在星期三晚上举办的高级舞会只允许购买年度"会员卡"的人来参加，而购买也需经俱乐部批准。——译者注

[2] 参见勒特雷尔（Luttrell）的《茱莉亚》（*Julia*）第一封信。

[3] 参见《旁观者》（*The Spectator*）第四十七期，艾迪生写于1711年，这个词指的是那些"油嘴滑舌之人，每个国家都用其国民最喜欢的一道肉菜为之冠名：在荷兰他们被称作"腌鲱鱼"；在法国，叫"浓汤"；在意大利，叫"通心粉"；在大不列颠则叫作"布丁"。五十年后，英国采用了意大利的叫法。

如月的纽扣大行其道，继而又出现了紧腿的单圈袜头、帽子上的宽缎带和大头纽扣……后期人们又在外套上大做文章，这又刺激了裙子的销量，裙子口袋扩大了，足以容纳一块一般大小的棉手帕和一个香水瓶。"

然而事实证明，阿尔马克就是个"绣花枕头"俱乐部，这群人以查尔斯·詹姆斯·福克斯为首，他们游历各地，也都会耍点小聪明，甚至约翰逊博士的密友托珀姆·博克莱尔也成为其中之一。毫无疑问，他们在穿衣打扮上让人觉得一如既往的舒服协调，然而在性格上，他们比一般人想象的更风趣。来看看《洋基佬》的歌词吧：

"在帽子里插根羽毛，
那是纨绔子弟，"
难得他如此得意啊。

对于这样的绅士及其女性友人和女伴来说，夏季里必须有一些特殊的、文明的娱乐活动，于是沃克斯豪尔（Vauxhall）和拉内拉赫（Ranelagh）就成了最好的去处。

沃克斯豪尔花园坐落在南兰贝斯区（South Lambeth）泰晤士河流域萨里一侧，位于威斯敏斯特大教堂沿河而上一英里处。人们通常是坐船去，因为租"一双桨"非常便宜，而且这段旅程让人身心愉悦。沃克斯豪尔阶梯离入口处只有几步之遥，走进去就会看到美景所在。上述两座花园早在1661年便已落成，直到安妮女王去世，一直是喧哗热闹的地方。就连佩皮斯[1]都觉得"这年月，道德败坏到几近无可救药"。1732年，新的管理人走马上任，花园重新开放，这里立刻变成了欢乐的海洋，人声鼎沸，笑语不断，同时也粗俗不堪，可绝大多数情况下至少还算是守住了文明的底线。上流人士经常来这里寻欢作乐，增加曝光率，而底层人民来这里则像是刘姥姥进大观园，只是为了开开眼界，高级的社交活动看得他们眼花缭乱。

（于是）每位来自城里的女神，

※1　塞缪尔·佩皮斯（Samuel Pepys, 1633—1703），英国日记作家、托利党政治家，他的日记发表于19世纪，提供了复辟时期社会现实和重大历史事件的第一手资料和研究素材。——译者注

啜一口带泡沫的乳酒冻，或是芳香的茶，

火腿片、削牛肉，还有温过的香槟，

她那笨拙的情人，也终能得以安心。[1]

现在很多所谓的"夏日花园"中的"花园"一词都属于误用，当年那才叫真正的"花园"。花园占地面积约十一英亩，有一大片树林，还有一条真正的"林荫路"，枝繁叶茂的树拱透不进一束阳光。现今度假胜地在整体布局上也深受这些花园的影响。花园中有一个亭子是专门为一种露天音乐喜剧准备的。有一座圆厅供人们避雨。还有殿堂、柱廊和凯旋门。寓意画随处可见。花园里还有壮观的雕塑、先进的照明工具——至少在当时算得上先进了，人工制造的废墟和喷泉——它还有个难听的绰号叫作"锡瀑布"。还得有不计其数的桌子，用来放置昂贵的食物。

贺拉斯·瓦尔浦尔细细勾画过一个愉快的夜晚。[2]他

※1　参见坎宁（Canning）的《三角恋情》（*Loves of the Triangles*）。

※2　参见瓦尔浦尔《书信集》——1750年6月23日致乔治·蒙塔古（George Montagu）的信件，坎宁安（Cunningham）编辑版。

叙述道，他们一行七人乘船溯水而上，船上还载着一艘"装圆号的小船"，他们坐在一间很华丽的船舱或者说是包厢里。他还描述了晚餐的细节，几个人一共切了七只鸡，吃掉了"好几篮子草莓和樱桃"。他们玩得很尽兴，从十一点到一点半，周围一直聚集着好奇的围观者。伯尼小姐[1]笔下的女主角埃维莉娜和塞西丽亚[2]都曾去沃克斯豪尔游玩过，她俩的言行举止可比跟贺拉斯·瓦尔浦尔一起玩的斯派尔小姐和"秃头"阿什小姐矜持得多。

也正是在这里，"中国哲学家"、"黑衣人"、"博·提布斯"、"提布斯夫人"和"当铺老板的寡妇"[3]度过了一个难忘的夜晚。哲学家比其他几位更坦率，他

"发现眼前的一切令人喜出望外。耀眼的光芒从四面八方照进几近静止的树丛，寂静的夜里突然奏响了热闹的

---

[1] 弗朗西斯·伯尼（Frances Burney，1752—1840），婚后名为达布雷夫人（Madame D'Arblay），英国小说家、日记作家和剧作家。——译者注

[2] 参见《艾琳娜》（*Evelina*）中第56封信，以及《塞西丽亚》（*Cecilia*）第六章。

[3] 参见哥尔德史密斯的《世界公民》（*Citizen of the World*）中第七十一封信。

音乐，林中鸟儿的天籁之音也从更幽静处传来……盛装的伙伴们看上去心满意足，铺开的桌子上摆满了各种美味佳肴……这一切令我崇拜得五体投地，我对朋友喊道：'孔子般的智慧！太棒了！这是田园之美与宫廷气派的完美结合！'"

可另外几个人心里清楚，万不可喜形于色，以免让人抓到把柄。寡妇一度放开了玩，可最终她

"还是又变得文雅矜持了……她固然会时不时地忘记自身的处境，坦承自己玩得很开心，可他们很快便会把她推回到残酷的礼数之中。有一次，她夸我们这个包厢里的画画得好，别人却说这些不值钱的东西根本不是愉悦心情的，反倒是吓人的。后来她又鼓起勇气赞美了一位歌手，可提布斯先生很快便告诉她，在他这个内行听来，那个歌手的音感、嗓子和悟性都很差。"

单说沃克斯豪尔还不够。这座花园重新开放十年后，即1742年，拉内拉赫在切尔西落成。它相当于"沃克斯豪尔的翻版"，最主要的特色是圆厅里有一圈走道，从一头

到另一头的直线距离是一百五十英尺，周围遍布着点心房。人们对拉内拉赫跟对沃克斯豪尔一样，褒贬不一。斯末莱特笔下的马修·布兰贝尔难掩厌恶之情：

> "拉内拉赫的娱乐活动都是些什么啊？一半人就跟在另一半人身后，好像橄榄油磨坊里的一大群瞎了眼的蠢驴，他们在里面不能讲话，既看不清别人，别人也看不清他们，而另一半人则是在喝一种叫作'茶'的热水。"[※1]

像其他新事物一样，拉内拉赫在变幻无常的潮流作用下，成了新的时尚，不管这是好是坏，反正它变成了新的焦点。它开放两年之后，贺拉斯·瓦尔浦尔就在书中写到自己每天晚上都会去那儿，因为它的风头已经完全盖过了沃克斯豪尔。"大家都不去别的地方了——每个人都到拉内拉赫去。"市郊还有另外一些矿泉、水井和花园，可它们在风格上多多少少都模仿了上述两座花园，却没有哪一

※1　参见斯末莱特《汉弗莱·克林克尔探险记》中M. 布兰贝尔（M. Bramble）致刘易斯医生（Dr. Lewis）的信，5月22日写于伦敦；还可参见出处同上的莉迪亚·梅尔福德（Lydia Melford）写给利蒂西亚·威利斯（Letitia Willis）的信，5月31日写于伦敦。

个能做到青出于蓝而胜于蓝。

这些场所成了那些只想玩乐、不关心社会发展的伦敦人经常光顾的地方。前文已经说过，与之前相比，当时的伦敦已经成为大城市。但我们可不要忘了，跟20世纪的城市比起来，1800年之前的伦敦都只能算是个大镇子。如今的伦敦城中，除了那片四英里长、半英里宽的地方，其他地区当年还只是郊区或是纯粹的农村。当年在这些街上工作的店主、学徒和工匠们足不出户便可呼吸到新鲜空气，而现在几英里之内，只有在广场和公园里才能看见草地。当时的人们终年享受着露天娱乐活动的乐趣：他们会去马里波恩（Marylebone）花园欣赏音乐、焰火和小点心。一天晚上，花园里人山人海，约翰逊博士对焰火表演延期举行还提出了抗议。

"（博士说）这不过是个借口，他们就想省下鞭炮钱，好投资一个更赚钱的公司。我们要是拿根棍子，吓唬吓唬他们要打碎彩灯，相信看烟花的要求很快就能得到满足。烟花的引信根本没出问题。我们只要在他们的几处地盘上闹点事儿，他们就知道该怎么好好工作了。"[1]

于是，人们就跟着他一起砸灯，可当烟花也站在托雷先生[2]这边，不肯冲上天空时，他们才知道自己的想法有多刻薄。

这些小花园大多是凭借温泉的名气来弥补建筑和装潢上细节的欠缺。伊斯灵顿温泉（Islington Spa）是最著名的温泉之一。它于1685年在玛丽·沃特里·蒙塔古夫人[3]的赞助下建成，1733年因两位公主经常到访才出了名。伊斯灵顿温泉大体上还是面向低收入者的，因为它的一个优势就在于步行即可到达。比伊斯灵顿温泉更受欢迎的是巴尼格井（Bagnigge Wells），它位于内尔·格温[4]家一处古老的乡村庄园里。庄园里有一间运转良好的大型泵房、一个精致的花园、几个池塘以及几处喷泉，穿流田间的舰队河

---

[1] 参见鲍斯威尔的《约翰逊传》，伯克贝克·希尔编辑的版本，第四部，第324页。

[2] 焰火表演的主办人。——译者注

[3] 玛丽·沃特里·蒙塔古夫人（Lady Mary Wortley Montagu，1689—1762），英国贵族、作家，跟随驻土耳其大使的丈夫来到土耳其，在土耳其所写的书信是她最著名的作品。——译者注

[4] 内尔·格温（Nell Gwynne，1650—1687），英王查理二世的情妇。——译者注

（Fleet River）上还架设着三座乡村风格的桥。下文描述了第三座庄园里的大草坪。

> 巴尼格的凉亭，欢愉的藤架
> 娇柔的少女，国色天香，
> 懵懂的青年，畅享周末盛宴，
> 城里的贵妇，自夸昨日所见，
> 青涩的学生如花花公子般招摇，
> 新上任的掌旗官把帽徽拿来炫耀。

约翰逊时代的剧院为当代学者展现了一长串栩栩如生的场景。除去自查理二世到安妮女王这段时期不谈，皇室长期以来的赞助确保了剧院一直颇受时髦人士的厚爱。在某些方面，剧院竟能一直保留延续了一两个世纪的传统。两家拥有运营许可的剧院受皇室的赞助，名义上也由皇室控制。观众会分坐在正厅后座和包厢中，与两百年前毫无二致。而且最疯狂的戏迷们还是会冲上舞台，引得那些真心观戏的人分神。

随着时间的推移，剧院越发重视听取观众的意见。在那个年代，观众不只会用掌声和嘘声表达自己的情绪，有时也会使用暴力——这是那个年代的典型特征。破坏乐池里的键琴以宣泄不满似乎已成家常便饭，不过双方交战之前往往会请女士们先离场。之前，演员和剧作家看不起低档场所，这一点到了哥尔德史密斯和谢里丹[※1]的时代已经有了彻底的改观。那时大卫·加里克每晚都要登台演出，1755年时他不堪重负，身心俱疲，所以有时会用一场成本颇高的哑剧《中国节》（*The Chinese Festival*）来替代。《中国节》上映的当晚，德鲁里巷的观众就表达了强烈的不满，可此类哑剧依旧反复上演，所以男士们就不顾国王对剧院的支持，冲出包厢，涌进乐池，打砸键琴，爬上舞台，拆掉布景，直到把加里克先生这间剧院里所有的窗玻璃都砸碎才罢休。

然而观众对自己最喜爱的演员却是忠心耿耿，激情澎湃，不过前提是这些"至爱"能投其所好。在喜剧和悲剧领域，加里克笑傲群雄，多年以来一直是观众心中当之

※1 理查德·布林斯利·谢里丹（Richard Brinsley Sheridan，1751—1816），出生于爱尔兰的英国作家、诗人。——译者注

无愧的大师，他在表演中奉行写实主义，是第一位摒弃了矫揉造作之风的伟大演员。若不是因为视力和听力受损，约翰逊博士也会赞助剧院。虽然约翰逊多少看不上老朋友大卫的天资，可如果别人批评大卫，约翰逊还是会出头相助。约翰逊对西登斯夫人[1]很感兴趣，后者也曾在他去世前一年拜访过他，约翰逊允诺说无论她什么时候再出演《亨利八世》中的凯瑟琳一角，他必将"再次一瘸一拐地前往剧院观看"。1776年的一个夜晚令人难忘，正是那晚，大卫·加里克在德鲁里巷剧院宣布告别舞台。"我记得，"一位观众说，"这场煽情的谢幕式结束之时，帷幕徐徐落下，他这位控制观众情绪的大师，流下的泪水比饰演最悲情的角色时流下的还多。"

时代的前进并没有带走艾迪生和蒲柏时代的俱乐部生活。先是咖啡馆和客栈悄然兴起，后又诞生了怀特和阿尔马克俱乐部，很快到了1800年，其他类似的俱乐部也发展到了十余家。早期的俱乐部几乎不以精雕细琢的装潢为卖

---

[1]　萨拉·西登斯（Sarah Siddons，1755—1831），18世纪英国最著名的悲剧女演员。——译者注

点，仅靠少量会员及微薄的会费便可立足。而会员们必须
"与俱乐部的气场相合"[1]才能入会。

这一时期的咖啡馆中，位于科文特花园的贝德
福德（Bedford）咖啡馆继承了威尔（Will's）和巴顿
（Button's）咖啡馆的遗风，菲尔丁、丘吉尔[2]、霍加
斯、哥尔德史密斯和音乐家阿恩博士[3]是这里的常客。
"高级牛排协会"（Sublime Society of Beefsteaks）成立于
1735年，是民主人士聚会最常去的地方。协会会员包括
二十位著名人士，他们每周都在科文特花园剧院相聚，共
享牛排晚餐。聚会的房间一头摆着一排烤架，下面烤着
火，上方刻着一段文字：

要是干了以后就完了，那么就快一点干。[4]

---

[1] 参见鲍斯威尔的《约翰逊传》，伯克贝克·希尔编辑的版本，第四部，第254页，第二节。

[2] 查尔斯·丘吉尔（Charles Churchill, 1732—1764），英国诗人、讽刺作家。——译者注

[3] 托马斯·阿恩（Thomas Arne, 1710—1778），英国作曲家。——译者注

[4] 出自莎士比亚的悲剧《麦克白》（Macbeth），朱生豪译本。——译者注

在这里，霍加斯、丘吉尔与加里克、威尔克斯[1]、三明治伯爵和威尔士王子一道饮酒、用餐，与其他会员会面交谈。其他人会对晚间活动的主持人妙言相向。最后选出的那个人，不论其社会地位如何，都要充任侍者的角色，去酒窖取酒。

所有这些协会中最出色的当属约翰逊的专门团体"文学俱乐部"，它剑走偏锋，颇具高风亮节，对会员的阶层和财产一概不论。关于这一著名的协会，麦考利[2]写道：

"我们面前就是那间屋子，桌子上摆着纽金特[3]的煎蛋和约翰逊的柠檬。不朽的人物形象在雷诺兹的画布上齐聚一堂。我们看到戴着眼镜的伯克，身材颀长的朗顿，风

---

[1] 约翰·威尔克斯（John Wilkes，1725—1797），英国激进派记者、政治家。——译者注

[2] 第一代麦考利男爵托马斯·巴宾顿·麦考利（Thomas Babington Macaulay，1st Baron Macaulay，1800—1859），英国诗人、历史学家、辉格党政治家。——译者注

[3] 第一代纽金特伯爵罗伯特·纽金特（Robert Nugent，1st Earl Nugent，1702—1788），爱尔兰诗人、政治家。——译者注

度翩翩的博克莱尔，笑容灿烂的加里克，拍着鼻烟盒的吉本，还有带着号角状助听器的约书亚爵士。前景处有个人与其他人格格不入，他看上去很眼熟，就像陪我们一起长大的某个人一样。他是个大块头，一张大脸敦厚老实，脸上挂着痘痕。他身穿棕色的外套和黑色精纺毛料织成的长裤，灰色假发前额那一块烧焦了，手脏兮兮的，指甲也被咬到了肉根。我们看见他的眼睛和鼻子剧烈地抽动着，庞大的身躯摇摇晃晃，我们听见他喘着粗气，说着'没有，先生'及'您没有参透这一问题的本质，先生'。[1]"

尽管受到"加以甄别，小心处理，秘密行动"的约束，约翰逊时代的伦敦依然可说是放浪形骸之地，与现在相比是有过之而无不及。至于那些宫廷中的闹事者，前面已经讲了很多，可他们却给暴民树立了一个坏榜样，后者很快便开始效仿。整整一个世纪，暴民四处作恶，无法无

※1　参见麦考利在《论塞缪尔·约翰逊随笔》（*Essay on Samuel Johnson*）中的结论，收录于1831年9月出版的《爱丁堡评论》（*Edinburgh Review*）中。

天。本杰明·富兰克林[1]在1768年写道：

"就连首都每天都上演着暴乱，毫无法制可言。正午时分，暴民们就在街上晃来晃去，谁不拥护威尔克斯[2]或自由，就要被打倒。法官不敢审判他们。煤老板不给工人加薪，运煤工就把他的房子拆了；锯木工破坏锯木厂；水手们卸下了所有出港船舶的索具，船老板不加薪，他们就拒不出海；船工破坏了私人小船，还威胁说要毁掉桥梁；士兵们对暴民开枪，男女老幼均未能幸免……就在我写下这些字的时候，一大群运煤工聚在一起，占领了这条街，他们把一个倒霉的煤老板绑在马桶椅[3]上示众，就因为他没给工人加薪。"

正如富兰克林所见，暴行大多跟政治形势或行业境

※1 本杰明·富兰克林（Benjamin Franklin，1706—1790），美国开国元勋之一，美国独立战争领袖，18世纪美国最伟大的科学家和发明家，著名政治家、外交家、哲学家、文学家、航海家。——译者注

※2 威尔克斯因写了一篇批评国王乔治三世的文章而入狱，这一事件激起了抗议者的暴乱。——译者注

※3 从前的一种刑具，一根可活动的木杆上吊着一张椅子，把人绑在椅子上，椅子下方是河，牵动木杆使椅子突然下坠，让受刑者浸水。此种刑具多用于惩罚娼妓或违法商人。——译者注

况有关，当时的局面混乱不堪，绝不可能出现现在的选举
示威。可这种强烈的本能经常会演变成恣意妄为的举动。
如果一个水手或码头工人在酒吧里与人闹了矛盾，那么他
不费吹灰之力便能招来一群同伙，在军警到来之前大闹一
番。就算他真的以煽动暴乱的罪名被逮捕了，依然有望在
审讯前后被放出来。甚至他上了绞刑架，行刑前几分钟也
可能被放走。如果海报上的演员演得不好，他可能会去大
闹剧院；如果他不喜欢某座工厂的运营方式，就可能会去
破坏工厂。他做得出来这些事，也确实做了。更恶劣的
是，他还密谋在老城区当街劫持王后，罔顾在周围护驾的
数千壮士，只为引起那位玩忽职守的国王的注意。在一个
出身高贵的狂热分子的带领下，暴民们还包围了议会，毁
坏了城里大部分的监狱，群情激愤到了丧心病狂的地步。
1775年，休谟上书问国王，若王室连英国本土的和谐都无
法保证，又怎能控制远在三千英里之外的殖民地。到了
1780年，这一问题有了一个可怕的答案。当年持续了七天
之久的戈登暴乱（Gordon Riots）[1]几乎和1666年大火一样

---

[1]　乔治·戈登勋爵（Lord George Gordon，1751—1793）领导下的反天主教暴乱。——译
　　者注。参见狄更斯的《巴纳比·拉奇》（*Barnaby Rudge*）第四十八至六十八章。

势不可挡。起初的反天主教游行示威演变成长时间不分青红皂白的疯狂行径。暴乱的第五天，恐怖分子猛攻纽盖特监狱，还放了火。到了第六天——

"我跟斯科特博士一起去纽盖特看了看，那里已是一片废墟，余火还在燃烧。我路过时，新教徒们正在老贝利街[1]（Old Bailey）的法庭里搜刮财物。我觉得他们应该不足百人，可他们的行事从容不迫、心安理得，没人放风，也没人恐慌，如同合法的全职雇员一般。商业区的人们竟然如此懦弱。到了星期三，他们又攻陷了舰队（Fleet）监狱、王座（King's Bench）监狱、马歇尔希（Marshalsea）监狱、木街柜台（Wood Street Compter）监狱和克勒肯维尔·布莱德维尔（Clerkenwell Bridewell）监狱，放跑了所有的犯人。夜里，他们火烧舰队监狱和王座监狱，我不知道他们还烧了哪些地方。这一夜，很多地方火光冲天。此景令人毛骨悚然。"[2]

---

[1] 指的是中央刑事法院（Central Criminal Court），通常以其所在街道老贝利街（Old Bailey）代指，这里就是纽盖特监狱的所在地。——译者注

[2] 参见鲍斯威尔的《约翰逊传》，伯克贝克·希尔编辑的版本，第三部，第429页。

但此次浩劫依然没有给英国带来一场彻底的改革。从那时起到19世纪，英国的选举似乎注定要成为一场混乱无序的狂欢。1782年，一位德国旅行者目睹了这"最具英国特色景象"闹闹腾腾的收官大戏，即在科文特花园进行的威斯敏斯特地区选举：

"一切尘埃落定之时，泛滥的自由主义精神和纯粹的英国暴民那野蛮、急躁的一面就完全暴露出来了。短短几分钟，所有的脚手架、长凳、座椅以及其他的一切，都变得面目全非。凳子上的垫子被撕成破布条。暴民们把布条绑在一起，把各个阶层的一大批人包围在会场里面。他们不住地推搡这些人以及所有挡道的东西，并以此为乐。在这样极度兴奋狂喜的情绪中，他们在多条伦敦最繁华的街道上游行。"[1]

如果说是"泛滥的自由主义精神"刺激了动乱，那

※1 此段引用自奥斯汀·多布森（Austin Dobson）的《18世纪简述》（*Eighteenth Century Vignettes*）第一辑，第222—223页。

么促使犯罪行为发生的则是无能的警察和效率低下的司法程序。18世纪的伦敦警察机构根本称不上是"法律的臂膀"。警察身体素质不过硬，组织又松散时，一个胆大包天的罪犯想要逃避追捕非常容易。就算罪犯最终被起诉，可对轻犯烦冗无比的惩处规定有时也会让起诉人、证人和法官拖拖拉拉，因而影响判决和简易程序[1]。如果此人最终被判入狱，就算是栽进了最肮脏最黑暗的地方，监狱中实行罪恶的保护费制度，狱警对交了钱的犯人毕恭毕敬，却对一贫如洗的犯人施以重罚。之前遗留下来的野蛮行径在惩戒犯人方面体现得淋漓尽致。犯人被戴上颈枷手枷游街示众，押送队伍从纽盖特出发，取道霍尔本和现在的牛津街，最后走到海德公园东北角的泰伯恩（Tyburn）绞刑架上公开行刑，整个过程严苛无情。

那个"穿着天蓝色外套的小个子"在版画和油画中生动地再现了伦敦的这一面。霍加斯1697年生于史密斯菲尔德的巴托罗缪巷。曾是教师的父亲把高智商遗传给了他，

---

[1] 由法定的行政机关对符合法定条件的处罚事项当场进行处罚所应遵循的程序，相对普通程序而言，主要针对违法事实清楚、证据确凿、情节简单、因果关系明确的违反行政管理的行为，其主要特点在于"当场决定并当场处罚"。——译者注

而伦敦则给了他机遇。他给一个银盘雕刻师当学徒，设计普通的花样，这份乏味的工作几乎把他逼疯。于是，霍加斯自立门户，起初是给书商画画，继而创作自己的作品，这些讽刺连环画让他青史留名[※1]。有些人觉得平淡无奇的图画就已经很好了，但他更希望得到非同寻常的评价。霍加斯生性乐观积极，给人留下的都是乐观的画作，也收到很多乐观的反馈。讨厌他的人会为"趾高气扬、自以为是的小个子"这种评论鼓掌叫好。而欣赏他的人则更愿称赞他具有"勇敢无畏、独立自主、不屈不挠的精神"。与瓦尔浦尔和切斯特菲尔德一样，霍加斯乐于观察人们"不断追求世俗的幸福和成就"，但他的视角不同——在霍加斯看来，这种追求通常是徒劳的，要换来世俗的幸福和成就，就得在很大程度上损害社会的利益。

霍加斯的视角和其他讽刺家一样有所偏颇，但他表达自己的想法时，给人的印象并不像好好先生艾迪生那般温

※1 其中最有名的作品是：《妓女生涯》（*The Harlot's Progress*）六幅；《浪子生涯》（*The Rake's Progress*）八幅；《选举》（*The Election*）四幅；《时髦婚姻》（*Marriage-a-la-Mode*）六幅；《勤奋与懒惰》（*Industry and Idleness*）十二幅；《一天内的四个时刻》（*Four Times of the Day*）四幅。

文尔雅，这倒也不足为奇——仅是选题上的区别就足以导致不同的结果。挥霍和贫困衍生出了严重的问题，在此背景下，民主的生活方式不会注重道貌岸然的富人，而必然会为一种更朴实的艺术形式提供素材。霍加斯的作品是对雷诺兹和庚斯博罗[※1]作品的补充，就像早些时候的斯威夫特的作品之于艾迪生的一样。

然而随着对霍加斯所绘的全景版画研究的深入，霍加斯时代的伦敦全貌也就越发清晰，因为几乎每一幅画里的背景都是伦敦。暂且不谈这些连环画中的道德问题，单纯来看《勤奋与懒惰》这十二幅画就足以发人深省。第一幅展现了当时的学徒制度，两个年轻的纺织工所扮演的正是作品名中的角色（学徒），他们操作着笨重的织布机，都没有觉察到师傅的眼色。之后两幅相继描述了教堂里正在举行的礼拜仪式，而同时在教堂墓地里，却有一群人聚在坟头赌博。接下来的四幅画作里，有一幅街景中的牌匾上写着"韦斯特和古德切尔德"[※2]（从大火纪念碑

※1 托马斯·庚斯博罗（Thomas Gainsborough，1727—1788），英国肖像和风景画家。——译者注

※2 这个学徒姓"Goodchild"，字面意思是"好孩子"。——译者注

数起，第四扇门）。后来勤奋的学徒变成了师傅的合伙人和女婿，还聘请了几位婚礼乐师。第八幅画作展示了伦敦同业工会的大厅中正进行着一场宴会，古德切尔德当上了伦敦警长，慷慨地邀请工会成员大吃大喝。最后两幅画分别描述了泰伯恩刑场即将执行的死刑，以及古德切尔德当上伦敦市市长之后的游行。这套版画中有格拉布街边的阁楼，科文特花园的冬景，翻倒在查令十字街上的索尔兹伯里（Salisbury）四轮大马车，船尾以及萨瑟克集市，这些都象征着对命运的抗争。因此，这套版画以及霍加斯所有其他的作品，都有大量值得研究的细节，甚至可以从特拉斯勒博士（Dr. Trusler）[1]提出的虔诚的道德教化角度研究。

尽管塞缪尔·约翰逊本人对伦敦了如指掌，但他很少表现出霍加斯式的态度。的确，人们自然会第一个想到约翰逊所作的《伦敦》这首诗，因为诗中充满了辛辣的讽

※1　参见牧师特拉斯勒博士（Reverend Doctor Trusler）的《道德化的霍加斯（完整版）……附有对其作品道德倾向的简明全解》（*Hogarth Moralized, a Complete Edition…Accompanied with Concise and Comprehensive Explanations of Their Moral Tendency*）。

刺。可事实上这首诗是在模仿尤文纳尔[1]的《讽刺诗集第三卷》（*Third Satire*），而且还是约翰逊刚来伦敦一年左右时写的，当时的他多少还不能接受摆在眼前的残酷事实，即：

> 萧索的贫困缓慢地创造价值。

在这种情况下，他愤而斥之不足为奇。

> （伦敦是）
> 贫困刁民的老巢，
> 巴黎和罗马狼藉的下水道。

有时，约翰逊也会随心所欲地来上一段不怎么协调的对偶句：

---

[1] 尤文纳尔（Juvenal），公元1世纪晚期至2世纪早期古罗马著名讽刺诗人，著有《讽刺诗集》（*Satires*）五卷。——译者注

这里，房屋倒塌的声音在你的脑中轰轰作响，

还是这里，你被信奉无神论的女性暴打身亡。

因为在1738年，有确切的证据表明民房建筑和宗教建筑都已破败。他所感受到的恐怖若非来自过去的经历，便是存在于对未来的展望中，总之是关于

苦工、嫉妒、欲望、雇主和监狱。

这样一个人是不太可能在评论中网开一面的。可后来约翰逊时来运转了，他变成了女人们都喜欢的那种马屁精，大肆吹捧伦敦。

他的作品中几乎再没出现过对伦敦的大段评论。通常他更喜欢具体地观察伦敦，就事论事，就人论人。虽然约翰逊对伦敦——这座激发了霍加斯创作出杰出作品的城市——的每一个发展阶段了如指掌，但他鲜少流露出对社会的不满情绪。这似乎有两个原因。其中，从性格角度看，他倾向于顺从。以下是他对个人的看法，他对社会的看法也应相差无多：

"耐心是上天赐给我们的一剂良药。尽管它无法减轻我们身体上的痛苦，但能帮助我们在相当程度上守住内心的宁静。"

这便是他思想的特点，与之相辅相成的，或者说是因之而生的，则是这样一个事实——他是个如假包换的托利党人。"跟君主客气不是我的风格。"约翰逊讲到在皇家图书馆与国王乔治三世会面的情况时说道。[1]谈到国王和政府要对国事负责时，约翰逊几乎脱口而出"他们怎么做都对"。

然而我们并不需要通过约翰逊的评价来了解他那个时代的伦敦的本质。有关他生平经历的记录非常全面，我们可以通过这样的一系列画面来了解：1748年到1758年这十年间，他住在舰队街的高夫广场（Gough Square），每年只有三十英镑的收入，开始崭露头角；后来的七年中，他与斯特伯律师学院、格雷律师学院

※1 参见鲍斯威尔的《约翰逊传》（Johnson），伯克贝克·希尔（Birkbeck Hill）编辑的版本，第二部，第135页。

（Gray's Inn）和内殿律师学院的律师们交往甚密；在生命最后的十九年，他先后住在约翰逊庭院（Johnson's Court）和博尔特庭院（Bolt Court），并且经常去斯特里汉姆（Streatham）拜访热情好客的思罗尔（Thrale）夫妇[※1]，国家每年还给他300英镑的津贴。就这样，他在这片被泰晤士河、大法官巷（Chancery Lane）、霍尔本和舰队市场（Fleet Market）所包围的一小块地方中度过了三十多年的时光。

伯克贝克·希尔为鲍斯威尔的《约翰逊传》写了一篇精彩的导言，用了五页双栏纸来描述这位伟人每天例行经过的街道、庭院、客栈、咖啡馆、俱乐部、剧院、监狱、夏日花园、办公处、住宅和教堂。约翰逊这个人本身就是那个年代最引人入胜的一景，无论在这座城市，还是在那个年代的文学圈子，他的身影无处不在。

约翰逊的活动区域恰恰处于老城和时尚的西区之间。显赫的贵族或许正想方设法把高档生活区往海德公

※1 指的是约翰逊的密友亨利·思罗尔（Henry Thrale）及其夫人赫斯特·思罗尔（Hester Thrale）。——译者注

园那边转移，但他却满足于更古老、更简朴的社区。约翰逊的伟大之处体现在他所组建的俱乐部的名望上，他的俱乐部和阿尔马克一样高端，却远比后者更简朴，更有价值。俱乐部的常设机构也是约翰逊的一大成就，因为它比同时代的组织更注重两点：一是让文学彻底不再受时尚的束缚；二是将来的某天，文学的国度能不再以贫富论英雄。

参考阅读

传记和书信集

詹姆斯·鲍斯威尔（James Boswell），《约翰逊传》（*Johnson*）。

切斯特菲尔德勋爵（Lord Chesterfield），《给儿子的信》（*Letters to His Son*）。

达布雷夫人（D'Arblay, Madame），《日记和书信集》（*Diary and Letters*）。奥斯汀·多布森（Austin Dobson）编辑版。

奥斯汀·多布森，《威廉·霍加斯》（*William Hogarth*）；《贺拉斯·瓦尔浦尔传》（*Life of Horace Walpole*）。

珀西·菲茨杰拉德（Percy Fitzgerald），《大卫·加里克传》（*Life of David Garrick*）。

T. B. 麦考利（T. B. Macaulay），《论达布雷夫人、约翰逊、瓦尔浦尔之随笔》（*Essays on Madame D'Arblay, Johnson, and Walpole*）。

贺拉斯·瓦尔浦尔（Walpole, Horace），《书信集》（*Letters*），坎宁安（Cunningham）编辑版（9卷本）。

社会史专项研究

W. B. 博尔顿（Boulton，W. B.），《老伦敦的娱乐活动》（*Amusements of Old London*）（二卷本）（与18世纪息息相关）和《乔治王时代》（*In the Days of the Georges*）。

奥斯汀·布里尔顿（Austin Brereton），《阿德尔菲文学史》（*The Literary History of the Adelphi*）。

奥斯汀·多布森，《18世纪简述》（*Eighteenth Century Vignettes*）。

乔治·帕斯顿（George Paston），《乔治王时代的趣闻》（*Sidelights of the Georgian Period*）。

诺曼·皮尔逊（Norman Pearson），《18世纪社会概览》（*Society Sketches in the Eighteenth Century*）。

W. M. 萨克雷（W. M. Thackeray），《乔治三世》（*George the Third*）和《英国幽默作家》（*English Humorists*）（最后两篇随笔）。

讽刺类和描述类

奥利弗·哥尔德史密斯，《世界公民》（*The Citizen of the World*）。

威廉·霍加斯的版画。

塞缪尔·约翰逊，《伦敦》（*London*）。

《18世纪的社会风情漫画》（*Social Caricature in the Eighteenth Century*），乔治·帕斯顿编辑版（霍加斯、罗兰森（Rowlandson）以及其他同时代画家手稿复制品的对开本）。

小说（具体小说内容见参考小说阅读附录）

瓦尔特·比桑特（Walter Besant），《别无选择》（*No Other Way*）和《橘子女孩》（*The Orange Girl*）。

比桑特和詹姆斯·赖斯（Rice，James），《舰队牧师》（*The Chaplain of the Fleet*）。

弗朗西斯·伯尼，《塞西丽亚》（*Cecelia*）和《埃维莉娜》（*Evelina*）。

温斯顿·丘吉尔（Winston Churchill），《理查德·卡维尔》（*Richard Carvel*）。

查尔斯·狄更斯，《双城记》（*A Tale of Two Cities*）和《巴纳比·拉奇》（*Barnaby Rudge*）。

亨利·菲尔丁，《阿米莉亚》（*Amelia*）、《弃儿汤姆·琼斯史》（*Tom Jones*）和《乔纳森·怀尔德》（*Jonathan Wild*）。

萨拉·菲尔丁（Sarah Fielding），《素朴儿》（*David Simple*）。

塞缪尔·理查德森（Samuel Richardson），《克拉丽莎·哈洛》（*Clarissa Harlowe*）和《查尔斯·格兰迪森爵士》（*Sir Charles Grandison*）。

托比亚斯·斯末莱特，《法瑟姆伯爵费迪南德历险记》（*Ferdinand，Count Fathom*）和
　　《汉弗莱·克林克尔探险记》（*Humphrey Clinker*）。
W. M. 萨克雷，《巴里·林登》（*Barry Lyndon*）和《弗吉尼亚人》（*The Virginians*）。

戏剧

老乔治·科尔曼（Sr George，Coleman），《牛津人进城》（*The Oxonian in Town*）
　　（1770）和《怒气，又名伊斯灵顿矿泉》（*The Spleen，or Islington Spa*）（1776）。
大卫·加里克，《阶下的上流生活》（*High Life below Stairs*）（1759）和《阶上的上流
　　生活》（*High Life above Stairs*）（1775）。
奥利弗·哥尔德史密斯，《好心人》（*The Good-Natured Man*）（1768）。
查尔斯·麦克林（Charles Macklin），《科文特花园剧院》（*Covent Garden Theater*）
　　（1752）。
亚瑟·墨菲（Murphy，Arthur），《学徒》（*The Apprentice*）（1756）。
R. B. 谢里丹（R. B. Sheridan），《造谣学校》（*The School for Scandal*）（1777）和《剧
　　评家》（*The Critic*）（1779）。

上图：阿德尔菲联排住宅（加里克的家，他辞世的地方，位于中心区右边）

下图：1759年约翰逊位于霍尔本斯特伯律师学院的家。免受时光侵蚀的两座著名建筑物

上图：切尔西附近的拉内拉赫花园一景
下图：沃克斯豪尔花园一景座著名的18世纪花园
（来自于一张古老的版画）

"绞死在泰伯恩的懒蛋学徒" （选自霍加斯的雕版画）

约翰逊博士位于圣殿区的住宅（选自一幅古
老的版画）

兰姆和拜伦的伦敦

19世纪初期的伦敦已成为一座大都市，单单是面积就比以前更大，因为它几乎把四层以下的房屋都纳入了城市范围，原来市内的公园和露天广场的数量也增加了几十个，甚至几百个。然而文学气息比较浓厚的地方主要还是戈尔德史密斯、艾迪生、弥尔顿甚至连莎士比亚都待过的老城区。至于"这个人、财、艺术和智力的巨型市场"大得有多么俗不可耐，通过德·昆西[※1]的《自传》中名为"伦敦国"（*The Nation of London*）的这一章便可窥知

※1 托马斯·德·昆西（Thomas De Quincey, 1785—1859），英国随笔作家，著名作品有《一个英国瘾君子的自白》（*Confessions of an English Opium-Eater*）。——译者注

一二。他刚进城时，简直是受不了这"令人眼花缭乱的、富丽堂皇的、纸醉金迷的景象"[1]，抵达客栈后，他发现这里到威斯敏斯特大教堂和圣保罗大教堂的距离一样远。经过考虑，他选择了后者，并沿着河岸街—舰队街—路德门山这条熟悉的路线顺利到达目的地。这五百年来，上述的两座大教堂一直都在，他想去哪个都可以。

　　到了这一时期，此前还被视为边远郊区的伦敦周边地区，生活方式也逐渐伦敦化，这些地区的生活方式偶尔也会被引入伦敦。利·亨特[2]居住在城外汉普斯特得（Hampstead）这个人口稠密区的外围。西斯（The Heath）广袤的原野曾是克拉丽莎·哈洛进行冒险的地方[3]，后来很快便被改建成了一座公园；古老的杰克·斯特劳[4]城堡曾经是强盗们碰头的地方，现也被改建

---

[1]　参见德·昆西的《自传》，马森（Masson）编辑的版本，第八章，第182页。

[2]　詹姆斯·亨利·利·亨特（James Henry Leigh Hunt，1784—1859），通常称之为利·亨特（Leigh Hunt），英国评论家、随笔作家、诗人政论家。——译者注

[3]　参见塞缪尔·理查德森的《克拉丽莎·哈洛》，莱斯利·斯蒂芬（Leslie Stephen）编辑的版本，第三部，第五十八、五十九封以及往后的信。

[4]　杰克·斯特劳（Jack Straw），1381年瓦特·泰勒农民起义的三位领导者之一。——译者注

成了酒吧。汉普斯特得与伦敦城之间还有相当长的一段距离，沿途的农村人仍会和途经的绅士们做生意，可他们显然是安于小本经营的[1]。在生命的最后十六年间，柯勒律治[2]居住在更为偏远的高门（Highgate）地区吉尔曼（Gillman）先生家里。此地已经是相当靠北了。同样显而易见的是，在河边的威斯敏斯特和肯辛顿，高档体面的西区也正以缓慢的速度不断扩张。严格意义上的"伦敦城"现已没多少人口了，仅仅是一个居住区而已，但从路德门广场到查令十字街一带依然是文人墨客经常出没的地方：兰姆就住在这里，拜伦住在特拉法加广场和海德公园之间。他们两个人都会不时前去两地之间的这一片区域。

　　这两个人对伦敦的感情是截然相反的。对兰姆来说，伦敦是天堂，他沉浸其中，悠然自得。

※1　查尔斯·兰姆讲述了发生在他的裁缝身上的倒霉事，他"带着一家老小从汉普斯特得回来的路上被抢了；恶棍们用枪逼他把身上的四个几尼、几先令和半便士交出来，还有一捆客户开的单据，他们认定那些东西是银行券"。参见塔尔福德（Talfourd）的《查尔斯·兰姆的生平和书信集》（*Life and Letters of Charles Lamb*）第四章中兰姆写给索锡（Southey）的信（1798）。

※2　塞缪尔·泰勒·柯勒律治（Samuel Taylor Coleridge，1772—1834），英国诗人、文学评论家、哲学家，英国浪漫主义文学的奠基人之一。——译者注

　　"我的一生都在伦敦度过，我对这里的一草一木都怀着深深的感情，就像登山者对大自然的感情一样。河岸街和舰队街灯火通明的店铺，红火的买卖，不计其数的商人，主顾、马车、篷车和剧场，科文特花园周围车水马龙、繁华无比，城里来的佳人、巡夜人、酒蒙子，还有打架斗殴的——你若是醒着，便会发现伦敦夜未眠。舰队街总有新鲜的东西：人群、尘土、洒在房顶和人行道上的阳光、版画店、旧书摊、跟书摊老板砍价的牧师、咖啡馆、厨房里飘来的汤蒸气，还有哑剧——伦敦本身就是一部哑剧、一场假面舞会——所有这一切流入我的脑海，我来者不拒，永无餍足。这些奇景吸引我夜游伦敦，探索那些熙熙攘攘的街道，河岸街浓郁的生活气息常能令我喜极而泣。"[1]

　　但对拜伦来说，伦敦是苦涩人生中的一幕，他身处陌生人围成的荒漠中，不仅孤独，更是痛苦。尽管劳碌一

※1　参见塔尔福德的《查尔斯·兰姆的生平和书信集》第七章中兰姆写给华兹华斯（Wordsworth）的信，1801年1月30日。

生，贫困潦倒，兰姆还是在这里度过了平淡却也安宁的六十年，少年时有慈善奖学金，暮年时则有养老金可领。拜伦在伦敦成了上议院的一员，他那声名狼藉、挥金如土、华丽绚烂、跌宕起伏的一生的序曲也在此奏响——这稍纵即逝的一生，比起前面那位温和派的随笔作家更长久、更传统的一生，可谓是开始得晚，结束得早，来去皆匆匆。

　　成年后的拜伦真正在伦敦的生活只有1808年到1815年这七年左右。虽然他的出生地位于卡文迪什广场（Cavendish Square）的霍利斯街（Holies Street），但青少年时代的他也经常被带到城里住上一小段时间。拜伦后来的住所全部集中在一个非常时髦的地区，离皮卡迪利几十码远，从皮卡迪利广场摄政街（Regent Street）一侧延伸到海德公园东南角，全长四分之三英里。正是在这里，他发表了自己的成名作。拜伦曾从圣詹姆斯街乘车穿过圣詹姆斯公园前往自己鲜有出席的上议院，也曾从皮卡迪利联排住宅（Piccadilly Terrace）13号启程离开伦敦，身后追着道德家们一串刺耳的叫骂声。

　　虽然拜伦对伦敦的厌恶很难得到共鸣，可毕竟还有两个团体向他敞开了大门，那里文人与权贵相谈甚欢，拜伦自己也是乐在其中。这两个团体的其中一个属于拜伦赫赫有名的邻居——银行家、诗人和艺术赞助人塞缪尔·罗杰斯[1]。从1800年起，在长达五十多年的时间里，罗杰斯的第二职业便是东道主。乔安娜·贝利[2]、夏洛特·勃朗特、托马斯·坎贝尔[3]、弗朗西斯·伯尼、老迪斯雷利[4]、托马斯·摩尔[5]、欧文[6]、司各特[7]、骚塞[8]、华兹华斯、狄更斯以及他所有的座上宾——这些人不过是登门拜访罗杰斯的众多文人中的冰山一角。当年这些人中

---

[1] 塞缪尔·罗杰斯（Samuel Rogers，1763—1855），英国诗人，他与当时的众多著名文学家交往甚密，其中包括拜伦、华兹华斯、柯勒律治等。——译者注

[2] 乔安娜·贝利（Joanna Baillie，1762—1851），苏格兰诗人、剧作家。——译者注

[3] 托马斯·坎贝尔（Thomas Campbell，1777—1844），苏格兰诗人。——译者注

[4] 伊萨克·迪斯雷利（Isaac D'Israeli，1766—1848），英国作家、学者。为与其儿子英国首相本杰明·迪斯雷利（Benjamin D'Israeli）区分，被称作老迪斯雷利。——译者注

[5] 托马斯·摩尔（Thomas Moore，1779—1852），爱尔兰诗人、歌手、歌曲作家。——译者注

[6] 华盛顿·欧文（Washington Irving，1783—1859），美国作家，曾任驻英国外交官。——译者注

[7] 瓦尔特·司各特（Walter Scott，1771—1832），苏格兰著名的历史小说家、剧作家和诗人。——译者注

[8] 罗伯特·骚塞（Robert Southey，1774—1843），英国浪漫派诗人。——译者注

就有拜伦。"如果你走进他家，"《唐璜》的作者写道，"走进他的客厅和图书室，你会在心里默想，这里的主人一定不是什么凡夫俗子。散落在壁炉架、沙发和桌子上的宝石、硬币和书本，无一不在显示主人近乎刁钻的高雅品位。"罗杰斯的家给人宾至如归的感觉。无论是单独到访，还是结伴而来，宾客无一不喜欢畅谈一番，免不了有些刻薄之语。1824年，华盛顿·欧文在写给摩尔的一封信中谈到东道主时说："不久之前我私下里跟他吃了一顿饭，他招待朋友就像是料理鱼一样细致，每条鱼上面都要滴上点柠檬汁。开胃不假，可我还是觉得束缚。"

相比之下，在罗杰斯亲自引荐拜伦去的郝兰德公馆（Holland House）里，人们谈论的内容更高雅一些，一定程度上说这是由公馆的规模和郝兰德夫人的脾气决定的。城里正立面有三十英尺宽的房子里难免总有挑剔指责之言，而用"令人肃然起敬，结合了大学图书馆古老庄重的气息与女性优雅智慧的韵味"[※1]来形容郝兰德公馆则是实

※1 参见麦考利1841年论郝兰德勋爵的随笔。

至名归。此外，用"女性优雅智慧的韵味"主宰这间沙龙的，是一位温文尔雅却又坚定独断的女士，她非常明确交谈的主题，随时准备控制局面，防患于未然。因此这里的谈话比罗杰斯家的更传统、更死板。

郝兰德公馆本身的历史就很值得一谈。虽然它是在1607年建造的，可比起伦敦的许多地标性建筑来说，它比较现代化。那一年英国在北美建立了十三块殖民地中的第一块。郝兰德公馆结构复杂精巧，瓦尔特·司各特爵士对它的刻薄评价基本上算是中肯的，他说"这里聚集着许多德高望重的老夫人，她们年轻时奇丑无比，是岁月赐给了她们高贵端庄的气质"。时至今日，它依然屹立在肯辛顿花园（Kensington Gardens）西南半英里处的一片开阔地上。护国公时期，宫殿被充公，克伦威尔就撤回到这里，与手下的军官们共商国是。生命中的最后几年里过得很不如意的艾迪生，从1716年至1719年去世期间，也一直以主人的身份居住于此。但郝兰德公馆声名鼎盛之时是在19世纪上半叶，当时郝兰德勋爵和夫人盛名在外，他们的圈子也就自然而然地吸纳了年轻的拜伦勋爵。说是自然而然，其实也有意外的成分，因为若不是所有相关人士都不愿记起《英格兰诗人》中某些辛辣的诗句[1]，拜伦和郝兰德夫妇是绝不会成为朋友的。

拜伦要在上议院首次做演讲，他在准备过程中听取了郝兰德勋爵的建议，演讲发表两天之后，《恰尔德·哈罗尔德游记》的出版发行使他成为炙手可热的人物。一星期刚过，第一版便告售罄。包括王储和花花公子博·布鲁梅尔[2]在内的每个人都想跟他见面。此时的宫廷风气已经堕落到与复辟时期差不多，一夜成名的诱惑力轻而易举地俘虏了他。这一时期的拜伦，尽管著作颇丰，却并非用心为之。"评论家口中的'复杂'是什么意思？《拉拉》（Lara）是我参加完舞会和化装舞会之后，回到家里一边脱衣服一边写的，1814年正是狂欢之年。"关于自身所处

---

[1] 爱丁堡呵！你该高兴看你的养子，
他们为吃而写，又为写而必须吃；
我的贵夫人唯恐葡萄酒非凡易上火，
使一些漂亮的情思溜到印刷所，
从而让女读者的面颊飞红，害羞，
因此就从每篇评论撤去那奶油；
还把她灵魂的纯洁吹拂到纸上，
改正每个错误，使整体文雅高尚。（查良铮译本）
整段参见第二部，第541—560页。

[2] 博·布鲁梅尔（Beau Brummell，1778—1840），摄政时期英格兰的标志性人物，男士时尚界的泰斗。（原文中的拼写为Brummel，似是错误）——译者注

的环境，他写得明明白白。[1]

> 有人谈作诗之苦，叹人凄凉的生活
>
> 充满丑恶、疾病、痛苦。但他们可曾
>
> 看到过年轻的贵族怎样过的一生！
>
> 他们虽年轻而精神却早已衰老，
>
> 青春来得豪华，使用得更是无度：
>
> 他们的精力在无数粉臂中耗尽，
>
> 钱找犹太人要，家产都归于债主。（查良铮译本）

这几行以及后面那些不那么辛辣的诗句描绘了他1811年至1814年的生活——实际上当时的社会已经习惯并接受了这种生活方式。这是受到了后来加冕为乔治四世的摄政王的影响，对于这位皇亲的性格，雪莱和萨克雷的评论[2]几近无可辩驳。乔治四世虚荣、任性、放荡不羁的性格与查理二世不相上下，他身边那帮人的道德水平也不比复

※1　参见《唐璜》（*Don Juan*）第十一章，第74、75页。

※2　参见萨克雷的《四位乔治王：乔治四世》（*Four Georges: George the Fourth*），和雪莱的《暴虐的俄狄甫斯王》（*Oedipus Tyrannus, or Swellfoot the Tyrant*）。

辟时期那帮人的高尚多少。这些人中最特立独行的当属博·布鲁梅尔，他出身于中产阶级，性格极度自恋，正因如此，在将近二十年的时间里，他一直是精英群体的领袖人物。他和对他俯首帖耳的同伴们把怀特俱乐部据为己有，还把飘窗处的位置变成了他自己的宝座，俱乐部的其他成员甚至都不准靠近。尽管摄政王的加入让这一团体更为显赫，但在与布鲁梅尔疏远之前，摄政王也只是这个团体中的二号人物。这个团体声名在外，自视颇高，而道德风尚却相当低下。

"我发现身边有些年老的绅士，他们教养良好，平淡度日，含饴弄孙，头发灰白。我看着他们，遥想他们当年的风采。那个极端守旧的绅士，当年在第十皇家轻骑兵队[※1]，与亲王同桌用膳，那时的他就已夜复一夜地赌牌了。他坐在布鲁克斯俱乐部或拉加特俱乐部（Raggett's）的赌桌前，成宿成宿地玩。如果那位绅士趁着玩得兴起，或者借着酒兴，对邻桌出言不逊的话，那么第二天早晨他

※1　威尔士亲王的私人骑兵部队，存在于1715—1969年。——译者注

们两人绝对会去外面用枪决斗。还有位绅士会带上他的朋友、黑人拳击手里士满[1]，驱车前往莫赛（Moulsey），当黑人痛扁犹太佬荷兰山姆[2]时，他拿着外套，大声叫骂，或者兴冲冲地喊着加油。另一位绅士会颇有男人味地脱掉自己的外套，对着街上的一个船员抽过去。还有那位一直待在看守所里的绅士。再说客厅里跟女士在一起的那位绅士，别看他现在一副彬彬有礼、不卑不亢的样子，你若是看到他青年时代跟男人在一起时是怎样讲话的，绝对会吓个半死。"[3]

这些人都是上流社会中的精英，可拜伦却突然遭到上流社会恶狠狠的排斥，不过是因为他的大名声与婚姻丑闻引发的小意外。纵观整个社会史，对于发生在不显眼的浪子和滑头身上的"流言蜚语"，有些人往往会视而不

※1　比尔·里士满（Bill Richmond，1763—1829），美国黑人拳击手，黑奴出身，后被带到英国。——译者注

※2　荷兰山姆（Dutch Sam，1775—1819），原名塞缪尔·伊莱亚斯（Samuel Elias），职业拳击手，活跃于1801—1814年。——译者注

※3　参见萨克雷的《四位乔治王》中乔治四世的部分。

见或者干脆欣然接受，也正是他们，有时却会表现出一副义愤填膺的样子。在生命的第二十七个年头，拜伦与伦敦永别了。

当把目光从拜伦转向兰姆，我们的脚步也随之向东，经过特拉法加广场、查令十字街、河岸街、依然屹立不倒的圣殿门，来到伦敦老城区。很少有人比兰姆在圣殿周边地区生活的时间更长——他出生于此，在这里度过了生命最初的七年，后来从1800年至1817年，也一直居住于此。对于这一法院与其他建筑林立之地的特点和氛围，身为当地居民的兰姆在《论内殿法官》的随笔中抒发了自己的感想。这个优秀的建筑群同时也是一座承载着光荣记忆的宝库，对此萨克雷在《潘登尼斯》中有着详细的论述[1]，他的观点也更为暧昧。浮现在兰姆面前的是"它的教堂、厅堂、花园、喷泉……它美轮美奂的大广场、古色古香的深幽绿境"。他写到了排屋，还有老法官经常威风堂堂、昂首阔步地走过的商业街；写到了法律的捍卫者，例如塞缪

※1　参见《潘登尼斯》（*Pendennis*）第二十八、二十九章，特别是第四十九章。

尔·索尔特※1、托马斯·考文垂※2和彼得·皮尔森※3，他们这些人体现了圣殿区的尊严；还写到了诸如洛弗尔※4这般忠心耿耿的仆人们守护着绅士们的利益。至于他本人对于维护圣殿区传统所做出的重要贡献，查尔斯·兰姆倒是所言甚少，但他的朋友们通过写信和正式立碑的方式，让人们不要忘记这位好客之人。18世纪早期的小酒馆是文学聚会的场所，后来被咖啡馆所替代，而到了19世纪早期，私人的招待会似乎取代了上述二者。至少兰姆时代的文学聚会，与本·琼森、德莱顿、艾迪生和戈尔德史密斯时代一样，更多是在家中而非公共场所举办。在郝兰德公馆、布莱辛顿夫人家※5和塞缪尔·罗杰斯家里举办的聚会最

※1　塞缪尔·索尔特（Samuel Salt）是内殿律师学院的一名律师，兰姆的父亲曾担任索尔特律师的助手和仆人。——译者注

※2　托马斯·考文垂（Thomas Coventry，1713—1797）是一名律师，兰姆打小就认识他。——译者注

※3　彼得·皮尔森（Peter Pierson）于1800年成为法官。——译者注

※4　洛弗尔（Lovel）是兰姆在作品中根据自己父亲的形象所创造出来的一个角色。——译者注

※5　布莱辛顿伯爵夫人玛格丽特·加迪纳（Marguerite Gardiner，Countess of Blessington，1789—1849），爱尔兰小说家。——译者注

为奢华，但福斯特[1]在林肯律师学院广场（Lincoln's Inn Fields）以及查尔斯和玛丽·兰姆在内殿举办的更简朴的聚会也同样令人难忘[2]。兰姆这样描述圣殿区王座巷北端的居住区：

> "我想在家里享有完全的私人空间，没有外人的妨碍，也能经常在想要与自己永恒的精神自在交流时免受朋友们的干扰，而我现在的住所就像是部长的接见会堂一样。" [3]

然而他热情好客的本质似乎未曾改变，每个星期三的晚上是雷打不动的聚会时间，其他晚上也多半留给了到访的好友。最有力的证据就是他位于内殿巷4号的家——简单的布局、低矮的天花板、壁炉里的火焰、破旧的家具，

---

[1] 约翰·福斯特（John Forster，1812—1876），英国传记作家、评论家，1831年与兰姆结识并结下友情。——译者注

[2] 参见塔尔福德的《查尔斯·兰姆最后的纪念》（*Final Memorials of Charles Lamb*）第九章中"兰姆的星期三之夜与郝兰德公馆之夜的比较"（*Lamb's Wednesday Nights Compared with the Evenings at Holland House*）。

[3] 参见塔尔福德的作品第五章，兰姆致曼宁（Manning）的信（1800年）。

墙上还挂着霍加斯的版画。夜晚从打牌开始——他有一句有名的评论："先生，如果尘土就是王牌，那么您那一手牌得是什么样的啊！"晚些时候，戏剧界的一帮人，包括戏剧爱好者、评论家、演员和经理，都会顺便过来看看。食物和饮品供应充足，吃饱喝足后，谈话的气氛也变得更加热烈。谈话的内容由讲话者本人的性格决定，总会涉及一些无形而永恒的话题。他们谈论哲学多于政治，过程中欢笑多于严肃。总的来说，读者应该能想象一个由查理·兰姆主持，亨特、哈兹里特[1]、查尔斯·肯布尔[2]、塔尔福德、柯勒律治和华兹华斯都参与其中的团体一起谈话是怎样的情形。[3] "只有古物研究者和业余文学爱好者才会兴致盎然地参观"圣殿区，或许事实的确如此，但对上述人们来说，不只徜徉于虚构人物如罗杰·德·科弗利和旁观者[4]走过的庭院能够带给他们静谧的快乐，而且在

---

[1] 威廉·哈兹里特（William Hazlitt, 1778—1830），英国作家、评论家。——译者注

[2] 查尔斯·肯布尔（Charles Kemble, 1775—1854），英国演员。——译者注

[3] 参见"兰姆的星期三之夜"（*Lamb's Wednesday Nights*）等。

[4] 皆为艾迪生和理查德·斯蒂尔所主办的《旁观者》（*The Spectator*）上所刊文章中的虚构人物。——译者注

通向约翰逊、戈尔德史密斯、兰姆和萨克雷住所的一条条静谧、曲折的小路上闲庭信步也颇具乐趣。

《伊利亚》中用了两篇随笔来记录兰姆就读于基督公学（Christ's Hospital）期间的经历，这两篇随笔大大美化了学校，不过这里的男生们直到现在依然穿着别致的"蓝袍校服"[1]，因此，伦敦人和访客就都不会忘记这所学校是爱德华六世创办的——这在当年可是轰动的大事。和卡尔特豪斯公学（Charterhouse）一样，这里原本也是修道院，1225年，约翰·尤因（John Ewin）把这块土地赠送给方济各会修士。教会为了报答他，封他为圣徒，这个名头显然是跟现代的荣誉学士学位差不多。学校的建筑和里面的物品都是由普通市民、市长、高级贵族甚至是皇室成员捐赠的。在解散修道院的行动中[2]，灰衣修士（Greyfriars）修道院也未能幸免，这座雄伟的教堂为圣尤因（St. Ewin）和圣尼古拉斯·香布尔斯（St. Nicholas

---

[1] 这两篇随笔的题目分别为"追忆基督公学"（*Recollections of Christ's Hospital*）和"35年前的基督公学"（*Christ's Hospital Five-and-Thirty Years Ago*）。校服是蓝色上衣或长袍，红色皮腰带，黄色长袜，颈周围一条牧师领带。

[2] 亨利八世进行的宗教改革包括解散修道院、没收其财产土地等措施。——译者注

Shambles）两个教区服务了相当长的一段时间。莎士比亚出生前十二年（1553年），爱德华以救济"贫苦孤儿和其他人"的名义重修了灰衣修士修道院。尽管它地处城市的最西北角，南临新门街，可还是未能逃过1666年的那场大火，大火甚至还越过了这一地区的城墙。自1680年起进行了数年之久的重建工作使得基督公学大体成形，也就是1782年七岁的查尔斯·兰姆入学时所看到的模样。

为了证明基督公学并非是面向弃儿和穷孩子的"慈善学校"，兰姆试了许多巧妙的办法，温和的《伊利亚》就是一次有趣的尝试。如果唯一必需的是拐弯抹角的话，那么下面这句话则体现了他的技巧，他解释说这所学校是为了"安抚那些灰心丧气的家长，让他们认识到，众多子女中至少有一个已经不会再给他们增加负担了，而他们也无须以牺牲自身最基本、最迫切的需求为代价"。他指出，这一机构以一种古老的方式很好地履行了职能，慷慨地关照了数百个男孩——然后又称他们为"慈善之子"，就把他们给坑了。情况确实如此，慈善机构代替家长照管这些孩子。假期结束后，返校的第一天，小塞缪尔·柯勒律治哭了起来，著名的校长詹姆斯·博耶[1]对他说："孩子！孩子！学校就是你的父亲！孩子！学校就是你的母亲！孩子！学校就是你的兄弟！学校就是你的姐妹！学校是你的表兄弟、表姐妹，是你所有的亲眷！别再哭了。"

对于基督公学的记述，利·亨特在自传中所写的内容，其篇幅之长、爱意之深，均无人能出其右[2]。他详细讲述了学校的办学理念，还有它"介于诸如伊顿公学和威斯敏斯特中学之类的贵族学校与温顺老实的平民的慈善学校之间"的中间地位。他为学校内奉行民主精神的师生感到骄傲，更令他引以为傲的是校友的声望，其中以柯勒律治和查尔斯·兰姆最为出众。然而上述这些，连同学校的规划布局、校服、日常生活以及五大学院的组织结构，但凡是好一点儿的百科全书里均有记载。亨特着重强调的则是这一机构的人文素质。他描述十三年级的舍监和十二年级的学长——这些都是学校里让人膜拜的人物。他描述晚

※1　詹姆斯·博耶（James Boyer，1736—1814），1778—1799年担任基督公学校长，以残暴著称。——译者注

※2　参见利·亨特的自传，1860年伦敦出版，第三章和第四章，第49—106页。

间的传道士——桑迪福德先生（Mr. Sandiford）"有个习
惯，就是对着书本像小鸡啄米一样不停地点头"，声音也
像索尔特先生一样细若蚊哼，而后者"干脆就是在胸腔里
哼哼"。他把上述二位与另外两个不知名的牧师做了个比
较，"其中一人的声音单调、高亢，他上扬的音调堪称一
绝"，而对于另一个，男孩们则高高兴兴地为之喝彩，因
为他朗读祷文的速度很快。他还写到初级文法学院的院长
菲尔德先生（Mr. Field），他是个人畜无害的半吊子；还
有暴君博耶，时隔多年回想起来，还是有一种阴魂不散的
感觉。可怜的小亨特还有口吃的毛病，越来越敏感，这在
面对校园暴力时很不利，然而他在自传中写到这些时，回
忆里满是深情。

　　兰姆也忆起了一些让他流泪的原因——饥饿、寒冷、
舍监的虐待，还有犯了错误在大庭广众之下接受惩罚时的
恐怖。然而，大体上，他的回忆是美好的一面比较多，多
数跟各种各样的盛大活动有关，正是这些活动，让他的日
子过得有了盼头：

　　"我们参观了伦敦塔，很久以前我们就享有可以免

费参观这里所有的名胜古迹的特权。复活节那天，我们的队伍庄严地穿过整座城市，市长送给我们一些小圆面包、葡萄酒和一先令作为礼物，负责分发礼物的市府参事也与民同乐，还高高兴兴地问了些问题，对我们来说这才是这场盛宴中最有意义的部分。在灯火辉煌的大厅里，我们正襟危坐，共享食物，那些衣着光鲜的人走过来，使得当时的场面看上去更像是一场音乐会或集会，而不单是面包奶酪大聚餐。一年一度的圣马修日演说……有我们唱的赞美诗、颂歌和风琴美妙动听的琴音。同窗的葬礼很罕见，肃穆的修道院里响起了葬歌悲伤的调子。还有圣诞节的庆祝活动。"

17世纪晚期，艾迪生与斯蒂尔在卡尔特豪斯公学就读期间就曾结下友谊，而这段友谊并不像百年之后兰姆和柯勒律治在邻近的基督公学里结下的友谊那样广为人知。

一位内殿的老法官的朋友帮初出校门的兰姆铺平了通向办公室职员的道路。兰姆在南海公司工作了将近六个月，后来这段经历成为《伊利亚随笔》中开篇之作的题材。差不多七十五年前，喊得最响亮的"致富捷径"导致了著名的南海泡沫事件※1，给人当头一棒。不过某些形式的商业活动依然在当时的商行里进行着，这位基督公学毕业生也一度登上过这条"诺亚方舟"。"一群怪胎、苦行僧、公馆里的家奴，比起给主子干活，他们更多是用来装饰门面的。然而这些家伙却又很招人待见，总是说个没完——其中有不少人的长笛吹得相当不错。"

兰姆在东印度公司总部任职三十余年，离职时已是"垂垂老矣"。东印度公司非常独特，它是所有这一类商行中规模最大的，更为传统，存在的时间也很长。兰姆为公司操劳的这些年里，除了周日、两段短暂的假期，还有一次短到一周的出行，他一直为别人而活。起初上下班的两小段路还是属于他自己的，可随着朋友和熟人越来越多，下午短暂的休憩时间和晚上的时间都被霸占了。于是早上独行的感觉就像"踏着金沙"一样，找到独处的机会难上加难，他绝望地写道："我根本没有自己，我跟公司绑在一起了。"

※1　英国在1720年春天到秋天之间发生的一次经济泡沫，给英国带来了很大的震荡。——译者注

在东印度公司总部坐稳了文员的位置之后，查尔斯·兰姆安定了下来，开始安安稳稳地过日子。尽管他自身的能力很出色，可爬到这个稳固、舒服的位置却也耗时不少，头三年里他没有工资，接下来的五年里收入也非常微薄。但是从1800年起，他有了薪水和福利收入，自己还挣了些外快，这样一来他就不用为生计而发愁了，事实上，他对财政状况的满意度大大超过了挥金如土的拜伦。假如他真的对长期公式化的生活感到不悦，就绝不可能写下满怀感激之情的句子，在文中向"世界上最大方的公司的善意"致谢。更何况在这三十多年中他的娱乐生活也十分丰富，比如去剧院。他经常跟姐姐一起去剧院，路上"节目单出来啦！"的喊声、"大门口和泥泞的人行道上，人们声嘶力竭的叫喊"、开场音乐响起的第一个音符，他们从容就座，迎接一个愉快的夜晚——这一切都让他兴奋不已。

1809年秋的"反涨价暴动"[1]（Old Price Riots）持续

※1　被火烧毁后新建的科文特花园剧院票价上涨所引发的暴乱，不过此次暴乱秉持的是"娱乐精神"，并未对剧院的建筑设施造成损害。——译者注

了七十一个晚上，在此期间，他很可能去过科文特花园剧院。在重建剧院的过程中，约翰·肯布尔[1]力排众议，新建了许多私密包厢，并且提高了正厅后座和顶层楼座的票价。坐在这两个地方的观众对此很不满。接下来整整三个月，剧院没能举办一场演出。城里的能工巧匠被召集起来进行重建工作，建筑过程中噪声不断，因而饱受指责，可建成之后却连演出的声音都没有，这样一来双方各自的拥护者们又都改换了口号。有时整座剧院都沦陷在所谓的"反涨价之舞"中——就是军队里的齐步走。拉开的大幕示意观众们赶快回头是岸，享受演出的乐趣。然而根本没法抓捕。双方相持不下，最终还是反对涨价的闹事者们达到了目的，肯布尔做出了让步，撤销了所有的法庭诉讼，英国的民众胜利了一次。

至于伦敦的牢狱生活有多么恐怖，前人所言甚多，而对于自己在马贩巷（Horsemonger Lane）监狱度过的两年牢狱生活，利·亨特的描述倒是很另类，我们读起来反而会

※1　约翰·菲利普·肯布尔（John Philip Kemble，1757—1823），英国演员，1803年担任科文特花园剧院经理。——译者注

感到轻松。这里的狱卒怪里怪气，却又刚直不阿。看守亨特的下级狱卒满脸凶相，一副麻木不仁的样子。亨特在监狱里环境相对比较恶劣的牢房里服刑，由于身体不好，他受不了，可他得不到调往看守房的特许令。不过他得到了狱卒的特许，住进了监狱里的医院，间接达到了目的，稳稳地占据着一间病房。对于这间病房，他说：

"我把它变成了一个气派的房间。我用玫瑰花架装饰墙壁，往天花板上涂了云朵与天空，给光秃秃的窗户安上了百叶窗帘。书架立好后，我把胸像摆在上面，还把一些花和一架钢琴带了进来，这样一来，这个房间就可以说是河这边最漂亮的了。每次有陌生人敲门，我看着他走进房间，就会高兴。从城里来到监狱，这实在是让人印象深刻的惊喜。查尔斯·兰姆说这样的房间只有童话里才有。" [1]

外面是一个真正可以锻炼身体的大花园。囚犯亨特

※1　参见利·亨特的自传，1860年伦敦出版，第238页。

去花园时，衣服穿得像个出门远足的人，临行前还告诉妻子，如果他回来得晚，就不用等他吃晚饭了。他的妻子和家人都支持他，他忠诚的朋友们几乎每天都来，把关于他的书拿给他看，还有多方提供的慷慨大方的经济援助，于是亨特就这样舒舒服服地过了两年。这一切虽然体现了监狱司法的腐败，却也说明牢狱生活并非总是那么恐怖。

查尔斯·兰姆探望利·亨特时，就是在这样一间带着玫瑰花架和私人花园的牢房里——听起来如同天方夜谭——不过兰姆的大部分经历都是如此。兰姆换了个环境，一想到自己再也看不到龌龊和邪恶，就全心全意地享受生活了。他并没有闭上眼睛，只是视而不见。兰姆自始至终都在感受着伦敦的魅力。说来也怪，他的一些段落倒是与惠特曼的一些诗歌很相似，查尔斯·兰姆是一个安静内敛、做事有条不紊、充满了奇思妙想的人，美国人则是"难以名状的怪物，长着一双恐怖的眼睛，有着公牛般的力量"，而前者所吟诵的赞歌竟在后者的作品中频频重现。

"街道、街道，还是街道；市场、剧院，还有教堂。科文特花园，勤劳的制帽女工漂亮的面容在商店里熠熠闪光，干净利索的女裁缝，讨价还价的女士们，柜台后躺着的绅士们还有街上戴着眼镜的作家们……华灯初上的夜晚，酥皮糕点店和银器店，本顿维尔（Pentonville）优雅的贵格会[1]教徒，四轮大马车发出的噪声，巡夜人懒洋洋的喊声，狂饮之后的醉汉回家的步履蹒跚；如果你碰巧在午夜醒来，还会听到火警和店里小偷的声音；律师学院、礼堂和贮藏库学术气氛浓厚，倒像是剑桥大学里的学院；每个旧书摊都有杰里米·泰勒[2]的作品，也有伯顿[3]的《忧郁的解剖》和《一个医生的信仰》[4]。罪恶之城伦敦啊，真是乐趣无穷。"[5]

在给华兹华斯的信中，兰姆承认——几乎是吹嘘道，比起伦敦城，乡村对自己简直是毫无意义；但当华兹华斯

---

[1] 贵格会（Quaker），又称教友派、公谊会，是创立于17世纪英格兰的一个基督教派。——译者注

[2] 杰里米·泰勒（Jeremy Taylor，1613—1667），英国国教会牧师、作家。——译者注

[3] 罗伯特·伯顿（Robert Burton，1577—1640），牛津大学学者，《忧郁的解剖》（The Anatomy of Melancholy）是他最著名的作品。——译者注

[4] 原名Religio Medici（The Religion of a Doctor），作者是托马斯·布朗爵士（Sir Thomas Browne，1605—1682）。——译者注

[5] 参见塔尔福德的作品第四章和第五章，兰姆致曼宁（Manning）的信（1800年）。

在"广阔的伦敦"[1]逗留时，大自然的气息一刻都未曾远离，因此首都对他来说就像是"最平淡的野花"[2]，话中之意溢于言表。华兹华斯以客人的视角观察这座城市，像很多明察秋毫的旅行者一样，对于城市的一切，他比大多数伦敦当地人看得更清楚。华兹华斯见过主要的娱乐建筑，参观过博物馆和美术馆，在无边无际的人潮中飘荡，猜想每一个擦肩而过的人背后隐藏着怎样的秘密。他去过沃克斯豪尔、拉内拉赫和沙德勒井（Sadler's Wells）剧院，在各个剧院观看过形形色色的戏剧。然后华兹华斯又从这些娱乐活动中脱身，"去另外一些高级一点的地方"，如法庭、下议院和巴托罗缪集市。这些地方对他意义重大——就像对忙里偷闲抱着病孩子的贫穷手艺人和瞎眼的乞丐一样触动心怀。因为在这些情况下，每个人都会把"骚动不安的芸芸众生"视作大背景，从整体上看，人

※1　参见华兹华斯的《序曲》（*Prelude*），第七卷，"寄居伦敦"（*Residence in London*）。

※2　出自华兹华斯《永生颂》（*Ode: Intimations of Immortality*）中的最后一句"对于我，最平淡的野花也能启发／最深沉的思绪——眼泪所不能表达"（飞白译本）（To me the meanest flower that blows can give Thoughts that do often lie too deep for tears）。——译者注

际关系在此背景下得到了清晰的展现。在毫无关联的琐碎事物所导致的混乱中，他体会到了"水乳交融的感觉"，这使得归隐山林与市井生活同样充满了犹抱琵琶半遮面的神秘感。面对河岸街的汹涌人潮，查尔斯·兰姆喜极而泣。说来也怪，华兹华斯竟被波澜不惊的生活和空空如也的街道感动了。在他的隐居生活中，写下关于威斯敏斯特桥的诗句之时正是华兹华斯灵魂最受震撼之时：

大地再没有比这儿更美的风貌：

若有谁，对如此壮丽动人的景物

竟无动于衷，那才是灵魂麻木；

瞧这座城市，像披上一领新袍，

披上了明艳的晨光；

环顾周遭：

船舶，尖塔，剧院，教堂，华屋，

都寂然、坦然，向郊野、向天穹赤露，

在烟尘未染的大气里粲然闪耀。

旭日金辉洒布于峡谷山陵，

也不比这片晨光更为奇丽；

我何尝见过、感受过这深沉的宁静！

河上徐流，由着自己的心意；

上帝呵！千门万户都沉睡未醒，

这整个宏大的心脏仍然在歇息！（杨德豫译本）

参考阅读

传记和社会历史类

拜伦勋爵（Lord Byron），《传记、书信和日记集》（*Life，Letters，and Journals of*），托马斯·摩尔（Thomas Moore）编辑版；《书信和日记集》（*Letters，and Journals of*），R. E. 克罗瑟斯（R.E.Crothers）编辑版（六卷本）。

P. W. 克莱登（P. W. Clayden）《罗杰斯及其同时代人》（*Rogers and His Contentporaries*）（两卷本）。

托马斯·德·昆西（De Quincey Thomas），《自传》（*Autobiography*）。

利·亨特（Leigh Hunt），《自传》（*Autobiography*）。

E. V. 卢卡斯（E. V Lucas），《查尔斯·兰姆传》（*Life of Charles Lamb*）。

T. B. 麦考利（T. B. Macaulay），发表在《爱丁堡评论》（*Edinburgh Review*）上的随笔：1831年的《拜伦》（*Byron*）；1841年的《利·亨特》（*Leigh Hunt*）和《郝兰德勋爵》（*Lord Holland*）。

托马斯·N. 塔尔福德（Thomas N. Talfourd），《查尔斯·兰姆的生平和书信集》（*Life and Letters of Charles Lamb*）；《查尔斯·兰姆最后的纪念》（*Final Memorials of Charles Lamb*）。

W. M. 萨克雷（W. M. Thackeray），《乔治四世》（*George the Fourth*）。

讽刺类和描述类

查尔斯·兰姆，《伊利亚随笔》（*Essays of Elia*）中的《南海公司》（*The South Sea*

House）；《追忆基督公学》（*Recollections of Christ's Hospital*）；《35年前的基督公学》（*Christ's Hospital Five-and-Thirty Years Ago*）；《内殿的老法官》（*The Old Benchers of the Inner Temple*）；《对首都乞讨者数量减少之控诉》（*Complaint of the Decay of Beggars in the Metropolis*）；《退休老人》（*The Superannuated Man*）。

P. B. 雪莱（P. B. Shelley），《暴虐的俄狄甫斯王》（*Oedipus Tyrannus, or Swellfoot the Tyrant*）。

威廉·华兹华斯（William Wordsworth），《序曲》（*The Prelude*）第七卷之《寄居伦敦》（*Residence in London*）；《作于威斯敏斯特桥上的十四行诗》（*Sonnet Written on Westminster Bridge*）。

小说（小说具体内容见小说阅读目录附录）

瓦尔特·比桑特（Walter Besant），《塔边的圣凯瑟琳》（*St. Katherine's by the Tower*）。

柯南·道尔（Conan Doyle），《罗德尼石》（*Rodney Stone*）。

戏剧

詹姆斯·科布（James Cobb），《可怜的老德鲁里》（*Poor Old Drury*）（1791）；《可怜的科文特花园》（*Poor Covent Garden*）（1792）。

小乔治·科尔曼（George Jr. Coleman），《可怜的老干草市场》（*Poor Old Haymarket*）（1792）。

H. 考利夫人（Mrs. H. Cowley），《你面前的城市》（*The Town before You*）（1795）。

E. J. 爱（E. J. Eyre），《城中高档生活》（*High Life in the City*）（1810）。

克莱德·菲奇（Clyde Fitch），《博·布鲁梅尔》（*Beau Brummel*）（1890）。

伊萨克·杰克曼（Isaac Jackman），《才人，又名伦敦之旅》（*The Man of Parts, or a Trip to London*）（1785）.

R. F. 贾米森（R. F. Jamison），《生活在伦敦》（*Living in London*）（1815）。

约翰·奥基夫（John O'Keeffe），《城里的托尼·伦普金》（*Tony Lumpkin in Town*）（1772）；《伦敦隐士》（*The London Hermit*）（1793）。

约翰·托宾（John Tobin），《法罗牌桌》（*The Faro Table*）（1816）。

华莱士夫人（Lady Wallace），《重物，又名时尚之愚》（*The Ton, or the Follies of Fashion*）（1788）。

郝兰德公馆（南面）（选自一张照片）

兰姆少年时的舰队街和圣殿门，出自艾克曼
（Ackermann）的《艺术仓库》（*Repository of Arts*）

基督公学的晚餐（选自古老的版画）

查尔斯·兰姆时代的东印度公司总部，选自艾克曼的《艺术仓库》

狄更斯的伦敦

　　我们很难用一句话来概括狄更斯时代的伦敦。那个
时代离现代太近了，何况，人们对那个时代也已有不少了
解。每一种对那个时代的概括都难逃一系列例外——因
此，历史学家们总是相互争论，甚至有的时候也会质疑自
己之前的结论。但幸好，这个时代还是有几个公认的特
性，即使是吹毛求疵的博士也不得不认同。例如，吉辛
（Gissing）※1曾断言，"狄更斯成长时所处的世界艰难而

※1　吉辛（George Gissing，1857—1903），英国小说家，以描写伦敦下层生活的现实作
　　品出名。——译者注

残酷"。切斯特顿（Chesterton）[1]虽然反对吉辛这个说法[2]，但他和吉辛都认为那个时代有着"粗糙的饮食、激烈的竞技、残酷的打斗和粗俗的笑话"。唯一不同的是，切斯特顿提醒我们不要忘记，那个时代还吹拂着"希望与人性的微风"。

要想觅得当时伦敦饮食和打斗的方式，切身感受那个时代的野蛮与粗鲁，你只需要读一读皮尔斯·艾甘（Pierce Egan）的著作《生活在伦敦：鲍勃·泰霍与表兄汤姆·达绍穿行城市、感受风貌的漫步与历险——伦敦上、下层生活的特点、方式及娱乐消遣》。这本书的第一部分首次出版于1821年，那一年，狄更斯九岁。后来，这本书广受欢迎，被改编成戏剧，先后在伦敦和纽约上演，模仿者众多。直到1828年，艾甘又出版了一本名为《伦敦城内外事》的系列探险记[3]。书中的主人公汤姆和鲍勃

※1　切斯特顿（G.K.Chesterton，1874—1936），英国作家、文学批评者及神学家，撰写专栏，著有大量有关社会和文学批评的作品，最成功的创作是以侦探布朗神父为主角的侦探小说系列。——译者注

※2　见《狄更斯研究》（Charles Dickens, a Critical Study），第一章，切斯特顿著。

※3　八年之后，狄更斯仍然受到这部作品的影响，他的《匹克威克外传》是以连载的形式，伴随插图，发表在月刊上。每一段也都是这些相对独立的历险经历。

是当时典型的花花公子：他们"有酒量、说脏话、侃大山、会棍法、懂拳击、能抽烟、和任何人都聊得来"[1]。这些花花公子的生活充斥着"骂骂咧咧、撕扯混迹、夸夸其谈，游手好闲、惹是生非、打砸抢砍，你推我搡、打架斗殴、开怀大笑，花天酒地、烟不离手、山南海北，大摇大摆、跌跌撞撞"。[2]这些人重复着比18世纪花花公子斯科尔斯（Scowrers）和莫霍克斯（Mohocks）更为放荡的生活，他们依然一样吵闹，只是没有18世纪那么野蛮了。在当今这个走木板路、乘橡胶轮车的时代，人类逐渐演化成了本·琼森（Ben Jonson）笔下的"莫落（Morose）先生，不爱喧闹尘器"。但不到一百年前，生活完全是另外一幅光景。比如说，在高档的皇家德鲁里巷剧院（Drury Lane Theater），持半价票的观众都是这样在戏剧中途入场的：

"（他们）翻过检票箱，不择手段地直奔座位，完全不顾任何礼节——人人都热血沸腾、蓄势待发：飞奔的

---

[1] 见《生活在伦敦》（*Life in London*），第一部，第四章。

[2] 同上，第九章。

漂亮姑娘们和急躁的帅气小伙子们为一个座位吵得面红耳赤，几乎就要动起手来——这简直就是给已经入座的观众们又上演一幕短暂的喜剧，激烈到让人几乎忘了之前舞台上都演了些什么。与此同时，剧院走廊高墙上挂着的神像在高处发出各种各样的噪声：熊的咆哮声、猪的呼噜声、驴的嘶鸣声、火鸡的咯咯叫声、鹅的嗯嗯声、还有野猫的叫声和刺耳的口哨声。一连串声音混杂在一起，一些模仿得很像，一些难以分辨。"[1]

　　《生活在伦敦》这本书的第10页，描述了一场四轮马车比赛。这场比赛的结果是，一辆马车翻车，一位肥胖的妇女被甩到了树篱顶上，大声尖叫。这本书涉及了多个伦敦街头的场景，有的发生在鲍街（Bow Street）警察厅，有的是在杀虫剂小贩的家，还有的是燃烧的木材场，有些描述了地狱般的伦敦午夜和正午时分，有些描述了几拨街头群架、斗鸡和拳王争霸赛，还有些介绍了纵犬

---

[1]　见《生活在伦敦》，第十章。

斗熊[1]和王位加冕礼——这几乎是带着读者领略了当时伦敦社会各个阶层的娱乐方式。整本书犹如一份大餐。最后，科林斯安·凯特（Corinthian Kate）自杀了，鲍勃·罗杰克（Bob Logic）因贫困潦倒而死，科林斯安·汤姆（Corinthian Tom）在一场赛马中摔断脖子，只剩下杰瑞（Jerry）一人洗心革面，体面地结了婚，最终成为一名治安官。看到这些，读者也就安心了。全书对勇敢品质的歌颂使故事增色不少，但只靠这种美德，还不能使本书如此广为流传，也不至于被搬上舞台，让后人纷纷效仿——归根结底，这本书还是因为形象地描绘了当时盛行于伦敦的生活方式才颇受欢迎的，不论是在文学作品中，还是在现实中，随处可见这种粗犷喧闹的言行举止。

但不久之后，人们的娱乐方式就开始发生改变。艾甘之后二十五年，萨克雷（Thackeray）开始创作。他很快就意识到了这种改变，几乎开始在文章中悼念过去的娱乐方式。比勒尔（Birrell）先生曾描述过一位温柔的妇女[2]，

※1 纵犬斗熊：11世纪起开始流行的一项民间娱乐活动，将熊绑在立柱上，放猎犬袭击，场面十分惨烈。——译者注。

※2 奥古斯丁·比勒尔，《已决事件论文集》，《论乔治·布洛》。

她是教友会教徒[1]: "一次晚餐, 人们恰巧提起一次最近的拳王争霸赛, 这名妇女高声说: '要是他们也参与了贪污腐败, 就太遗憾了! ' '谁参与了贪污腐败? '她邻座的人问道。'大英格兰的拳击手们! '她激动地回答。随后, 她立即为自己的失礼而害羞, 但其实我们不怎么怪她! "许多人依然热衷于驯养高级宠物。宠物对他们来说, 正如大卫·科波菲尔 (David Copperfield) 在马车上偶遇的那位戴着白色高筒帽的人所言: "有人养马和狗是养着玩儿的, 于我却是全部——我的房子、老婆、孩子——读书、写字、算数——鼻烟、烟草、睡觉, 都靠它们。"[2]

萨克雷这样写道: "道路是一种载体, 拳击场也是。人们集结在这些地方, 总带有一点儿怀旧的意味, 细数这些场所曾经给这个国家带来的好处。在拳击场上, 把别人打得鼻青脸肿是家常便饭, 也并不会让人觉得丧失了绅士风度。驾一辆载客四轮马车跑在路上也是一种享受, 仿

---

[1] 教友会教徒: 基督教的教派, 主张绝对的和平主义。
[2] 狄更斯, 《大卫·科波菲尔》第十九章。

佛让人重温年少风华。"在那个时代，尽情享受美食所带来的乐趣并非只是享乐主义者的信条。过去的一百年间，英国人逐渐学会了克制，美国人则将其演变成了禁欲。今天，在美国，客人需要等主人来主动问你："请问您需要饮料吗？"而在英国，人们会问："请问您想喝点儿什么？"但是在狄更斯的时代，客人会毫无顾忌地开怀畅饮他们想喝的饮料，还会告诉你为什么他们想喝这些。好哥们儿间的聚会一定要痛饮至尽兴，热闹到没有上限。

接下来，我们谈谈切斯特顿口中这个时期所吹拂的"希望与人性的微风"。很显然，到18世纪末，一系列重大革命带来了广泛影响。政治上的剧变引起了一轮至关重要的经济发展——现在人们称它为"工业革命"。工厂制度的建立，使得工作时间延长、工人劳动报酬低下、妇女和儿童遭受不合理的雇佣对待。但随着时间的推移，相关法律法规的出台改善了这种情况，工厂不再无休止、无所顾忌地压榨劳工。弗朗西斯·普拉斯（Francis Place）和威廉·科柏特（William Cobbett）在议会中寻求改变，罗伯特·欧文（Robert Owen）则同工厂改革者一道，为社会状况的直接改善艰难而行。他们这些努力渐有成效之时，约翰·霍华德（John Howard）和芙莱夫人（Mrs. Fry）则促成了监狱环境的改善。而最终，在本塔姆（Bentham）和罗米利（Romilly）的坚持下，对违法者的惩罚方式也日益人性化。1830年，伦敦见证了最后一场颈手枷示众——虽然来得迟了一些，但总算是最后一场公开行刑了。想要在小说中找到一些正面探讨这些问题的读者们恐怕要失望了，当时的文学作品大多只对社会情况做了大致的描述。但是，那个时期的每一部作品，作者都以自己的方式，多多少少地反映出那个大时代背景下的社会情况。

再没有哪一位一流的英国作家，能像狄更斯一样将伦敦如此紧密地融入自己的作品中。毕竟，没有几位作家能像狄更斯一样，深切地体会过这座城市带给他的福祉和不幸。狄更斯人生的头十年，伦敦给了他无忧无虑的舒适生活。接下来的两年，他忽然被抛入赤贫境地，不得不在黑皮鞋油作坊中做童工，与此同时，他父亲因欠债沦为马歇尔西债务监狱（Marshalsea）的阶下囚。也正是在这段时间，他真正领悟了伦敦——那也是大卫·科波菲尔和雾都孤儿奥利弗·特威斯特的伦敦，是《老古玩店》《双城记》中的伦敦，也是他极度厌恶的伦敦。接下来，狄更斯才开始接受迟来的教育，又在格雷律师学院做了几年学徒。这之后，狄更斯成了一名记者，由一名毛头小伙子迅速成长为报道下议院问题的专家[※1]。不久，他凭《匹克威克外传》获得了早期成功，之后直到他去世前的三十余年间，他感受到了"荣誉、爱、服从和友谊"。狄更斯于1870年去世，享年五十八岁。这些年间，狄更斯遭遇过赤贫如洗，也享受过大富大贵，他所生活的环境都成为笔下故事的大背景。许多他笔下的人物所走过的街头巷尾，至今还是当年的样子。那些被他激烈抨击过的社会黑暗面有很多都得到了改善——一定程度上来讲，是他生动而成功的批判发挥了作用。

狄更斯一生的际遇，始于风调雨顺，随即直接落入社会底层，但又凭借自己几多经营，重新回到社会上层众人景仰的位置。正是这些际遇，使狄更斯读懂了人生。但他的人生都集中在伦敦。他了解伦敦的一切，但烂熟于心的只是人生第二十个年头之后他所工作和生活过的伦敦——那才是他笔下的伦敦。狄更斯对伦敦最集中的描述可在《博

※1　这里指的下议院，1834年被烧毁了。

兹札记》中觅得，这是他出版的第一批作品中的一本，在
这些随笔中，狄更斯着重描写了伦敦街头巷尾的日常生活。

《博兹札记》中的《场景》一章包含了二十五篇有
关伦敦不同场景的散文，狄更斯将它们分别命名。这些场
景，尤其是他为这些场景安排的出场顺序很是引人入胜。
首先出场的是清晨和夜晚的伦敦街道，在随笔中，狄更斯
称，这些清晨和夜晚的街道钥匙归他保管——那些"秘密
通道""同房子平行，与星空并肩"；接下来是各式各样
的商店，有的破旧不堪，剩下的离破旧不堪也差不远了；
接踵而来的是休闲时光中的伦敦，读者随他漫步在下午茶
花园中、泰晤士河上、沃克斯霍尔和格林尼治集市间、艾
斯特里村和私人剧院里；随后的四个场景分别在马车上、
出租车里、公车上和托尼·维勒（Tony Weller）家中[※1]；
下一组场景是狄更斯工作过的民法博士院大楼和他所报道
过的下议院；最终的两篇是《罪犯法庭》和《纽盖特监狱
之旅》。这一章共计两百页，几乎囊括了日后狄更斯作品

※1　托尼·维勒一家（Tony Wellers）：狄更斯小说《匹克威克外传》中的人物。
　　　——译者注

中出现的全部地点，只有几个室内场景例外。《博兹札记》中的其他场景也经常发生在这些地点——如《人物》《故事》《我们的教区》这些章节。

这组图片整体让人感到压抑。街道和建筑已经完全没有了霍加斯[1]以此为背景创作他那些绘画时的风采。它们在那儿矗立了半个多世纪，忍受了五十多个春秋的烟尘侵蚀，早已开始破旧衰败。看到这组图片，我们才第一次意识到，这个时代的伦敦出现了贫民窟。稍稍动一动脑筋，我们就会发现，弥尔顿的阿尔塞西区、盖伊的泰晤士街和戈尔德史密斯的格拉布街上肯定已经有了贫民窟；我们还会发现这座城市里的不少地方，在历史有所记载之前，就已上演了无数令人心酸的丑陋场景。狄更斯记下了生活在这些地区的居民残忍可怕的言行，与之形成鲜明对比的是，他也记录了各种层次的财富、美德和友善。霍加斯若是活到狄更斯那个时代，一定会将这一切都画下来。好在克鲁辛格（Cruikshank）接过了霍加斯的画笔，画就了几乎一样出色的作品。这幅画所展示的是蒙茅斯街上几家当

---

[1] 霍加斯，英国画家、雕刻家。——译者注

铺的店面，画面上人丁兴旺——有不少成年人，而且到处都是孩子——孩子们有的依偎在家长怀里，有的蹲在地上玩儿着破布，还有的就着臭水沟玩儿小船、捞宝贝。画中最突出也是最真实的细节，是一条野狗——它是画中唯一用四条腿直挺挺站立的生物。再来看这一幅，它生动地重现了发生在塞文戴尔斯（Seven Dials）的一段小插曲：两名泼妇叉着腰当街对骂，十几个路人则津津有味地在一旁围观。这就是狄更斯苦苦谋求生路时的那个伦敦——即便他这般着迷于这座城市，这些画作中的伦敦一直令他深恶痛绝。

在狄更斯对伦敦无休止的批判背后，是他对这座城市深沉的爱恋。大多数土生土长的大都市人都是这样——面对自己的城市，他们永远不能冷静地做出判断。他们会像一个男人迷恋上一个女人那样，丧失所有理智，用最好的词汇来赞美自己的城市。有些人是英裔意大利派，他们对英格兰爱得越深，就搬得离英格兰越远。狄更斯可不是他们中的一员。狄更斯在创作《钟声》（The Chimes）的时候曾在热那亚[1]居住过一段时间，那时，他写道："傍

※1　热那亚，意大利西北部海港。

晚八点，请把我放在滑铁卢桥（Waterloo Bridge）上，留下我自己随意漫步。我会一直走回家里，即使气喘吁吁，但仍归心似箭。我就是这样可悲又奇怪，并且不能安定下来。"[1]

狄更斯喜爱散步，大概是他在莫德斯通（Murdstone）和葛林柏（Grinby）这两年童工生涯艰苦的缘故。从那之后直至成年，狄更斯一直迷恋于漫步城市，就像梭罗(Thoreau)所言，"我到过很多地方——康科德城内的很多地方"。显然，狄更斯最喜欢漫步于老城区，那里自莎士比亚时代（甚至更早些时候）起，就人口密集。他的大量作品都是基于这片地区而创作，若是傍晚八点从滑铁卢桥出发，他很轻松就能到达。比如，位于特拉法加广场北面的圣马田教堂（St. Martin's in the Fields）就经常出现在他的小说里。而尽管大卫·科波菲尔和亚瑟·克莱南（Arthur Clennam）[2]住的地方并不近，他们却都很喜欢文特花园地区——大卫曾短暂居住在阿德尔菲一条通往联排

※1　这是黑衣修士桥和查令十字街之间的大桥，北边靠近现在的国王道和居瑞巷的巷角。
※2　狄更斯小说《小杜丽》中的人物。

住宅的小街上，加里克（Garrick）最负盛名的时候也曾住在这里；而克莱南的母亲住在泰晤士河附近的一座摇摇欲坠的老房子里，再往河下游走一点儿，就是圣保罗大教堂和码头。

大卫和克莱南的故事主要就发生在舰队街、河岸街以及泰晤士河间的三角地处。至于奥利弗·特维斯特，他最艰难的时候住在史密斯菲尔德市场附近——通过他，读者们熟识了史密斯菲尔德街道、卡尔特豪斯公学、老贝利街中央刑事法庭和圣保罗大教堂——上述地点都集中在几英亩大的一小片区域里。《老古玩店》里的迪克·斯威夫勒（Dick Swiveller）住在皇家德鲁里巷剧院附近，也一直在这片区域内活动，而他购买生活必需品的方式非常窘迫——总是和商铺赊账却从不还账，之后就不再从欠账商铺那里经过，于是一条又一条街道都成了他的禁区：

"今天在长亩饭店（Long Acre）吃了晚饭，那么长亩饭店就被封锁了，不能再路过了。上星期，我在大女皇街买了一双靴子，这也断绝了我到这条街的去路。现在，我要想去河岸街，只剩一条路还通着，今晚我还要到那儿去赊一双手套。照这么下去，一个月内，通往四面八方的路很快就都断了……我必须走出三四英里，才能兜回我的目的地。" [1]

　　需要注意的是，文中所提到的走出三四英里，并不是朝郊区走，而只是从他的皇家德鲁里巷剧院附近走到河边。

　　狄更斯的想象力正是源自这些厚重的老城区中。通过那些艰苦的往昔时光，他对伦敦的一草一木了如指掌，"掌管着这些街道的钥匙"。当时，狄更斯在查令十字街的亨格福德市场（Hungerford Market）工作。他总是朝着伦敦北部或是东部散步，过了滑铁卢桥、黑衣修士桥或是伦敦桥，自然就到了马歇尔西债务监狱。这主要是出于两方面原因，一是因为伦敦的西部对当时还是一名小苦工的狄更斯而言，实在是太富丽堂皇，难免会显得格格不入。另一方面，相对来讲，伦敦西部远没有老城区那般世态万千。在北部和东部，那些建筑物曾力图摆脱边缘，后来

---

[1] 见《老古玩店》，第八章。

又靠着最初的支柱存活，到处都是现代建筑取代旧时建筑的景象。而在西部，一切都是千篇一律而又枯燥无味的繁荣景象：

"二十座整齐划一、面无表情的房子，连敲门和按门铃的方式都一样。一样无聊的台阶，一样枯燥的围栏，一样不实用的紧急通道，一样不方便的设备，每样东西都很值钱——谁没受邀登门拜访过这些地方？"[1]

就算狄更斯偶尔会夸大其词，但他对哈利街（Harley Street）的上述描写绝没有半点儿夸张。保留到现代的很多街道也还是这样，它们苍白、沉闷却外表光鲜。但在狄更斯小时候，伦敦的建筑物还是各具特色的。它们优雅、精致而稳固。这样的建筑通常坐落在摄政街上，从北面的詹姆斯公园一直延伸到皮卡迪利广场，转弯便可通向牛津街，直通兰利广场（Langley Place）。这条街上的建筑都是四层小楼，遵循了古典旧式建筑风格。最突出的特色是

---

[1] 见《小杜丽》，第一本，第二十一章。

建筑上不断出现的古希腊式三角楣和科林斯风格的装饰性圆柱。对懂行的人来说，这些建筑带有一种"古希腊建筑模仿狂热"，而对普通人来说，这些只是优雅、稳固而庄严的建筑。因为是王室财产，这些建筑定期粉刷，因而幸免于伦敦雾霾的污染。摄政街是19世纪初城市建设的一项重要成就。它从一片破落的街道间大胆地开辟出一条道路，改造了这个区域的面貌，开启了一种新的街道建筑方式。接下来的十年间，国王道（Kingsway）的建设也模仿了这种模式，连接了霍尔本街和河岸街。

摄政公园的外围曲线由同样类型的建筑围成，当时看来，由于郊外一片开阔，显得格外突出；但现在看来，这些外围曲线上的建筑同摄政街上的建筑一样，同整个伦敦城紧密地融为一体，像是一枚嵌入伦敦城的宝石。到狄更斯时代，伦敦已经成为一座真正的大城市。海德公园周围已是建筑物林立，位于它东北方向的摄政公园再也不能算是远离市中心的城郊。内城西北方向的两英里之外的伊斯林顿和帕丁顿（Paddington）到这个时期也被纳入了伦敦城内。肯辛顿——坐落于威斯敏斯特西部，海德公园身后——开始快速发展。时至今日，伦敦仍在迅速扩张，城郊地区的发展至今仍不完善，就像新兴的美国中西部城市一样。就狄更斯时代而言，伦敦已经是一座繁盛的大都市，大多数人对它的进一步扩张没什么太大兴趣。事实上，对大多数拜访伦敦的人而言，他们所了解的伦敦依然只是雾都孤儿所生活的那个伦敦，别的他们都一窍不通。

　　谈到狄更斯笔下的伦敦，就不能不提律师和法庭。狄更斯的书中涉及五十多个伦敦的法庭和律师学会的场景，其中有些场景还重复出现；而且至少有十五部作品中突出表现了这些元素。如果把狄更斯当作英国唯一的终审法官，人们可以从他的笔下感到，自兰格伦和乔叟时代以来，英国的司法情况几乎就没有过什么改善。狄更斯笔下的压抑和痛苦中，法律主题是最沉重的。他厌恶这种职业本身——格雷律师学院被他描述为，"抑郁的集中营……灰墙砖瓦，是最令人心灰意冷的机构，即使对孩子而言也是如此"[1]。其他那几家也好不到哪儿去。克莱蒙律师学院（Clement's Inn）倒是素来名声在外，只是不知道还有多少人相信这些。"什么样的人还会对这里继续抱有幻想

---

[1] 《不做生意的旅行者》（*The Uncommercial Traveller*），第十四章。

啊，什么纽伊律师学院（New Inn）、斯特伯律师学院、巴纳德律师学院（Barnard's Inn）都是一路货色，雇有一批卑劣的员工。"[1]狄更斯认为描述大法官法庭最好的时节是在"十一月这样无情的天气"里，在一个"难挨到不能再难挨的下午，大雾稠密到不能再稠密，街道泥泞到不能再泥泞，大法官法庭就坐在这浓雾的正中心处"[2]。即使是律师席也不能幸免于他的批判。格雷律师学院的律师们是在从事"高度自我毁灭式的职业"。特金霍尔先生（Mr. Tulkinghorn）[3]每次出场，都像是一只邋遢的伦敦熏鸟，消失在林肯律师学院的庭院里。沃霍斯先生（Mr. Vholes）[4]像是把自己圈在了"脏兮兮的遗像"[5]里，终日在"狭小、黯淡、势利、充满悲伤的事务所"里办公。用狄更斯的话说，这些地方除去为经营者带来了源源不断的律师费以外，别无他用。在这点上，狄更斯同乔叟、兰

---

[1] 同上页[1]。

[2] 《荒凉山庄》（*The Bleak House*），第一章。

[3] 特金霍尔先生（Mr. Tulkinghorn），狄更斯小说《荒凉山庄》中的人物，律师，精明狡诈。——译者注

[4] 沃霍斯先生（Mr.Vholes），《荒凉山庄》中的人物，律师。——译者注

[5] 一种死者纹章匾（hatchment），用黑框把死者的画像圈起来。——译者注

格伦和利德盖特一样，完全不能宽恕司法的不作为。[1]

纵观整个文学史，酒吧也是文学创作者笔下的常客。这里被描绘成了一个避风港，不仅绝顶聪明的人会来光顾，普通人也常来这里消遣——那些中庸的年轻人，穿着律师的长袍，来这里沉溺在无害却也无用的轻佻中。17世纪早期的爱德华·诺维尔[2]也是如此，还有18世纪艾迪生笔下那个内殿律师学院的无名成员[3]——理查德·法维尔（Richard Feverel）无礼的朋友利普顿·汤姆森（Ripton Thompson）[4]，他生活在维多利亚时代中期。

和他笔下的主人公相反，狄更斯自己的生活中充满了晚餐盛宴。作为一个作家，他与理智为伍，探索灵魂，没人能与他相媲美，但这并不妨碍他享受美食美酒，他曾给福斯特[5]写道：

[1] 见《大卫·科波菲尔》第二十三章，《选定职业》。

[2] 见《每个人的幽默方式》，本·琼森著。

[3] 见《旁观者》（The Spectator）。

[4] 见《理查德·法维尔》，梅尔迪斯（Meredith）著。

[5] 福斯特（John Forster），狄更斯好友，著有《狄更斯的一生》。——译者注。

　　"你愿不愿意和我一起愉快地去汉普特斯西斯公园
（Hampstead Heath）走一走？我听说那儿有一家不错
的山庄，晚饭我们可以吃新出炉的牛肋骨，喝上一杯
好酒。"[1]

　　今天这座山庄还存在，成了著名的杰克·斯特劳城
堡。信里提到的只是一顿简餐，真正能体现他胃口的是一
顿他和斯奎尔斯先生（Mr.Squeers）共进的早餐，当时狄
更斯正在为斯奎尔斯收集相关数据。"我们吃了，"他写
道，"吐司面包、一个约克郡派和一片牛肉，那牛肉几乎
和我的旅行箱一样大，接下来，我们喝了茶和咖啡，又吃
了火腿和鸡蛋。"[2]狄更斯也一样贪杯。他在社交领域的
一项重大成就是发明了杜松子鸡尾酒。他当时的神情，用
他朋友的话说，就像是一位"滑稽的魔术师，带着一点儿
骄傲，仿佛做出了能够造福全人类的伟大发明"。不用说
人们也能猜到，他那代英国人，比我们当今时代的美国人

----

[1]　见《查尔斯·狄更斯和他的朋友们》，第29页，W.T.绍尔（W.T. Shore）著。
[2]　同上，第82页。

喝起酒来，还要自由得多。乔治·萨拉（George Sala）这样记录道：

> 普鲁士王饮香槟，
>
> 老波森[1]什么都喝，
>
> 马金喝琴酒，史东大法官喝葡萄酒，
>
> 有智慧的人都喝白兰地。
>
> 严肃的罗曼喝啤酒，
>
> 打油诗人丁尼生也不例外；
>
> 但万酒之王，
>
> 那还得是我的鱼子酱
>
> 配路德斯海姆葡萄酒。[2]

萨金特·塔尔福德（Sargeant Talfound），几乎当时是所有名人的朋友，他自己也是个还不错的作家，总会在晚宴后酩酊大醉。威尔基·柯林斯（Wilkie Collins）在朋友

---

[1] 波森，英格兰学者。

[2] 诗歌节选自《家居箴言》（*Household Words*），《北方漫记》一篇，绍尔著。

眼里就是个笑星，有一次他去参加洗礼聚会，一顿美餐过后，他看见邻座一个孩子躺在母亲怀里，于是他站稳了脚跟，严肃地看着这个孩子，叫嚷道："看！这个孩子喝醉了。他喝得太多了！"

有关晚餐盛宴，狄更斯最喜欢的部分莫过于和好友共进晚餐。他们常去的地点有约翰·福斯特家、林肯律师学院的庭院或是《荒凉山庄》中特金霍尔先生经常出没的那些地方。狄更斯本人在给他美国朋友的信中写道："我听说（其实他根本不用等别人告诉他这些，他自己就置身其中）林肯律师学院的庭院晚上总会很热闹，人们一起开怀大笑，还有刀叉声和觥筹交错的声音。"[1]在这些宴席间，总有许多趣谈，一群文化人凑在一起轻松随意地相互调侃。其中一些人喜欢唱歌，比如约翰·里奇（John Leach）爱唱《国王之死》（*King Death*）。有一次，他正唱到一半，在一片狂笑声中，狄更斯打断说："停，够了，你再唱下去，我就要哭了。"有时还有人朗诵。在这里，你想怎样都行，就是不许一本正经。这些轻松的聚会

---

[1] 见《查尔斯·狄更斯和他的朋友们》，第6页，绍尔著。

中，最著名的一次，发生在狄更斯从米兰回来的那一年，狄更斯为几个朋友朗诵他提前写好的圣诞颂词："噢，上帝，我们将度过怎样的一周。"有关狄更斯和朋友们聚会的这一周，我们能找到两份记录，一次是他主持了莎士比亚俱乐部的晚宴，另一次是几天之后，他和卡莱尔、道格拉斯·杰罗德（Douglas Jerrold）、弗雷德里克·狄更斯（Frederick Dickens）和麦克里斯（Maclise）等人一道，在福斯特的房间里，读他的圣诞故事。

狄更斯喜欢这种场合。他非常擅长晚餐之后做长篇大论式的总结发言，总能把原本虚伪的空话说得真诚实在。最有意思的就是当狄更斯和萨克雷一起出席晚宴的时候。比如皇家学院晚宴，据说，当时萨克雷第一次拒绝给狄更斯的作品画插图；又如萨克雷即将赴美的告别晚宴，这场晚宴由狄更斯主持；再如在戏剧基金会筹款晚宴上，萨克雷是祝酒人之一，当时，狄更斯和他这位同僚小说家无比惺惺相惜。值得记上一笔的是，狄更斯一生中最后一次外出用餐是在他去世前两周。当时，他被邀请以贵族的身份参见比利时国王和威尔士王子。

当时银行家诗人罗杰斯的家里总是备有美食美酒，

举行盛宴，和人们分享理性与灵性。我们的狄更斯到过美国、法国和意大利，每次当他回国或是故地重游的时候，一定会有人为他举办一次晚宴，衷心欢迎这位嘉宾踏足这片土地。狄更斯生活中的这一面在他的小说中少有体现，他的作品中更多的是他难忘而艰辛的童年回忆。但仍有一些作品，真实地对应了他生活中的人，比如哈罗德·吉姆珀（Harold Skimpole）[1]是以利·亨特为原型，而劳伦斯·博伊松（Lawrence Boythone）[2]是以瓦尔特·萨瓦奇·兰道尔（Walter Savage Landor）[3]为原型。

狄更斯的伦敦当然也是萨克雷的伦敦，两位作家都生于同一时期，也是在同时期享有盛名。他们是相熟的朋友，出入同样的俱乐部和剧院，不论在公众场合还是在私人场合，经常同桌共餐。但萨克雷笔下的伦敦却和狄更斯笔下的伦敦截然相反：这大概和他们的早年经历

---

[1] 哈罗德·吉姆珀（Harold Skimpole），《荒凉山庄》中的人物，是荒凉山庄的一位常客。——译者注

[2] 劳伦斯·博伊松（Lawrence Boythone），《荒凉山庄》中的人物，是主人公的好朋友，喜说大话，嗓门浑厚，但心肠很好。——译者注

[3] 瓦尔特·萨瓦奇·兰道尔（Walter Savage Landor，1775—1864），英国诗人及散文家。——译者注

不同相关。萨克雷一生都比较平顺、幸运。童年时候，他从印度被送回英国上学。先是在卡尔特豪斯公学，接下来又在剑桥大学三一学院求学。后来，他从剑桥辍学（开始游学欧洲）——直到二十一岁前，他一部分时间在魏玛（Weimar）[1]度过，还有一部分时间在巴黎和德文郡（Devonshire）[2]他母亲所生活的房子里度过。这段时间里，萨克雷笼统地学习了一些绘画——他本就有这方面的天赋，只是不想成为一名画家罢了。他成年之时继承了一笔五百英镑的遗产，便逐渐打消了绘画的念头，不过这笔遗产两年之内就被他挥霍光了。

因此，当狄更斯已经结束痛苦的童年，开始小有成就的时候，萨克雷还沉迷于旧日奢华好时光中，怀念着那些逝去的机会和那一大笔被挥霍了的钱财。他不得已成为一名作家，不过幸好他的经历还不算太糟。萨克雷体验到了社会最上层的生活，那些人拥有财富、地位，有没有文化倒不一定，至少有获得教育的机会。萨克雷在城里认识

※1 魏玛（Weimar），德国小城。——译者注

※2 德文郡（Devonshire），英格兰西南部的一个郡。——译者注

的他们，也见识过他们乡间的宅邸。他在欧洲大陆游学的时候更是领略了许多——他了解，至少曾经了解过，那些上层社会人士在远方殖民地的生活和财富，知道他们如何挥霍在地球另一端积累起来的不义之财。《潘登尼斯》（*Pendennis*）、《纽克姆一家》（*The Newcomes*）、《名利场》（*Vanity Fair*）和《伦敦印象漫记》（*The Sketches and Travels in London*），这些作品于萨克雷而言，就像是《博兹随笔》对于狄更斯的那些长篇作品而言的意义一样。在萨克雷的作品《布朗先生书信集》中，布朗先生写了很多封信给他的侄子，他的侄子在内殿律师学院实习，同时学习法律。布朗先生建议他要克制对珠宝和华丽服饰的欲望，结交可爱的女子，在俱乐部里和正式的集会上要表现得和蔼可亲。有四封信描述了晚宴和一些类似场合的场景，都是奢华的场面，也间接提到了剧院和歌剧院。从《在车站等人》和《刑场观刑》两封信中可以看出，布朗先生并不是一个自私或是没有同情心的人，信中的内容不过是一个经常活动于伦敦西区（West End）[1]的人多年来的一些观察

※1　西区（West End），在伦敦西部，街上有许多剧院、高档商店和酒店。——译者注

所得，这两封信也是他在伦敦漫游时的偶遇。读萨克雷的信，马上就会知道他出身良好、家境殷实、生活讲究。

萨克雷始于上层社会，因此他以波西米亚为作品背景，这就像狄更斯起步贫穷，却用伦敦西区做背景一样自然，他们的生活与作品形成鲜明对比。少校亚瑟·潘登尼斯（Arthur Pendennis）出场的时候，是在"最典型的伦敦季节……在蓓尔美尔街一个俱乐部里，他是这个俱乐部的光环"。为了帮助他的侄子脱离困境，"他甚至放弃了享受五月里的伦敦……放弃了他在各家俱乐部里流连的那些下午、他秘密拜访的名媛、他在海德公园马道上的骑马、他的晚宴以及他在歌剧院的包间……也放弃了接受来自公爵或是侯爵在伦敦重大娱乐场合向他的致敬"[1]。想想你何曾见过狄更斯笔下的人物一天的生活是如此这般！他的儿子小亚瑟·潘登尼斯，从大学里辍学之后来到了迪克·斯威夫勒（狄更斯作品《老古玩店》中的人物）的伦敦，住在内殿律师学院会所的兰姆庭（Lamb Court），经常光顾科文特花园里福鼎头（Fielding's Head）的后厨，同一名住在舰

---

[1]　见《潘登尼斯》，第九章，或第一章。

队街监狱里的穷文人交往。不过这些都只是消遣。更多的时间里，迪克"为见识到了真正的生活而欢欣，伦敦他经常去的好地方就有上百个"[1]。当他回到他本来的住处，重新进入高档的伦敦西区住宅里的画室的时候，那里——

"地毯竟是如此的柔软，踩上去一点声音都没有；白玉石的地板上，玫瑰和郁金香大朵盛开；房间里有高高低低的椅子、花凳和纤细到大概只有精灵才能坐下的细脚椅；精致的雕花镶嵌的桌子上布满华丽的花纹，来自各个时代各个国家的陶瓷装饰品随处可见；铜器、镀金的短剑、土耳其刀、藏书、土耳其脚毯和一盒盒巴黎的糖果。不论你在哪儿坐下，德累斯顿男仆或是女仆随时准备为你服务。此外，还有景泰蓝的鸭子和公鸡、母鸡造型的瓷器……简单说，就是充满了一切你能想到的舒适和奢侈，而且很有品位。在伦敦，拥有一间无须考虑花销的画室，实在是一件上档次的事情。"[2]

---

[1] 见《潘登尼斯》，第三十章。
[2] 同上，第三十七章。

这种装饰风格和伊丽莎白时代的样式有很大不同。狄更斯笔下这样的场景，只可能会出现在《老古玩店》里。

回顾萨克雷一生的经历，和伦敦古城最有趣的接触是他在卡尔特豪斯公学里度过的四年。卡尔特豪斯公学是伦敦最有意思的建筑之一。从1611年起，它开始被用作学校和医院。在那之前，这座建筑就已经矗立了二百四十年。它原是一家加尔都西会[※1]修道院，在1535年修道院大批瓦解的时候被充公了。但从建筑结构上来讲，几个世纪以来，它都没有发生什么变化：

> "那里有一座古老的大厅，是詹姆斯时代建筑风格的绝美样品。只有一座古老的大厅吗？当然不是，还有许多像这样的厅堂，旧式的楼梯、走廊，墙上挂有旧时画像的传统房间——漫步在其中的所见，和17世纪早期没有什么不同。"

在这样的环境里，生活着八十名老人，他们靠这里的建立者——托马斯·萨顿爵士（Sir Thomas Sutton）慷慨捐

※1　加尔都西会，一类天主教修会，以严格的集体虔修生活为特点。——译者注

赠的养老金度日。此外，还有六十名受到资助的学者，和上百名自费的学生在这里读书，萨克雷就是其中一员。这里有许多杰出的校友。诗人克拉萧（Crashaw）、《英国法释义》的作者布拉克史东、作家艾迪生和斯蒂尔、新教徒约翰·韦斯利（John Wesley）和无数的国教副主教、教堂主教、副主教们都是从这里走出去的。而今，领养老金的人数有所下降，学校被搬到了萨里，改名为泰勒商学院；但旧日的气息还徘徊在这座古老的建筑里。史密斯菲尔德市场（Smithfield Market）就在街角，几分钟就可以走到埃尔德斯门大街，再走过去，就是圣保罗大教堂的庭院，教堂的穹顶在其中清晰可见。

仅仅一个卡尔特豪斯公学里就有着这么多的故事，更何况是整个伦敦。这时的伦敦还是那座老城，没有受到发展的影响。城市里没有电话、电报，地上地下也没有铁路；没有电灯、公共汽车，也没有电梯；没有百货大楼，也没有便士邮政[1]。1814年，《伦敦时报》第一次通过以

---

[1] 便士邮政计划开始于1837年，主张取消官员、贵族享受的免费邮寄特权，提出采取邮费预付的方法，不论寄信距离的远近，一律按一个标准收费，而且要大大降价。

蒸汽做动力的机器印刷出来；1816年，第一艘蒸汽船出现在河面上；1822年，圣詹姆斯公园见证了煤气的诞生；1836年，格林尼治铁路开通。老城市就像是老房子一样，想要在其中安装现代化的便利设施，就不得不改变原有的样子。楼梯墙上挂的壁龛——过去罗杰斯集团的主营业务，现在变成了电器开关板；房子前门的门环虽然还在，但也变成了"春天里的最后一片树叶"，人人都知道，现在敲门只要轻轻按下门铃就够了。乔治时代的伦敦已经不复存在，但这都是自然而然的，毕竟乔治王已经退位很久了，而萨克雷和狄更斯则是在离现代一百多年前出生的。

参考阅读

我们离现代越来越近，阅读材料越来越丰富，选出最适合的材料也越来越难。这里提到的只是在写这些章节时，最有帮助的书目。

传记

约翰·福斯特（John Forster），《狄更斯的一生》（*Life of Charles Dickens*）。

里奇（A. J. Ritchie），《萨克雷作品介绍》（*Biographical introductions to worksof William Makepeace Thackeray*）。

W. T. 绍尔（W. Teignmouth Shore）。《查尔斯·狄更斯和他的朋友们》（*Charles Dickens and His Friends*）。

H. S. 华德与W. B. 凯瑟琳（H. S. Ward and C. W. B. Ward），《狄更斯真实的世界》（*The Real Dickens Land*）。

讽刺类和描述类

托马斯·卡莱尔（Thomas Carlyle），《晚年论丛之模范监狱》（*Model Prisons in Latter Day Pamphlets*）。查尔斯·狄更斯，《博兹札记》（*Sketches by Boz*）。

皮尔斯·艾甘，《生活在伦敦》（2卷）；《伦敦历险的终结》。

大卫·马森，《伦敦40年代的记忆》。萨克雷《伦敦印象漫记》（*the Sketches and Travels in London*）。

小说

查斯·狄更斯（重要作品），《荒凉山庄》《大卫·科波菲尔》《远大前程》《小杜丽》《尼古拉斯·尼克贝》《雾都孤儿》《老古玩店》。

萨克雷，《纽克姆一家》（*The Newcomes*）、《潘登尼斯》、《名利场》。

上图：摄政街，皮尔斯·艾甘《生活在伦敦》

下图：汤姆和杰瑞的消遣，皮尔斯·艾甘《生活在伦敦》

上图：上议院的国王入口

下图：1834年被烧毁的议会 大厦（选自一幅
旧画）

避难所一瞥。选自J. T. 史密斯的版画，1808年，这里
曾是逃难罪犯的庇护所，悲惨境遇者、流浪者、传染
病患者的避风港

上图：摄政街西面

下图：摄政街东面（选自旧画）

Preachers Court. Charterhouse.

Great Hall (Interior) Charterhouse.

卡尔特豪斯公学内外，选自照片

伦敦，从维多利亚堤岸眺望黑衣修士桥与泰晤士河，选自旧画

维多利亚时代的伦敦

对于女王的伦敦，抑或是女王的英格兰来说，没有哪个
文人或文人团体的名字能如维多利亚女王之名一样代表19世
纪下半叶。除了维多利亚之前约三百年的另一位女王[1]，这个
国家的历史上也再无哪一位君主的名字有如此的意义。维多
利亚女王在位时期所发生的巨变——有的大张旗鼓，有的悄
然无息却关乎国本——太多人已进行过详细阐述，天下读者
也对此耳熟能详。这些变化在宗教领域包括牛津运动[2]，

---

[1] 指伊丽莎白一世（1533—1603），1558—1603年在位。——译者注

[2] 关于这一运动的影响在小说中的表现，参见安东尼·特罗洛普（Anthony Trollope）
的《巴切斯特塔》（Barchester Towers），特别需要参考第六章和第二十章，以及
查尔斯·金斯利（Charles Kingsley）的《酵母》（Yeast）。

面对风起云涌的异端自由主义，它主张恢复往日的正统学说；在政治经济方面包括引发1848宪章运动[1]的一系列事件以及整个19世纪大英帝国的扩张；在科学与发明方面，人们开始在征服时空的道路上前进，自然科学领域涌现出的革命性新发现开启了新的时代[2]。而这些领域的进步又必然地促进了公众教育的大踏步前进；这几代人的文学也成为那段历史活生生的记录。

在人类的发展史上的这些进步就发生在不久之前，使得整个时代看起来无比复杂。显而易见，没有任何一位、两位，抑或一批作家可以全权代表维多利亚时代，也没有任何人的经历能够涵盖维多利亚时代伦敦和英格兰的方方面面。于是人们便直接用那位淑女的名字来代指这个时代，而这位默默沉思的旁观者，感同身受地目睹这一切——尽管她并没有太多的能力去阻止或推进历史的潮流。最初引用维多利亚之名表达的深意，已经不为

※1 参见金斯利的《奥尔顿·洛克》（*Alton Locke*）；乔治·艾略特（George Eliot）的《菲利克斯·霍尔特》（*Felix Holt*）；以及查尔斯·里德（Charles Reade）的《设身处地》（*Put Yourself in His Place*）。

※2 想要了解中世纪对新科技成果的态度，可参见乔治·艾略特的《米德尔马契》（*Middlemarch*）第五卷。

人知。

　　用涉及小说家们的一句话说，现在距狄更斯离世已有几十年，因此我们对维多利亚时代做出的总结是狄更斯那个时代的人做不出的。以赫伯特·乔治·威尔斯[※1]先生为例，世间万象刺激着他，对于这一点，我们感同身受。他给我们的感觉是一个非常善于辞令的人，所言之物听起来似曾相识。再看贝内特[※2]先生和高尔斯华绥[※3]先生是如此洞悉世情，以至于满怀悲伤与厌世之情。威尔斯先生急切地下了结论，而我们则暗地里庆幸他并未对其予以阐释。在他引而未发之处，其他作者也有所发挥。让我们再把目光转向威廉·德·摩根[※4]，我们发现他依然受困于"丧妻

※1　赫伯特·乔治·威尔斯（Herbert George "H.G." Wells, 1866—1946），英国著名小说家、新闻记者、政治家、社会学家和历史学家，尤以科幻小说闻名于世。——译者注

※2　阿诺德·贝内特（Arnold Bennett, 1867—1931），英国多产作家，代表作《老妇人的故事》（*The Old Wives' Tale*）。——译者注

※3　约翰·高尔斯华绥（John Galsworthy, 1867—1933），英国小说家，剧作家，其作品《福尔赛世家》（*The Forsyte Saga*）获1932年诺贝尔文学奖。——译者注

※4　威廉·德·摩根（William de Morgan, 1839—1917），英国小说家、陶艺家、瓷砖设计师。他的小说深受狄更斯和萨克雷的影响，被称为最后的维多利亚时代的小说家。——译者注

者可娶妻妹"的法令※1，这很有意思。我们欣赏他的很多品质，一定程度上还会自得地称之为"维多利亚式"。

"维多利亚式"成了"过时"的同义词。这个词暗含着对辞旧迎新的惊讶态度，并且让这种惊奇之意时而化作掌声，时而化作嘘声。这个词也让上一代人畏畏缩缩地接受了上述结论，却在20世纪被视为老古董。在维多利亚时代的伦敦，人们的生活和他们为自己树立的纪念碑便是证据。

当一个人站在特拉法加广场的纳尔逊纪念碑脚下，面朝西南，他立足之处恰似一个巨型许愿骨的三叉连接处。他身后的制高点是圣马田教堂，与国家美术馆（National Gallery）隔街相望。他面前是恢宏华美的拱门和柱廊，这里是从圣詹姆斯公园通向白金汉宫（Buckingham Palace）的林荫路（the Mall）的入口。左边不远处以白厅为首的雄伟庄严的政府建筑群一直延伸到议会大厦（Houses of Parliament）和威斯敏斯特大教堂——日不落帝国的伦敦全副武装，准备就绪，即将开始与世界各地进行经贸往

※1 英国议会于1907年通过法令，允许丧妻男子娶其亡妻的姐妹，此前这一直是被禁止的。1842年此议案曾被提出，但遭到强烈反对，未获通过。这一话题自19世纪60年代起便引起热议。——译者注

来。右边不远处可以一次将蓓尔美尔街尽收眼底，街道两侧的俱乐部蔚为壮观——伦敦把社交生活最丰盛的一面展现出来，享乐之余，也清高地恪守着自己的贵族气度。国王的雕像和征服者纪念碑俯视着广场，两条大街的交会处一再成为英国民主人士抗议新出台的法律法规的集会地。

尽管几代以来，特别是自艾迪生的年代以来，俱乐部一直是伦敦人日常生活的重要组成部分，可直到真正进入19世纪，现代娱乐区才遍地开花。现在的蓓尔美尔街上的大部分建筑建成于维多利亚女王在世时期——如果不是她在位时期的话，漂亮的房子一本正经地排成一列，英国绅士也会去参加那些一本正经的典礼，自寻其乐。这里有马尔波罗俱乐部（位于原阿尔马克俱乐部所在地）、海陆军俱乐部以及小卡尔顿俱乐部；马路对面还有牛津和剑桥各自的新旧俱乐部、小海陆军俱乐部、警卫俱乐部、卡尔顿俱乐部、改良俱乐部、旅行者俱乐部、雅典娜神殿俱乐部以及联合服务俱乐部，最后这个赤裸裸地展现出英国男尊风气最可怕的一面。此外还有几十家俱乐部遍布全城，其中很多家都是顶级的。没有任何街区的俱乐部如此密集。

外国人都不熟悉这些俱乐部，因为压根就没有几个外国人去过，就算他们真进去了，周围的一切也会一直提醒他们，别当自己是"客人"，你只不过是个"外人"。因此，即使引用一位英国人对虚构组织"斯多葛"※1的评论，也未免有失偏颇：

"斯多葛的晚餐时间将至，斯多葛人一个个走出马车，经过俱乐部的一扇扇门。这些可怜的家伙在跑马场、板球场、惠灵汉姆（Hurlingham）※2或者海德公园忙活了一整天；之前有些人去参观了皇家学院※3（Royal Academy），这时他们兴高采烈地说：'啊，感谢上帝——我们终于可以休息了！'……而在旁边一座小小的贫民窟里，有两个女裁缝出门透气。她们站在人行道上，

※1　参见高尔斯华绥《庄园》（*The Country House*）第一部分第十章和第三部分第六章。

※2　位于伦敦西南富勒姆（Fulham）区的高级水球俱乐部，后期又增加了很多其他的运动项目。——译者注

※3　全称为皇家美术学院（Royal Academy of Arts），1768年建立，位于皮卡迪利。——译者注

看着马车走走停停。有的斯多葛人看见了她们，便心想：可怜的姑娘，她们的气色可真差。三四个人自言自语道：'这不应该啊。我的意思是，看她们这样太痛苦了；人不是万能的。她们并不是乞丐，你们难道看不出吗？既然这样，我们还能做些什么呢？'可大多数斯多葛人压根没看她们一眼，他们脆弱的小心脏受不了如此悲惨的场面，更不愿把好好一顿饭给毁了。"

这或许只是个例。要说所有俱乐部的所有会员都这样，显然有失公允。然而总的来说，这一证据似乎表明，尽管从纳尔逊纪念碑到最近的俱乐部只有几步之遥，但是广场上抗议的民主人士与蓓尔美尔街俱乐部里自鸣得意的会员们之间的距离却大到无法测算。

可是从蓓尔美尔街走到白厅却容易得多。俱乐部会员可经由滑铁卢广场（Waterloo Place）来到格林公园（Green Park，又译绿园），在林荫路上漫步至骑兵卫队阅兵场（Horse Guards Parade），路过唐宁街10号的首相官邸，进入白厅，便可看见矗立在侧的巨型官僚堡垒。在大老粗看来，这段路比去广场的路远多了，可事实上这段路程非常短。因为一个家财万贯的男人走完这短短一段路之后便会发现，自己家与白厅简直是极其相投——这不过是他自家庄园的放大版。这里是英格兰领班和管家的住所，他们照管着这个国家在亚洲、非洲和美洲的财产。马路两旁有许多高大的建筑。这个街区也和伦敦大部分地区一样，用石材记录着从詹姆斯一世至乔治五世时期的历史。国宴厅（The Banqueting House）是历史最为悠久的古建筑，作为皇家宫殿的它在历史上占据着重要地位。

　　"亨利八世死于白厅。这似乎是斯图亚特王朝的君主们最喜欢的宫殿；詹姆斯一世和查理一世都曾计划在此地建造奢华的宫殿。在那个悲情的一月天里，查理一世走出国宴厅的一扇窗户，迎接死亡的到来[1]。克伦威尔统治于斯，逝世于斯。人们会认为这样一个地方对查理二世来说太可怕，太悲惨了，可他却在这里漫不经心地过日子，不

※1　1649年1月30日，查理一世在白厅宴会厅前被送上断头台。他是英国历史上唯一一位被处死的国王。——译者注

是玩弄权术就是纵情声色。三年后，一艘小船把斯图亚特王朝最后一位国王从联排住宅里接走了[※1]。王朝随着小船渐行渐远。随后一位患有哮喘的荷兰王子[※2]来了，他不能住在离河这么近的地方，因此宫殿便被废弃了，不久之后便被另一个土生土长的荷兰人给烧了——一个洗衣妇在房间里放了些本打算烘干的亚麻。这个小小的疏忽烧毁了这座古老的宫殿。于是白厅的荣光渐渐黯淡，成了各种繁文缛节的乐园。"[※3]

　　新的战争部建于20世纪。自都铎王朝至今的这些年间，诞生了皇家骑兵卫队。对于多愁善感之人来说，往昔的遗迹可能最为引人入胜；可对于喜欢大场面的观光客来说，印象最深的三座建筑物分别是战争部、海军部和政府机关——包括外交部、殖民部、印度事务部和内政部。南

※1　这位国王是詹姆斯二世。1685年查理二世去世，詹姆斯二世继位。1688年"光荣革命"发生后，詹姆斯二世逃往法国。——译者注

※2　即继任詹姆斯二世的荷兰执政威廉三世，其妻为共治者英国女王玛丽二世。——译者注

※3　此段引文出自罗斯伯里伯爵演说词（Earl of Rosebery），收录于《伦敦地形学档案》（London Topographical Record）第六卷第24—25页。

海公司[1]和东印度公司[2]的收益养活了这些庞大的机构和众多大大小小的官员。他们都是诞生了纽克姆上校[3]的体制中的一分子，而他们所要保护的生意也恰恰是麦多尔[4]予以大笔投资的那份。

到了20世纪中期，大家对上述两个公司的两点认识已是心知肚明却又不失风度：一是它们总得有人来管，二是管理它们的办法大错特错。举例来说，卡莱尔[5]的评论[6]充满个人色彩，尽管在表达对世纪中期的不满时，他的这些话几乎已经是陈词滥调了。

---

[1] 1711年建立的股份有限公司，表面上是一间专营英国与南美洲等地贸易的特许公司，但实际上是一所协助政府融资的私人机构，分担政府因战争而欠下的债务。——译者注

[2] 1600年成立的股份公司，同年12月31日被英格兰女王伊丽莎白一世授予皇家特许状，给予它在印度贸易的特权。实际上这个特许状给予其在东印度贸易的垄断权二十一年。随时间的变迁东印度公司从一个商业贸易企业变成印度的实际主宰者。在1858年被解除行政权力为止，它还获得了协助统治和军事职能。——译者注

[3] 纽克姆上校（Colonel Newcome）是萨克雷的长篇小说《纽克姆一家》（*The Newcomes*）中的男主角。——译者注

[4] 麦多尔（Merdle）是狄更斯的长篇小说《小杜丽》（*Little Dorrit*）中的银行家。——译者注

[5] 托马斯·卡莱尔（Thomas Carlyle，1795—1881），苏格兰讽刺作家、随笔作家、历史学家，其作品在维多利亚时代甚具影响力。——译者注

[6] 参见卡莱尔1850年出版的作品集《晚年论丛》（*Latter Day Pamphlets*）中《唐宁街》（*Downing Street*）和《新唐宁街》（*New Downing Street*）两篇随笔。

"每块殖民地，每一个负责殖民地事务的代表，都能给你讲上一段他与殖民部打交道的悲惨经历……至于位于唐宁街一头的殖民部到底是个什么东西，在神赐的土地上，它到底要做些什么，或者正在试着做些什么，代表无论如何都搞不清楚；可他坚信，殖民部自己更是连一星半点都搞不清楚……他坚信，没有一个人能弄明白——这是个谜，是某种异教神话——比古老神殿中的任何一座神像都要陌生，因为它实际上掌管着数百万活人的命运啊！"

外交部的所作所为好像还不如殖民部呢；而在卡莱尔看来，内政部是最糟糕的。

政府部门的高官要员们被随笔作家和小说家骂得狗血淋头，不过跟议会和政府中另外几个部比起来，他们还不算是最差的，对此他们还颇为满意呢。"首相，'政府的舵手'，换个说法就是'税栓子'，这个角色要谁来当呢？没心没肺的二傻子阁下，还是大傻子阁下呢？"或许最著名的一段讽刺来自于狄更斯。

"我和其他十一人为一家晨报报道议会上的辩论。我夜复一夜地记录下永不被实现的预言、永不履行的声明，以及单纯用来蒙人的解释。我沉醉在词语的汪洋之中。不列颠，这个不幸的女人，总会浮现在我眼前，恰似一只被绑住的家禽：她的身体被一支支办公笔穿起来，手脚被官僚公文捆着。我所了解的内幕足够多了，进而明白了政治生活的价值。我跟它格格不入，而且永远不会改变自己的信仰。"[※1]

有很多方面能让当时和现在的"议员们"心满意足，其中尤以办公楼为最。庞大的哥特式建筑群被称为"议会大厦"，包括一系列庭院、厅堂和办公楼，总占地面积达八英亩，浩然雄伟，美不胜收。它沿河而建，优越的地理位置和威风的邻居都让它显得更加威严。它周围的建筑中，最伟大的当属威斯敏斯特大教堂和威斯敏斯特厅。无论历史学家和游客对英国政府有什么大致或具体的看法，英国政府所在地的立法机关还是值得长途跋涉以一览其风采的。想要完成如此巨大的公共工程，魄力是必

※1　参见1852年的作品《大卫·科波菲尔》（*David Copperfield*）第四十三章开头。

需的，而19世纪向来不缺这个。最能证明这一点的，除了上述的建筑项目，还有从此处向东、沿着泰晤士河北岸修筑的长达一英里半的巨大的维多利亚堤岸。这是个大工程，其填河面积达三十七英亩。美观的林荫大道气势恢宏，从威斯敏斯特蜿蜒至黑衣修士桥。它造价数百万，也确实值得。可恰恰就是这样一个竣工之时天空放晴的工程，也似乎佐证了当时评论家们对当时政府作风的批评，即喜欢摆花架子，做无用功，对重中之重却总是熟视无睹。

"加拿大问题、爱尔兰的占领问题、西印度问题、女王寝宫问题；狩猎法、高利贷法；非洲黑奴、亚洲苦工、史密斯菲尔德[1]的牛和狗拉车[2]——光谈这些问题，光讨论这些话题，对于最本质的问题却避而不谈！阁下们应该谈的当然是事关英格兰自身处境的问题。[3]"

※1　香港一条道路名，这一地区曾建有牛棚和屠宰场。——译者注

※2　维多利亚时代颁布了禁止狗拉车上路的法令，此法令涉及善待动物和预防狂犬病等方面的问题，这一话题一直是引人热议的焦点之一。——译者注

※3　参见卡莱尔的《宪章运动》（*Chartism*）第一章第五段。

　　《改革法案》※1颁布之后，暴民包围了议会，猛攻威灵顿公爵位于皮卡迪利大街的阿普斯利宅邸（Apsley House），十七年过去了，人民的不满却一点儿也没有减少。1848年年初的几个月里，工人阶级的愤懑情绪不断激化。2月，欧洲大陆爆发革命※2时，局面更是加倍恶化了。本土和海外的下层人民希望得到政治自由，认为如果政治自由得到实现，他们的问题也多半会迎刃而解。大英帝国的大城市相继出现暴动，4月，严苛的《禁口法》※3通过，军队进驻伦敦，威灵顿公爵再次担任总司令职务。军队在公共建筑周围设置路障，严密镇守，尽管来势汹汹的起义最终惨遭失败，被瓢泼大雨以一种半开玩笑的方式给压下去了，但是对于内政大臣来说，能够顺利渡过此次危机，实在是万幸。两个月过后，骇人之事

※1　全称为《1832年改革法案》，是英国在1832年通过的关于扩大下议院选民基础的法案。该议案改变了下议院由保守派独占的状态，加入了中产阶级的势力，是英国议会史上的一次重大改革。——译者注

※2　指1848—1849年席卷欧洲大陆的资产阶级民主民族革命，主要发生在法国、德国、奥地利、意大利、匈牙利等欧洲国家。——译者注

※3　1848年颁布的《禁口法》全称为《1848年叛国重罪法》（*Treason Felony Act 1848*），此法规定了一系列行为为叛国行为，意在保护女王和王室。——译者注

再次发生，议会引用的这段金斯利写下的文字却恰恰证明他所言极是[1]：

> 他们偷笑着俯视荒原，
>
> ……………
>
> 可他们笑着，却听见悲歌的旋律，
>
> 蒸汽朦胧中的痛哭声，古老的故事诉说着冤屈，
>
> 恰似意无所指的故事，用词却鞭辟入里；
>
> 歌唱者是饱受凌虐的农夫，
>
> 他们播种收割，长久地受苦，
>
> 年复一年，只有那么一点小麦、酒和油可供存储；
>
> 他们至死仍在受苦——地狱里传来轻声细语
>
> 受苦吧，极致之苦，无穷无尽！

这样的动乱倘若一直持续，必然会产生一些后果。

---

[1] 查尔斯·金斯利（Charles Kinsley，1819—1875），英国作家、牧师。他帮助创立了基督教社会主义，一场将基督教教义和社会主义原理相结合的改良运动。金斯利对英国工薪阶层的社会和经济问题表现出极大的兴趣，并写过两部关于他们的困境的小说——《奥尔顿·洛克》（Alton Locke），和《酵母》（Yeast）。下面这一段文字出自《奥尔顿·洛克》第三十四章。——译者注

公众的意见影响如此广泛深刻，而公众的代言人又是天赋异禀，因此，立法机构也不得不做出一系列改变来迎合人心。当时，像狄更斯、萨克雷、查尔斯·金斯利、查尔斯·里德[※1]、拉斯金[※2]和莫里斯[※3]这样为人民说话、表达人民不满的还有很多，因此可以想象当权者定会听到人民的声音。

与此同时，艺术与科学领域的国家级项目也在悄悄地日趋完善。特拉法加广场的国家美术馆建于1832年至1838年，它起初的规模非常小，约翰·拉斯金还嘲笑过它，此后经历的三次相当大规模的扩建让它发展壮大，拉斯金也不得不承认，其馆藏之物是"全欧洲范围内服务于广大学生的最重要的绘画收藏品"。较之藏品丰富，此馆吸引人处还在于两位捐赠者的两大笔捐赠，其一是曼彻斯特

※1 查尔斯·里德（Charles Reade，1814—1884），英国小说家、剧作家。他的小说通常反映了他在社会改革方面的兴趣，最著名的作品是《修道院与壁炉》（*The Cloister and the Hearth*）。——译者注

※2 约翰·拉斯金（John Ruskin，1819—1900），英国作家、艺术家、艺术评论家，维多利亚时代艺术趣味的代言人。——译者注

※3 威廉·莫里斯（William Morris，1834—1896），英国拉斐尔前派画家、手工艺艺术家、设计师、作家。——译者注

广场（Manchester Square）的华莱士（Wallace）收藏馆，
其二是位于威斯敏斯特大教堂以南岸边的泰特（Tate）
美术馆。伦敦大学也经历了从创建到重建的过程，历经
时间恰巧与维多利亚女王的在位时间相差无几。1836年
至1900年，伦敦大学还只是个检查委员会，只给有限的
几个学院的学生授予学位，后来，无论在何处就学的男
性学生都可以被授予学位，最后，女性学生也被吸纳进
来。然而，经过重组之后，它包括了分散在八个科系中
的约二十五个现存的"学院"，现已成为一所活跃的大
型机构。而所有这些项目中最为耀眼的当属大英博物馆
（the British Museum），其渊源可追溯至1700年，而最
大规模的建设则是在18世纪下半叶。现存的建筑始建于
1823年，有着巨大穹顶的阅览室于1857年完工。现在依
然在进行的添砖加瓦似乎永远不会彻底竣工。它是个绝
美的宝库。里面有百余种藏品，有些是纯粹的赠礼，由
其他渠道得来的藏品也在不断增加，没有一个人能把所
有的藏品铭记在心。还有那座巨大的图书馆，其藏书以
每星期一千本的速度不断增加，堪称一大奇迹。伦敦人
有一条不成文的规矩，即他们会不无敬意地避开这座博

物馆，馆内回声效果极佳的走廊里鲜有本地人的声音，可伦敦以外的人却源源不断纷至沓来。

我们接下来要讨论伦敦文学的一面——这并非易事，因为文人遍布这座大都市的各个角落。若是把所有文人与这座大城市的关联悉数呈现，本书难免会沦落为一本指南。他们的住所和工作地点变换无常，他们进城、出城，无休无止地搬迁。文学的受众和读书买书的大众一样，都大幅增加，拜其所赐，优秀的作者通常至少不用为钱而发愁了。民间作家搬来搬去，令人目不暇接，原因或许是他们之中最有名的可以从小康步入富裕，再从富裕步入奢侈。大多数情况下，他们不怎么在老城区现身。沿着霍尔本和牛津街，从布鲁姆斯伯里（Bloomsbury）到海德公园，一块块牌匾记录着他们曾在此暂居。有一处偏远的郊区尤为值得一提。

到了世纪中期，大伦敦的一个地区因作家和艺术家聚居于此而闻名，它就是切尔西（Chelsea）。这一小块地区的面积和老城区相差无几，它位于查令十字街西南方向，两者之间的陆路距离三英里多，水路距离四英里多。1834年，卡莱尔搬来这里，他给妻子写信说：

　　"我们在河道弯曲处安顿下来，远离了所有的大马路，这里的空气和安静的环境简直可以媲美克雷干帕托（Craigenputtock）[1]，从后窗往外看，能看到更多的树，到处都能看见高耸的红色尖顶，白天能看见圣保罗大教堂和威斯敏斯特大教堂的尖顶，夜里能看到伦敦的灯光玷污了宁静的天空，此外基本上看不到伦敦城。"

　　找到一处满意住所的兴奋感逐渐不那么强烈了。卡莱尔已经筋疲力尽，于是为了证明这个勉勉强强选中的房子有多么多么好，他必然要以房地产拍卖商人的口吻来描述这个地方。卡莱尔夫妇在切尼巷（Cheyne Row）5号住了47年，可安静的、"可以媲美克雷干帕托"的环境，却只能在传说里出现了，大肆铺张的"切尔西圣人"[2]甚至建起了一个从屋顶采光的隔音书房，可尽管他如此不吝资费大费周章，大城市的喧嚣依然令他不堪其扰，新建的门和隔板或许能挡住一部分噪声，可无法彻底隔声。

※1　苏格兰一处山地农庄。卡莱尔曾居住于此，并在这里写下了很多著名的作品。——译者注

※2　卡莱尔的别号。——译者注

由于在乡下多年养成的习惯，卡莱尔必然会讨厌这些声音，可在大城市待惯了的利·亨特来到切尔西养老时，同样的声音在他听来却如音乐般美妙：

"我渐渐喜欢上了街头的叫卖声，通过对比，我更强烈地感受到了这些声音。它们与市郊其他地方的那些叫卖声不同，保留了某种古老的旋律，这使它们具有了普赛尔[1]或其他作曲家作品的韵味，这一点深得我心。那些大师是那么喜欢卖弄技巧，鸡毛蒜皮的小事也能配上调子，用重唱或轮唱的方式表现出来，二者之间确有可比性。叫卖驴蹄草、樱草花和十字小面包的质朴声音似乎永远不会从这个与世隔绝的地区消失。它们就像是残存之地的雏菊。特别是那个上了年纪的鱼贩子，他叫卖道'小虾有对虾那么大哟！'叫卖声很有规律，悠远绵长，的确是非常动听的旋律，尽管他连嗓子都喊哑了，没准儿已经喝醉了，可我却总是希望他能喊上一整晚，

---

[1] 亨利·普赛尔（Henry Purcell，1659—1695），巴洛克早期英国作曲家，被认为是英国最伟大的作曲家之一。——译者注

我是这声音的忠实拥趸。他的叫卖声延续了有些年头，后来却渐渐弱下来，最后消失了。我很怀念这个可怜的、饱经风霜的老家伙。"[1]

卡莱尔有时会不情愿地进城去；随着时间的流逝，城里人也越来越频繁地造访切尔西。其中最有趣的是奥尔赛伯爵[2]1839年的一次来访：

"大约两星期前，这位阿波罗般的花样美男……乘着战车降临切尔西，整个地区的男女老少瞠目结舌，为他的光芒所倾倒。乔利[3]的下巴像蚂蚱一样拉长了，或者说像是看到电风扇转起来时一样惊奇，黑暗之中照进这样一道光，把他给吓坏了。可我和伯爵的表现却依然可圈可点……我穿着方格花纹的长袍，却铁青着脸，面相不善，

[1] 参见利·亨特《自传》（*Autobiography*）第二十六章。

[2] 奥尔赛伯爵（Count d'Orsay，名为Alfred Guillaume Gabriel，1801—1852），来往于英法两国间的著名花花公子，业余艺术家，19世纪早中期的时尚人物。——译者注

[3] 亨利·乔利（Henry Chorley，1808—1872），英国作家，文学、艺术、音乐评论家。——译者注

这反差太大了，再加上我以一副淫魔的样子登场，把简[1]逗得整整两天笑个不停。"[2]

　　切尼巷和切尼路（Cheyne Walk）连成了一小段街道，路口正对着泰晤士河畔的切尔西堤岸，与巴特西公园（Battersea Park）隔河相望。有树有水的风景也把别处的同道中人吸引到了这一地区。切尼路最著名的地标是位于16号的皇后之屋（Queen's House），在丹蒂·加布里埃尔·罗塞蒂[3]生命中的最后二十年中——也是卡莱尔生命中的最后十九年——他曾是这里的房客。这座房子与亨利八世的传统有着相当微妙的联系，尽管韦恩建造它可能已经是一百年以后的事，亨利八世的几位名为凯瑟琳的妻

※1　指的是奥尔赛伯爵的妻子哈丽雅特·安妮·简·弗朗西斯·加迪纳夫人（Lady Harriet Anne Jane Frances Gardiner）。——译者注

※2　参见奥尔赛伯爵1839年4月16日写给约翰·卡莱尔博士的信。

※3　丹蒂·加布里埃尔·罗塞蒂（Dante Gabriel Rossetti，1828—1882），英国诗人、插画师、画家和翻译家。——译者注

子※1都没机会住进去了。斯温伯恩※2和威廉·迈克尔·罗塞蒂※3跟丹蒂·加布里埃尔在这里居住过一段时间，乔治·梅瑞迪斯※4在这里也订有一个房间，可他从来没去住过。乔治·艾略特晚年也搬到了切尼路4号，她生命中的最后几个星期就是在这里度过的。霍尔曼·亨特※5在切尼路有间工作室，不久之前，他被安葬在藏有他最著名的画作《世界之光》（The Light of the World）的圣保罗大教堂。J. M. W. 透纳※6在靠近切尼路西端附近度过了生命最后的时日，几条街开外，詹姆斯·麦克尼尔·惠斯勒※7的工

※1 亨利八世的六任妻子中，有三位的名字都是凯瑟琳，分别是第一任阿拉贡的凯瑟琳（Catherine of Aragon），第五任凯瑟琳·霍华德（Catherine Howard）和第六任凯瑟琳·帕尔（Catherine Parr）。——译者注

※2 阿尔杰农·查尔斯·斯温伯恩（Algernon Charles Swinburne, 1837—1909），英国诗人、剧作家、小说家和评论家。——译者注

※3 威廉·迈克尔·罗塞蒂（William Michael Rossetti, 1829—1919），英国作家、评论家，丹蒂·加布里埃尔·罗塞蒂之弟。——译者注

※4 乔治·梅瑞迪斯（George Meredith, 1828—1909），维多利亚时代的英国诗人、小说家。——译者注

※5 威廉·霍尔曼·亨特（William Holman Hunt, 1827—1910），英国画家，前拉斐尔派的创始人之一。——译者注

※6 约瑟夫·马洛德·威廉·透纳（Joseph Mallord William Turner, 1775—1851），英国浪漫主义风景画家、水彩画家和版画家。——译者注

※7 詹姆斯·麦克尼尔·惠斯勒（James McNeill Whistler, 1834—1903），出生于美国的著名画家，在伦敦建立起事业。——译者注

作室已经存在了有些年头。当时切尔西的氛围必然是清新的。

不单是切尔西，在这一时期，整个伦敦的氛围都带着一种刺激感。如此酣畅的呼吸、善意的玩笑、纵情的笑声、不留情面的抨击，都是史上罕见的。对于维多利亚时代的伦敦，人们不满的对象主要是这一转型时期的时代精神。19世纪早期确实是麻烦不断，可那是"时代转型所带来的甜蜜负担"。如果说接连发生的调整反而使局面越发混乱的话，那也是因为"人道主义信条正处在蜜月时期"。

然而维多利亚时代的小说却屡次记录了在老城区解决新问题的过程。《奥尔顿·洛克》和《菲利克斯·霍尔特》为《罗伯特·埃尔斯密尔》（*Robert Elsmere*）、《玛塞拉》（*Marcella*）[1]和《各色人等》（*All Sorts and Conditions of Men*）[2]开了先例。它们都饱含严肃的希望。如果这些作品没有这一共性的话，头脑清醒、热爱伦敦的

---

[1] 这两部长篇小说皆为汉弗莱·沃德夫人（Mrs. Humphry Ward）所作。沃德夫人是英国小说家玛丽·奥古斯塔·沃德（Mary Augusta Ward, 1581—1920）的笔名。——译者注

[2] 英国小说家、历史学家瓦尔特·比桑特（Walter Besant, 1836—1901）的长篇小说。——译者注

人们也就不会时不时地如孩童般为之欢呼了。在这里，我们以理查德·杰弗里斯[※1]为例，他可绝不是一个浮躁之人。他热爱大自然，并觉察到大城市工业革命的力量已经侵入乡村，这是很可悲的。然而"熙熙攘攘的人群"让他心动：他像是被磁石吸引了一样，经常"去伦敦，没什么目的，只是因为我必须去，而且到达目的地之后，就随随便便地闲逛，大家往哪儿走，我就跟着往哪儿走"。伦敦也随着他的心情而变，像诗歌，像音乐，时而满怀慈悲，时而又仅仅给人一种舒适的感觉。有一首歌唱伦敦街道的老歌，几个世纪以来广为流传，尽管改了旋律，变了调子，可还是颇具辨识度：

"走在摄政大街上，多么惬意，踏上邦德街之前，要经过皮卡迪利，继续走啊走，看见一大块圆形空地，口袋里揣着几千镑，都属于你自己，随便花，不要急……带上一位女士——一位女士——带她去圣彼得·罗宾逊的店

※1 理查德·杰弗里斯（Richard Jefferies，1848—1887），英国自然作家、博物学家，以描写英国乡土风情的散文著称。——译者注

里，当着她的面把全世界的丝绸铺开在地，看她的眼中含着笑意，看她的脸颊光彩熠熠；给孩子们买一匹小马，再给善良的管家婆买一枚钻石胸针，她已经步入中年，可与你结交时你还身无分文……不论是薛西斯[1]，还是伟大的庞培，不论是统率全军的恺撒，还是无所不能的卢库卢斯[2]，他们又何曾享受过如此的乐趣——随心所欲地花钱，在伦敦的街道上纵声大笑……在伦敦街头，浪费才是极乐——惬意地铺张浪费，穷奢极欲永无止境；像蝴蝶一样飞来飞去！"[3]

19世纪最后的二十五年，社会风气更加平和老成，此前那些刺激人心的因素渐渐消失，随之仙逝的伟人们所留下的空缺，一时半会儿也无人来填补。此时，这个世俗学者环顾四周，显然，四位乔治王[4]时代的伦敦已不再，

---

[1] 薛西斯（Xerxes），波斯帝国国王。——译者注

[2] 卢库卢斯（Lucullus），罗马将军和执政官。——译者注

[3] 参见理查德·杰弗里斯1887年的作品《集市上的孤挺花》（*Amaryllis at the Fair*）。

[4] 指英格兰国王乔治一世（1714—1727在位）、乔治二世（1727—1760在位）、乔治三世（1760—1820在位）和乔治四世（1820—1830在位）。——译者注

涌现出来的新文学将会反映出乔治五世时期的伦敦。"南非"渐行渐远，维多利亚的继任者业已逝世。

参考阅读

传记类

J. W. 克洛斯（J. W. Cross），《乔治·艾略特传》（*Life of George Eliot*）。
弗雷德里克·哈里森（Frederic Harrison），《自传》（*Autobiographical Memories*）。
J. W. 麦凯尔（J. W. Mackail），《威廉·莫里斯传》（*Life of William Morris*）。
哈丽雅特·马蒂诺（Harriet Martineau），《自传》（*Autobiography*）。

讽刺类和描述类

这一题头下的材料非常难选。把这一时期最伟大的随笔作家的作品通读之后，所需的材料也就自然而然地掌握了。例如卡莱尔的《晚年论丛》（*Latter Day Pamphlets*）和《宪章运动》（*Chartism*）中的随笔，里面有很多给人以启示的材料。此外还有阿诺德[※1]的《文化与无政府状态》（*Culture and Anarchy*）。拉斯金的很多作品，莫里斯对这一时代的评述，与之形成鲜明对比的还有他的一些传奇散文。要想把所有的都列出来，那单子可就太长了。

戏剧

和第八章类似，在戏剧方面，可用的资源不多。可以算上阿诺德·贝内特的《里程碑》

※1 指英格兰国王乔治一世（1714—1727年在位）、乔治二世（1727—1760年在位）、乔治三世（1760—1820年在位）和乔治四世（1820—1830年在位）。——译者注

（*Milestones*）、萧伯纳的《鳏夫的房产》（*Widowers' Houses*）、路易斯·帕克[1]的《迪斯雷利》（*Disraeli*）和T. W. 罗伯森[2]1865年的现代剧《社会》（*Society*）。

小说

瓦尔特·比桑特和詹姆斯·赖斯的《各色人等》（*All Sorts and Conditions of Men*）。

亨利·詹姆斯（Henry James）的《伦敦生活》（*A London Life*）和《包围伦敦》（*The Siege of London*）。

查尔斯·金斯利的《奥尔顿·洛克》（*Alton Locke*）和《酵母》（*Yeast*）。

查尔斯·里德的《设身处地》（*Put Yourself in His Place*）。

安东尼·特罗洛普的《巴切斯特塔》（*Barchester Towers*）第六章和第二十章；《首相》（*The Prime Minister*）；《如今世道》（*The Way We Live Now*）。

汉弗莱·沃德夫人的《玛塞拉》（*Marcella*）和《罗伯特·埃尔斯密尔》（*Robert Elsmere*）。

※1　路易斯·帕克（Louis Parker, 1852—1944），英国剧作家、作曲家和翻译家。——译者注

※2　T. W. 罗伯森（T. W. Robertson, 1829—1871），英国剧作家、革新派舞台导演。——译者注

特拉法加广场，（选自照片）

新议会大厦建筑群（选自照片）

罗塞蒂的住所（切尔西区切尼路的皇后之屋）

当代伦敦

　　时至当代，对研习伦敦历史的学生而言，即便你只是一名业余爱好者，仍会发现，伦敦就像是一张古老的羊皮纸，先人在上面书写又擦去，重新涂改又再次抹去，一直演变到了今日。透过纸面上对这座城市最新的描绘，人们依然可以沿着蛛丝马迹，寻到这里曾上演过的所有传奇，一直追溯到最原始的时刻。那时，伦敦还是一张白纸，中世纪的神职人员正要开始大写特写。这片土地层次分明，见证了伦敦无数次的重写。几个世纪的尘埃落定，堆积在这片土地上，渐渐抬高了地平面，今天的人行道之下，一层层清晰地深埋着这座城市的所有历史。考古学家一定很珍视这些纹理——那里有1666年大火留下的灰烬、有莎士比亚和乔叟时代的遗迹、有中世纪生活的踪影，甚至可以觅得最初的诺曼征服时期、盎格鲁–撒克逊时期，甚至是罗马行省时期的伦敦。

每一位现代银行或商业区的建筑者，都必须在这层层堆积中掘下十五到三十英尺，才能触底，开始打地基。当然，对大多数饱含浪漫主义情怀的人来说，硬要在这样的土地深掘以建起一座现代酒店，实在是一件很乏味的事情。海市蜃楼般的幻想终究还是比较适合那些被风沙掩埋的东方沙漠城市——而伦敦则是一次次沦为废墟，又一次次重新崛起。但即便如此，也还是会有探险家愿意来到伦敦，跟着地下工程师一起，搜集这座城市深埋的点点滴滴，那架势，像是在开展一次埃及寻宝之旅。比如来自白教堂区（Whitechapel）已故的詹姆斯·史密斯（James Smith）——他既是位废旧品商人，也是近代最成功的收藏家。他在做生意的时候，顺手就可以收集一些令人着迷的古董。更重要的是，历史研究者总能时不时地感到古代生活在现代生活中的延续，并为之兴奋——这也正是当代伦敦最突出的魅力所在。这种魅力并不是单单靠成批的纪念馆或是遗迹堆积出来的——那些只不过是一些偶然被保存下来的符号。比单纯的符号更吸引人的，是伦敦城市多年来沉淀下来的精神传统，它们像教堂里优雅复杂的建筑一样让人流连忘返。整个社会向往着缥缈而确凿的"普遍真理"，伦敦当代文学的特质便体现了这种向往。正是这种向往，见证了几个世纪以来伦敦所经历的一切。

当然，我们不是说那些大型的石灰水泥纪念物没有趣味，事实上它们中的许多非常有意义，引人遐想。在这些建筑物中，规模最大的是伦敦古城墙。那些通往古城门和穿过古城门的街道还沿用着它们旧时的名字，有一条街就叫伦敦墙，贯穿整个老城区后部，从克里普门延伸出来，一直到沼泽门之后。人行道和圣阿腓基大教堂（St. Alphage's Church）之间，岿然不动地树立着一小段城墙遗址，如果你特意去寻它踪迹，一定一眼就能看到。另一个著名的残垣在另一座教堂——圣吉尔思大教堂（St. Giles Cripplegate）的角落里。那周围都是办公楼，中间掩映着教堂的院子。这里虽然不太好找，但的确值得拜访：在一片封闭的祭祀用的空地上，一道铺就铁轨的沥青通道生生从中穿过。这里是一座漂亮的花园，看起来有千年历史的城墙遗址就盘踞在角落里。

更现代一点儿的大型建筑是伦敦塔，它仅可追溯到1078年。这座曾经集堡垒、宫殿和监狱于一身的建筑，是伦敦圣保罗大教堂以东最显著的地标性建筑。早在乔叟时代，伦敦塔的外观就已经和现今相差无几了。尤其是在16世纪到17世纪，也就是从亨利八世到查理二世年间，这座塔见证了无数历史。现在，伦敦塔被用作军械库、博物馆、皇家珍宝馆和大批王室侍从的住所。一旦踏入它宏伟的大门，人们很容易就忘记自己正身处现代。沉闷的喧哗声完全被泰晤士河水冲刷老伦敦桥分水桩的轰鸣声所掩盖。当你漫步其中，穿过曾经的牢房和行刑场，也会感受到当时人的生命是多么微不足道：国王、主教或是大臣一声令下，一个人便会沦为阶下囚或是登上绞刑架。伦敦塔是旧时力量的象征，想想就知道，那时候几乎不可能有任何武器能攻破它。奇怪的是，比起英国防线直布罗陀岩要塞，伦敦塔虽然小得多，却能给人更强烈的安全感。大概是因为它符合了那个时代"石墙监狱、铁栏牢房"的铁腕特征；而相比之下，直布罗陀岩可能完全抵不住现代国家痴迷的那些枪炮炸弹，那些武器狂暴无情，轻而易举便能将直布罗陀岩摧毁。

在伦敦的另一侧，沿河朝上游走上两英里，会看到一栋漂亮的大型老建筑，如今被用作议会大厦。那便是威斯敏斯特厅，它和伦敦塔一样，也在老城之外，是在诺曼征服后不久开始建造的，之后经历过许多次变迁和扩建，完好无损地保存到了今天。像伦敦塔一样，这里也见证了许多场严酷的审判。在这片屋檐下，理查二世被废黜，查理二世被宣判死刑。还有威廉·华莱士（William Wallace）、盖伊·福克斯（Guy Fawkes）、斯特拉福德伯爵，也都是在这里被处死。同样是在这里，历经七年磨难之后，沃伦·黑斯廷斯被宣判无罪。旧秩序在这里几经变化，到最终消逝，经历了许多场恢宏无比的仪式。乔治四世加冕礼成为在这里举行的最后一届加冕礼，也是最后一次王权毋庸置疑的体现。现在，威斯敏斯特厅只是作为议会大厦的前厅继续发挥余热，成为从古时通往现代的厅堂。

现在的议会大厦恐怕很难肩负起曾经在威斯敏斯特厅上演过的一切。自有历史记载起，少数掌权者和多数革命者在这里发生过无数次斗争。下议院的权力不断提升，侵犯到上议院的权力，而同时，助选下议院议员的权力本身也不断扩展。妇女参政权的鼓吹者在国会广场上激进地开展活动，而下议院的议员们则在制定限制上议院议员参政议政的条款。每年，人们都要花越来越多的心思，为传统上议院的奢华装潢与下议院的简朴布置间的对比找一个合理的解释——毕竟，人们还顾虑到世袭贵族拥有权力的传统，不过不久，这些贵族的终身权力受到了更重要的因素的影响，远比无因可循的血统来得实在。

市政厅就坐落在齐普赛街北面。这又是一栋古迹建筑。它始建于1411年，在那之前坐落在这个位置的大堂也叫市政厅，不过原因就不得而知了。1666年伦敦大火烧光了市政厅的房顶，17世纪时经过修补重建，一直延续至今。五百年来，这里一直为市政府办公议事所用。每年的11月9日，市长都会在这里举办宴会。但它之所以引人注目，还是因为形态古典。市政厅富丽堂皇的大厅现在被用作图书馆和博物馆的陈列室，是各路观光客的旅游目的地，更是伦敦旧城研究者的圣地。市长贝克福德给乔治三世的致辞如今被刻在这位市长在市政厅的纪念碑上。如果乔治三世真的听过这份致辞，他一定会感到震惊。真假与否，1910年春天，罗斯福上校在埃及一次晚宴上致辞的时候，引用了这位市长的故事，作为直言的典范。这就是为什么说市政厅永远像是"最新版的大不列颠百科全书"——它永远真实详尽地记录着历史。

伦敦的教堂群从威斯敏斯特大教堂开始，一路延伸下来。一些教堂在河对岸的萨瑟克区，如威斯敏斯特教堂、圣玛丽教堂（St. Mary Overies），这些教堂没有受到1666年大火的影响，而另外六座在旧城内的也从那场劫难中幸存下来。我们之前已经谈到过韦恩的产业在接下来几十年间发挥的作用。即使没有其他记录，在韦恩之后这些年里，伦敦城的扩张，可以从不断增加的教堂的选址找到一些头绪。这些教堂见证了其间许多位著名朝圣者的故事。伟人们在这里举行各类仪式，很多人死后就长眠于此，留下他们的墓志铭和纪念碑。

在教堂仪式中，人们总是可以交替体验到传统与现代的交织融合。我个人最近一次参加圣保罗大教堂晚祷的经历就是个很好的例子：那是一个秋天的傍晚，我走进大教堂，本没有想要朝拜哪位神灵或是伟人，只是想在这庞然大物中享受片刻的宁静。在其中漫步时，却忽然发现晚祷马上就要开始：信众席和走廊上原本感觉熙熙攘攘，但晚祷开始的瞬间，这些朝圣者便聚集到一起，也没有吸引新人从街上涌进来，我这才发现，原来教堂里竟有数百人，只是一直都散落在四处。接下来，我度过了无比神圣而庄严的一小时，感受着祈祷词、讲经课和唱诗班的声音在教堂穹顶下相互交织。我之所以有这种感受，一方面是想到这一时刻，这样的仪式在无数其他教堂的穹顶下也正举行。另一方面是想到，从第一座圣保罗大教堂建成的那天开始，每天都会有类似这样的仪式举行。从制度上讲，这样的仪式代表着宗教无所不至而历久弥新的影响力。

走出教堂，我回到了20世纪的伦敦。这里街上跑着公共汽车，有人在贩卖晚报。我想再次回到过去，便拐进了帕特诺斯特街（Paternoster Row）。这条街上有圣保罗大教堂的后院、阿门角（Amen Corner）和阿门厅（Amen Court）。这是一条与世隔绝的小巷，完全没有沾染世俗的气息。还像过去一样，街道的两旁都是书店。书店里的书与一般街头小店所贩卖的无差，无非诗歌、小说或是旅行指南。但有一个牌子用这样一句话标注了一排书，我看到的时候还是吃了一惊，上面写道："现代神学大衰退！"

恐怕是受到了正教的影响。

如果再把范围扩大一些，我们还可以去拜访很多建筑来追溯伦敦的沿革。本书的前面几章也涉及了不少建筑，至今尚存的有很多，能列出一长串连古物研究者都满意的名单，而这些一定都是核心景点。但在我看来，那些建筑物所见证的故事远远比不上那条条街道上发生的故事精彩。大主教门街（Bishopsgate Street）和齐普赛街在地图上的重要性，依然和过去一样。星期五街、木街、面包街和牛奶街还像弥尔顿时代一样，点缀在这座城市之中。教堂每重修一次就要丧失一些风采——为了保证它们不倒塌，我们不得不减损一些它们的价值。但街道就不同了。时间的沉淀永远不会使街道倒塌，反而会使这些街道更有味道。我们完全不用介意这些铺路石的新旧，因为街道不是靠人类搭建出来的，它们一直都存在于此。

如果游客们能够感受到这些街道的存在，了解这些街道上曾发生过的故事，那么走在上面，他将会感到无比兴奋。如果你能将莎士比亚时代的伦敦地图熟记于心，记住那些大路的名称和它们的相对位置，那么至少在伦敦市中心区，你是完全不会迷路的。偶尔可能会偏离一点方向，但这只会给你的旅途带来更大乐趣，却远没有到让你焦虑的程度。如果你来到地下，走入伦敦地下铁，还可以体会到自己正曲折穿梭在一个一个站点之间，这些地方有着久远的历史——那时候人们还没有想过有一天，世界会发生这么大改变。所有这些红蓝地铁环线和一个个地铁站点之间，只有一条线路是直的，把牛津街和肯辛顿高街与霍尔本连在一起。

广场和街道一样，记录了真实的历史。最老的城区部分很少有广场，可能是因为那时候郊外近在咫尺。地方治安官的辖区之外，许许多多修整出来的小片绿地组成了最主要的休息场所。由于圈地运动，伦敦城外的土地被贵族瓜分，便留下了一些空地没有盖房子。比如，莎士比亚资助人之子，瑞秋·罗素女士的父亲南安普顿伯爵（Earl of Southampton）就在布鲁姆斯伯里建了一座广场，罗素女士称它为"我们的广场"。罗素女士是贝德福德山庄的女主人，整个广场的北部都在她的管辖范围内。现在，人们用她的名字命名了这个广场，称之为罗素广场；她在贝德福德的房子现在连接罗素广场和布鲁姆斯伯里广场，在贝德福德广场附近，也是以她的名字命名的。今天，这座房子和过去一样，当中的绿植被围栏围起来，只在极少数情况下开放几个小时，或是只对一小部分人开放。但对散步者来说，这绝对是个好地方。放眼望去，绵延数英里的地区种满了绿树，覆盖着上好的草坪。英国雏菊适应于此地湿润的气候，盛开点缀其中。有时候，你会走到一片完全不知名的建筑物前，那里有一个漂亮的花园，经房东精心修剪后出租给房客。事实上，这个花园也许早在很多年前就开始经营花环业务了，比如在理查德·斯蒂尔时代或更早就存在。甚至可以说，我们和莎士比亚时代共享过同一个花园。

总之，伦敦大火之后，一些传统的重建计划建议将伦敦城改造成一个正统的几何图形。幸好这些计划未被采纳，伦敦的老街道和老广场依旧存在，赋予了这座城市更多的历史气息。当然，要想在这拥挤的旧城中心画出新的分割线必须多花点心思，规划者要大胆地发挥想象力——要保障之前土地拥有者的权利，要给他们应有的赔偿，才不致使他们盛怒。比如维多利亚女皇街（Queen Victoria Street），即英国银行和黑衣修士桥间的对角线；上文中提到过的摄政街，它连接着牛津街和皮卡迪利广场；最近刚刚建成的国王道也是如此，长度虽短，但马路宽敞，连接了霍尔本街和河岸街。不管是乔治四世、维多利亚女王还是爱德华七世，生活都一样在伦敦城所特有的结构中留下了烙印，就像他们的皇室祖先一样。

这些改造总会收到褒贬不一的评价。国王道的建成，使曾经在这里的贫民窟和一些狭窄的小巷不复存在。它修好之后，这里的光线和空气质量都有所好转，也更方便通行了。这种改造几乎不会带来什么损失。人们回忆起过去这里的景象难免会有所怀念，这是万物发展的自然过程。但也只是怀念而已，因为这条新林荫大道的两侧，连接的仍是那些小路。德鲁里巷从国王街的街角沿正切线延伸，基恩街（Kean）和肯布尔街（Kemble）邻近多亏演员们所捧红的剧院。女王大街更远一点儿，西接长亩街；再往东几步路，就会看到保存完好的林肯律师学院；再走上一两分钟，走过红狮广场（Red Lion Square）尽头，会发现这里依然像几世纪前一样与世隔绝。持反对意见的人并不是全无道理——一些新加入伦敦的现代元素，一方面破坏了伦敦的历史，一方面却也突出了它曾经的风貌。

但最令人心痛的变化发生在伦敦的交通要道——泰晤士河上。从黑衣修士桥向东，两侧都是楼房；到切尔西之间的一段，河的北岸和西岸也在修整。也许未来政府愿意斥巨资将河岸还给泰晤士河——它本就不该被劫走用作他途——让泰晤士河重现往日风采。但回顾整个现代伦敦，政府已经为恢复泰晤士河原貌征收了巨额的税费，努力想要使它重现人们想象中的样子：清澈透蓝的河水波光粼粼，河面上零星点缀着白天鹅，游客乘船在上面航行；另一边在伦敦大桥下，带有桅杆的帆船轻轻推开波浪，缓缓前行。现在，泰晤士河上的所有航运都在东面开展，一直航行到格雷夫森德（Gravesend），随即入海。那些能通过矮桥的拖船和驳船在混浊的水面上滑行，不断地提醒人们，这里正在开展丑陋的工业。再也没有沃克斯豪尔了，有的只是沃克斯霍尔站。人们也再也不会划船到那里去了，尖鼻子的蒸汽船要实用得多，坐地铁的话还会更快一些。泰晤士河被伦敦包围了：

"神秘，古老，忧愁的泰晤士河水啊，

激情从未将你点燃。" ※1

那些老公园的境况比泰晤士河好得多。毕竟随着时间的推移，几个世纪以来，它们变得越发繁茂，因而越来越讨喜，人们也乐于用它做消遣之用。最初，是亨利八世把海德庄园从威斯敏斯特修道院的手中收过来，留作游戏竞赛使用。这样一直到查理一世，海德庄园开始对公众开放。共和国期间，海德庄园曾以一万八千英镑的价格被卖给私人，所幸，王政复辟之后这项交易被认定为无效。从查理二世起，泰晤士河周边的公园，也就是现在的海德公园、格林公园和圣詹姆斯公园，成了人们休闲娱乐的好去处。《时尚》先将海德公园评选为"最受欢迎的约会场所和游行场所"，接下来是圣詹姆斯公园的林荫大道，后来格林公园的女皇大道也有幸入选，之后海德公园和肯辛顿花园又再次入选。过去，当街游行中充满了自由、随意、坦诚和粗俗（如果你想这样说），现在这些特质都不在

※1 节选自《切恩切尔西漫步》，《伦敦街头》一书，亚瑟·H. 亚当（Arthur H. Adams）著。

了。但正像霍威尔斯先生（Mr. Howells）指出的那样[1]，阶级和特权越发明显，但人们对阶级和特权的追求却越发隐晦，并对阶级和特权表现出默许式的崇拜。因此，公园被当作游行场所这一用途与过去已有不同，但它还是保留了多年以来的游行场所传统——仔细考究的话，这是个很有意思的话题。

每周日下午，透过海德公园内的大理石凯旋门（Marble Arch）看风景，伦敦这些年间所发生的变化便可见一斑。这里与泰伯恩刑场（原来著名的刑场）仅有几步之隔。伦敦最混乱的时期，也是这里最繁忙的时期和警察最无用的时期。一个人一旦被捕，只凭一张嘴就可以判定他是要进监狱还是要处绞刑。人们在这里遭受磨难——难以计数的人曾经历过这一切——尽管他们中的许多人本是无辜的。1780年的海德公园见证了戈登暴乱，当时的军营共有一万名官兵，可暴乱还是延续了七天。现在，公共绞刑架已经不再摆在这里了。示众台和颈手枷也都成了历史

※1　参见《伦敦电影》第二章，《公民与社会对比——可恨的变化》，W. D. 霍威尔斯（W.D.Howells）著。

遗物。卫兵们在政府举办的各类游行中扮演着不同的角色，他们也不负责维持稳定，只是扮演着"警察鲍比"[※1]的角色，彬彬有礼、沉默、冷淡，更像是一个穿着制服的街头引导员。你可以看见他无聊地站在大理石拱门下，而他身旁的人正在充满激情地讨论叛乱。他大概是聋了，才能对这些充耳不闻；但如果有人来问路，他却能很快便为人指明——他不是聋了，只是已经听惯了口头煽动，便再也不感兴趣了。无政府、自由贸易、平等选举权、福音主义——对他而言，这些无非合法的谈话主题。对此，他不发表任何评论。他可不想给自己找麻烦，他是维持秩序的——他也基本做到了这一点，因为整个社会现状要比"过去的好时光"安稳得多，而他自己正是当时这种状况的表象之一。

伦敦城里的另外一大变化发生在车夫身上。老托尼·维勒一家式的马车车夫已经不复存在，如今的马车车夫，有的即使还在勉强坚持，也已经感受到了来自无数

[※1] 警察鲍比（London Bobbie），指17世纪查理二世时期，最早引入警察概念时的警察形象，穿制服、戴高盔帽，留八字胡，手持棍棒、手电和摇鼓。后被伦敦人用作警察的昵称。——译者注

"出租车车夫"的压力。坐在一块玻璃隔板后面，眼看着计价器的计数一点一点上涨虽是一件没什么诗意的事情，但是作为代步工具来讲，伦敦的出租车干净、宽敞、平稳，而且十分便宜。公共汽车又是另外一回事。过去的公共马车司机所承担的是一种公共服务机构的职能，他们熟知伦敦，谈起这座城市，如数家珍。从1829年有了第一辆公共马车以来，他们就饱经风霜地半蹲在伦敦街头上，代代相传。似乎从来没人见到过年轻的司机或是崭新的巴士，岁月在他们身上留下了方方面面的痕迹，就像给舰队街带来的改变一样。不然，贝德克尔旅行指南不会特别将这些司机收录在内，成千上万的游客倒也乐于相信有尝试的必要。第一次乘坐这些公共马车的经历总是难忘的。乘客爬上马车弯曲的梯子，沿着它摇晃的身躯走向前座，车身随马背的起伏和驾车人的口令上下颠簸，车祸好像随时都可能发生，但又从没发生过任何碰撞。贝德克旅行指南这样介绍道："如果你的马车司机是个热心肠（事实上一点儿小费就足以让他们热情起来了），便会为你讲解沿途所有的建筑、纪念物和其他的景点。"不止这些，他还会告诉你伦敦的历史、伦敦的精神和伦敦的生活。而那些他没法用言语解释的，你只要看看他就能明白。他骨子里是个民主保守派，支持言论自由，代表了英式幽默，有一肚子的风凉话用来与人斗嘴。但这些司机越来越少了，事实上，他们基本只存在于过去。现在，戴着鸭舌帽的年轻司机们高速驾驶着公共汽车，和乘客一栏相隔，也不管乘客都在想些什么。公共汽车的司机提高了公共交通的速度，代价是公共汽车变得像是一艘在波涛汹涌的大海上高速前进的远洋航船。这些公共交通工具，不管新旧，最糟糕的一点是它们车身上的广告牌。广告牌标志着它们和这个城市其他的地方一样堕落。竟从没有人抨击过这种行径，而商家们对此喜闻乐见。难怪威尔斯（Wells）[1]在他的小说《图诺·班归》（*Tono Bungay*）里塑造了庞德莱沃叔叔（Uncle Panderevo），而洛克（Locke）[2]也不约而同地在他的作品《人性的朋友》（*Friend of Humanity*）中塑造了克莱姆·塞弗（Clem Sypher），二者都是制造业的商人，热衷于广告营销。

---

[1] 亨利·威尔斯（Henry Wells, 1866—1946），英国小说家、历史家及社会学家。——译者注

[2] 约翰·洛克（John Locke, 1632—1704），英国哲学家。——译者注

　　表面上看，这是20世纪的伦敦。英格兰把伦敦的缺点归咎于外国，尤其是美国游客所造成的不良影响——从戏院和餐馆的俗气装饰到昂贵的宾馆费用都已经堕落到了极致。商铺开始让位给百货商场。现代化大都市的弊端正逐渐在伦敦——这座英语世界最古老的城市中显现。但现在人们公认，伦敦比优越要落后许多，发展步伐也缓慢得多。美国商人言语间处处看不上英国兄弟们小家子气的投资方式。在美国人眼中，英国商人用不着那么多速记员，每天接不了那么多电话，迟迟才投入商战，做涉及百万钱财的交易的时候，总要犹豫再三。面对这些罪名，英国人的回应是，这些攻击反而正展现了我们英国人生活方式的优越性。他们自豪地承认自己就是没有别人那么忙碌，并且乐于指出，他们更愿意花更多时间给高尔夫球，面色也比其他人红润得多。英国商人这样的态度，使得那些本站得住脚的罪名都变成了莫须有。

　　首先，不论是英国人还是美国人，都没有看到事情的全貌。就像最近的一篇评论文章说的那样，美国人就是总爱表现出一副他们正要去工作的样子，而英国人则总是要做出一副他们正在回家路上的样子。双方各自引以为豪的地方，却正是看不上彼此的地方。其次，这种论调完全不具备普遍性，它只适用于少数的员工和资本家。而对于那些来自纽约华尔街（Wall Street）或是宽街（Broad Street）的见识过商界沉浮的人来说，他们脸上的神情同英国那些来自众议院大厦、英格兰银行和伦敦证券交易所大楼的人们脸上的神情没什么两样。两个国家的这种地方，空气中都充斥着紧张和干劲，里面的人们都一样面色苍白，雄心勃勃，步履匆匆。当然，两地难免有些文化上的差异，但我作为一个清醒的局外人来看这一切，一幢三四十层高的保险大楼，与一栋占地四五英亩的国家银行，没有什么本质区别。

这些都是微不足道的小事。通过以上这些，我想得出的最重要的结论是，伦敦是这个世界上一座妙不可言、活力无限的城市。本书快要完成的时候，我的书桌上正平铺着这样一封信笺，上面写道："在伦敦，我有真正活着的感觉。一生中，我从没见过这么多有趣的事物，从教堂到其他的建筑，从名家手稿到书籍再到生活在这里的人们——它们总能带给我无限愉悦。"来伦敦旅游的游客们总是能有这样的感受。不管他的兴趣如何，这座城市都不会让他失望。当他心满意足之后，便会发现，这座城市的表象背后更富深意。因为伦敦是整个英格兰的缩影；而透过英格兰，可以看到历史的进程。这座城市作为现代社会的标志，它的意义，就像威尔斯在他的著作《图诺·班归》中最后史诗般的结论所言那样：

"沿泰晤士河顺流而下，就像是一页一页翻开英格兰这本史书……河的两岸先是简陋破旧的贫民窟；随后是南面，充满着现代工业化的气息；接下来是北岸，一长排漂亮的房子，充满艺术与文学的气息，那是官员们的府邸。整条水路沿切尼路展开，一直延伸到威斯敏斯特，中间藏匿着无数贫民窟。整条路呈现一个徐缓的渐变，一英里一英里看来，房子越来越密集，接下来开始出现越来越多的教堂、塔楼、纪念碑，接连几座大桥，随后，你就进入了本次旅程的第二段，坎特伯雷大主教的旧日官邸映入你的眼帘，议会大厦就在你的肘边！威斯敏斯特大桥在前方，随后一眨眼的工夫，圆脸的大本钟就在你身边拔地而起，伦敦警察局离你只有几步路，一位肥头大耳的警察看起来就像巴士底狱的警员。

"在这段路上，你能看到伦敦的全部精华。你会看到查令十字街火车站和世界中心；北侧的河堤路上，崭新的酒店大楼旁边是乔治时代和维多利亚时代的建筑；踏过泥泞，你还会看到一座座庞大的工厂、烟囱和制弹塔，南面都是广告。北边的地平线会有更多起伏，却也更愉悦身心。感谢上帝，感谢韦恩，萨默塞特宫（Somerest House）还是旧时的样子，看到它，人们就能想起往日的英格兰，仿佛看到了当时阴霾的天空，感受到了王政复辟时期的氛围……

"还是在这条路的延长线上，人们会先看到海鸥，想起大海。选择走黑衣修士桥——在桥下和两座桥中间，你会体会到绝妙的感受。你看，远处高耸入云间，穿过一片工厂的喧嚣，竞相叫卖的小贩，遗世独立地树立着的正是圣保罗大教堂。'当然了！'人们会说，'是圣保罗大教堂了！'这正是英国国教文化最突出的体现——远离尘世，还有更庄严神圣的圣彼得大教堂，冷峻、阴沉，但仍华丽堂皇。这些建筑从未被推翻过，从未被质疑过，只是那些庞大的厂房遗忘了它们，路上繁忙的交通忽略了它们，是我们每一个现代人不再记得它们了。蒸汽船、驳船从它们面前呼啸而过，顾不上看一眼它们，电网和高压线从它们中间穿过，破坏了它们的神秘。即使是你恰好停下，抬头看天空寻找它们，也不一定能找到它们的踪影，它们被伦敦灰蓝色的天空遮蔽了。

"随后，你心中内在和外在的英格兰都不复存在了。你踏上了本次旅程的第三段，伦敦交响曲雄壮的最后乐章。你已经见到伦敦的整个旧秩序被湮没。而在这段路上，伦敦大桥带着各种工厂向你压倒性地袭来，起重机挥舞着沉重的手臂，海鸥在你头上盘旋着，叫声充斥在你的耳边，大型的轮船停在灯光下，伦敦已经成了世界性的海港……

"码头的左右两边视野开阔，街景无限。四处都是教堂，破败的老式建筑点缀其中。河边会有几艘旧船，乡村生活的本来面貌被生硬地插入了现代新元素。这一切都没有规划，杂乱无章，自由随性。这种气氛是这片地区的核心……

"最后，我们走向未来，汽轮机开始讲起我们所不熟悉的语言。我们将走向一片未知，走向风中的自由，那里人迹未至。灯光一盏盏地熄灭，英格兰王国，大英帝国，过去的荣耀与奉献，一道道从我们眼前划过，退去，与地平线融为一体，消逝——不再重现。泰晤士河缓缓流过，带走了伦敦，也带走了英格兰……

"这是我要大家格外留意的一曲旋律……

"这曲旋律带着瓦解与迷茫，它像在漫无目的地膨胀，混杂着徒劳的爱意与忧伤。但在这一片混乱中，还有另外一个音符，仿佛冥冥中的一种驱动力，一旦有了它，人类就战胜了所有的残酷和野蛮……

"这个音符是我们千辛万苦想要从生命的意义中得到的东西，是我们想要解开的谜题……事实上，理解生命的意义，本身就是亘古不变的话题。人来人往，国家兴衰，王朝更替，这些都拉近了人类同这个问题答案间的距离。这个问题源自生命，每一年，每一个人都生活在其中，受它的感召，代代相传，岁月不息。"

参考阅读

最具启发性的作品是W. D. 霍威尔斯（W. D. Howells）的作品，《伦敦电影》（*London Films*），出版于1905年。

小说

大量当代小说都以伦敦为舞台，可参考的书目有：

威廉·德·摩根（William de Morgan），《约瑟夫·凡斯》（*Joseph Vance*）；《爱丽丝短篇》（*Alice for Short*）；《皆大欢喜》（*Somehow Good*）；《再不发生》（*It Never Can Happen Again*）。

约翰·高尔斯华绥（John Galsworthy），《友爱》（*Fraternity*）；《乡村住宅札记》（*Portions of The Country House*）；《有产者》（*The Man of Property*）；《评论》（*A Commentary*）。

威廉·洛克（William J. Locke），《小丑西蒙》（*Simon the Jester*）；《塞普蒂默斯》（*Portions of Septimus*）；《马修斯·奥丁的道德》（*The Morals of Marcus Ordeyne*）。

E. V. 卢卡斯（E. V. Lucas），《伦敦漫步者》（*A Wanderer in London*）；《伦敦薰衣草》（*London Lavender*）；《贝莫顿》（*Over Bemertons*）；《因格塞先生》（*Mr. Ingleside*）等。

赫伯特·乔治·威尔斯（H. G.Wells），《安·维罗尼卡》（*Ann Veronica*）；《图诺·班归》（*Tono Bungay*）；《新马基雅弗利》（*The New Machiavelli*）；《结婚》（*Marriage*）。

戏剧

同样，许多当代戏剧也以伦敦为背景。其中包括：

萧伯纳（Bernard Shaw），《鳏夫的房产》（*Widowers' Houses*）；《芭芭拉少校》（*Lady Barbara*）。

阿瑟·皮内罗（Arthur Wing Pinero），《盖罗奎》（*Gay Lord Quex*）；《姑且相信》（*The Benefit of the Doubt*）；《中航道》（*Mid-Channel*）；《莱蒂》（*Letty*）；《公主与蝴蝶》（*The Princess and the Butterfly*）；《甜蜜的薰衣草》（*Sweet Lavender*）。

亨利·阿瑟·琼斯（Henry Arther Jones），《十字军》（*The Crusaders*）；《说谎者》（*The Liars*）；《罗格的喜剧》（*The Rogue's Comedy*）；《反叛的苏珊》（*The Case of Rebellious Susan*）；《舞女》（*The Dancing Girl*）。

奥斯卡·王尔德（Oscar Wilde），《温德米尔夫人的扇子》（*Lady Windermere's Fan*）；《理想丈夫》（*An Ideal Husband*）。

格兰维尔·巴克（Granville Barker），《马德拉斯房》（*The Madras House*）。

伦敦墙

威斯敏斯特厅（选自旧版画）

约翰·伊夫林1666年重建伦敦的草图（选自旧版画）

译后记

　　这是一篇小文章，关于一部沉重的文学史，怎样在几位女孩子的纤纤玉手中变得鲜活灵动。

　　作家珀西·H. 波恩顿，用一本书的时间挖掘史料，激扬文字，遍观伦敦千年，并铺开一张日益壮大的城市地图。第一次翻开《笔尖下的伦敦》1913年版纸页泛黄的扫描本时，看见的是一位野心勃勃作家的面孔。阅读是与他对视的过程，编书一念闪过时，虽有片刻惧意，却分明已被其幻魅之眼牢牢攫获。我在想，怎样的一种气质能够得上此书，才能无过于互补、精妙的笔法，与交融、丰腴的思想？而数名译者的合作，也许恰恰能联合史学与文学两路之人。那便索性野心到底，遂毅然将这本书做下去。

　　王京琼，之前是《中国日报》的记者，文字精准从容，担起了开篇乔叟与莎士比亚两章的大任。开篇年代最远，词汇也最琐碎，而她就是有办法，从那些晦涩古名交织之段落中，呈现给我们一个活色生香的古伦敦街市。"歧路风光"、"日落余晖"这样的优美词语她信手拈来，而长篇累牍介绍伦敦旧酒馆的段落也译得不差毫厘。

　　值得一提的是，京琼对文中的莎士比亚之笔也自己操刀：没有用朱生豪，也没有用梁实秋。交付出版前，精评人曾经指出该改，而我仍坚持保留了她的版本："人是如此了不起的东西！理性高贵，能力无穷！仪表和举动多么端庄、多么美妙！行动犹如天使，智慧堪比神祇！人真是世间至美，万物之灵！"她如此求真地去体会原作每一句，从戏院极尽华美的布置，到宗教界的反戏剧运动，再到形形色色的观戏人与诗文，将整个莎士比亚的年代在手下描绘得气象万千。

　　京琼曾称，翻译这本书，也算是回报英国文学对她多年的滋养，这个理由如此动人。

　　戴婧，弥尔顿、德莱顿与艾迪生三章的译者，于我是个更饱满的形象。她研习英国文学多年，整个通史熟稔于心，因饱读诗书而带着一股率真的戾气。与她商量前文插图"环球剧院"是否加英语原文时她答，怎会有人不知道环球剧院？她翻译，却又时时回顾，当她觉得作者描写弥尔顿之搬迁一段欠妥，"语焉不详"时，她甚至另开辟一篇文章，将弥尔顿之搬迁一段重写。惊奇的是，你真会觉得她的写法更合理。她是一名潜心做事的译者，却同时是一名剑走偏锋的批判家。

戴婧的文字中弥漫着浓浓的人情味。从弥尔顿笔下的力士雄鹰，到笛福勾画的大疫年与依夫林记录的大火，再到咖啡馆人们手中的《旁观者》报，这一部分起伏跌宕，诗歌颇多，时刻让我陶醉。正如她笔下的一句诗歌译文：

只因才智就像酒精，会灌醉大脑/对柔弱的女性而言，它度数太高。

杨楠，英语文学科班出身，队伍中"最可爱"的人。她挑选了自己最喜爱的一章维多利亚，加上约翰逊、兰姆与拜伦，她手下描绘的时代，是伦敦迅速扩张、蒸蒸日上的时代，正符合她字里行间散发着的热情，阅读她的段落，全身心都是欢愉的。"想要登上花名册，下列样样都要有：名气、财富、时尚、情人和朋友。"伦敦在这里摇身一变成了放浪形骸之地，好戏连台。兰姆社交广泛，对伦敦抱着"喜极而泣"之感；拜伦挥金如土，在女人粉臂中耗尽精力；华兹华斯在隐居中，竟被波澜不惊的生活和空空如也的街道感动。杨楠将这些情感传达出来，让读者见到英国文学上浓墨重彩的一笔。

杨楠该是最勤勉也是最高效的译者，我这里因着时差，会在国内午夜发信，而几次，她在深夜两点半左右发还给我。我不接受的改动，只要她认为仍有错，会用巨大的批注泡再次倔强标明。如无她的帮助，编书过程不会如此顺利与安心。

刘梦星笔下的狄更斯与当代伦敦，是我偏爱的部分。她工作繁忙，少能找到交流的时间，而她的文风大气瑰丽，说是天资也好，说是北大人的气质也好，总之，她该是为本书收尾最恰当之人。"沿泰晤士河顺流而下，就像是一页一页翻开英格兰这本史书。""你踏上了本次旅程的第三段，伦敦交响曲雄壮的最后乐章。你已经见到伦敦的整个旧秩序被湮没。而在这段路上，伦敦大桥带着各种工厂向你压倒性地袭来，起重机挥舞着沉重的手臂，海鸥在你头上盘旋着，大型的轮船停在灯光下……"在她的引导下，大幕徐徐落下，读过如此具有画面感文字的人，合上书页该会默默出神。

我和她们共同拥有了一个计划，一本书，一个夏天，我没有见过这些女孩子，但是，在回想起那一段日子时，我好像总能看见，与她们在同一张书桌前，挑灯夜读，切磋琢磨的样子。几年前我曾站在泰晤士河边，被眼前铺开的无穷的可能性所震撼，并想到，人之最高意义，该是丰富。那时作一本书曾是我的愿望，而《笔尖下的伦敦》后，今日又着手新的译本，我面前，与四位女孩子面前无穷的可能性，则将给我们的人生一次无比丰富的航行。

木心先生说过，你爱文学，将来文学会爱你。

郭欣